乗り物・歌・冬の風物詩・野の花・湖巡り

マイスタイル
私の北海道旅物語

李愛玉

신세림출판사

일러두기

저의 기행문집에 오신 것을 환영합니다

이 글은 제 인생에서 홋카이도 여행의 집대성인 홋카이도의 호수 56 곳을 힘들게 찾아간 모습과 저의 취미 등 한 단면을 쓴 문집입니다. 일본 홋카이도 여행 이야기이지만 여행 정보와 일본문화 등의 구체적인 내용은 없습니다. 오로지 개인 자유여행의 이력 기록을 발표합니다.

처음 시작할 때는 '홋카이도 호수 56 탐방'을 주제로 구상했으나, 도중에 쓰고 싶은 것을 추가하여 테마가 많아졌습니다. 호수 탐방은 제 여행의 중심 테마로 분량이 아주 많지만 모두 썼습니다. 또 홋카이도 들꽃은 나의 여행을 풍부하게 꾸며주는 동아리이므로 가능한 많이 이름을 불러 주었습니다.

전체 글의 문장 전개는 논리정연하지 않고 통일성이 뒤떨어져 있습니다만, 평소 저의 모습과 감각을 '마이스타일'이라 고집하며 썼습니다. 마이스타일은 다음과 같습니다.

1) 탐방 호수와 식물은 자연 호수와 들꽃이 대부분입니다만, 그렇지 않은 것도 있습니다.
2) 식물의 우리말 이름은 확실하지 않습니다.
3) 일본어의 한글 표기는 국립국어연구원 외래어 표기법에 따르려고 노력했지만, 일본어 장음과 청음, 탁음, 요음 등의 표기에서 일부 마이스타일을 적용했습니다.
예) 와타나베 준이치 → 와타나베 쥰이치, 샤리 초 → 샤리쵸
4) 일본어 단어는 기행문 색인을, 일본어 원문은 별책 일본어버전이나 저의 블로그 '홋카이도 기행문' 카테고리를 참조해 주십시오.

5) 일본어 알파벳 표기의 장음은 'h'를 넣어 사용했습니다.

예) 오호츠크 해(オホーツク) → oho(h)tsuku, 摩周湖(ましゅうこ) → Mashu(h)ko

6) 일본어 고유명사는 가능한 원어발음 그대로 적고, 우리말을 같이 적거나 바꾸었습니다.

예) 도야코 → 도야코 호수, 레분토 → 레분토 섬, 이시카리가와 → 이시카리강

7) 띄어쓰기는 허용 범위 내에서 읽기 쉬운 쪽으로 정리한 것도 있습니다.

예) 오호츠크 해 → 오호츠크해, 가메다 군 → 가메다군

8) 기행문에 사용한 한자는 모두 일본어 한자입니다.

예) 韓國(한국) → 韓国(かんこく)

9) 기행문은 2016년 8월 31일까지의 기록이므로, 여행 정보는 실시각 현지 정보와 다를 수 있습니다. 현지의 현재 정보를 확인해 주시기 바랍니다. 또 문장의 시제는 반드시 일치하지 않고 과거와 현재를 혼용한 부분도 있습니다.

10) 기행문집에 관한 내용 문의, 오류 지적, 알려 주실 말씀은 저의 메일로 연락주시기 바랍니다. E-mail : yiaeohk@hanmail.net

11) 사진은 개인 블로그 '홋카이도 기행문'에 있습니다. 기행문집 발간 후, 색인 누락이나 수정 사항 등은 '홋카이도 기행문-정정사항' 메뉴에 게시할 예정입니다.

http://blog.naver.com/yiaeohk/

홋카이도의 호수, 들꽃, 겨울 풍경, 노래, 기차

　2016년 여름, 홋카이도의 세계자연유산 시레토코 반도의 라우스코 호수와 왓카나이의 레분토 섬을 다녀왔습니다. 라우스코를 향하는 습원지대의 크고 작은 늪과 북방계 꽃이 만발한 레분토 섬에 반했습니다. 일본의 최북단 섬인 레분토와 북동쪽의 라우스까지 탐방했다는 사실에 행복합니다.

홋카이도 호수 탐방은 나의 '마음과 몸의 치유'입니다. 체력에 자신이 없는 나는 호수를 찾아가는 길이 체력단련의 과정이고 자신의 의지를 실천하는 미션수행입니다. 목적지인 호수를 만났을 때 성취감과 자기만족은 산을 좋아하는 이들에게 있어 정상 도착의 기분과 꼭 같겠지요.

일본 기차역 주변의 '관광명소안내'에는 그 지역의 호수라는 호수는 다 들어 있었습니다. 호수는 긍정적인 측면에서 '식수 공급'이라는 기능을 비롯하여 사람들에게 정신적 안정과 자연의 아름다움을 느끼게 해주는 생명자원과 관광지 자원의 두 가지 역할을 동시에 제공해 준다고 봅니다. 나의 '일본의 자연호수 탐방'이라는 주제도 이와 다르지 않습니다. 호수 탐방을 통해 마음의 차분함과 온화함도 키우고 체력도 단련시킬 수 있었습니다.

여행테마인 호수탐방은 역이나 버스정류소에서 내려 도보로 접근할 수 있으면 다행인데 그런 곳은 그렇게 많지 않습니다. 대중교통에서 내려서 편도 10km 정도 걸어야 만날 수 있는 곳, 도저히 당일 도보로는 왕복이 힘든 곳, 아예 대중교통이 없는 곳도 있습니다. 에리모의 도요니코 호수, 오비히로의 시노노메코 호수 등은 절경과 비경이지만 접근성이 쉽지 않기에 더욱 흥미진진하고 인상 깊습니다. 산 중의 호수를 찾아 떠나는 모험은 불곰 등 야생동물을 만날까 조바심해야 하지만, 그 보상으로 홋카이도만의 자연을 접할 수 있었습니다. 자연 호수와의 만남, 그 과정은 탐방이며 탐험이기도 했습니다.

홋카이도의 꽃, 나무, 식물 또한 호수 못지않은 나의 기호이며 나의 스타일입니다. 홋카이도의 원생림, 산야초, 동물 등 길고 혹독한 겨울을 견디고 생존하는 생물을 만나면 사랑스럽고 기분이 좋아집니다. 무생물이지만 홋카이도 속의 눈보라, 무빙, 세빙, 유빙 또한 매력 만점으로 감동의 연속이었습니다.

홋카이도의 아홉 번의 여정에서 만난 식물, 강, 산, 호수, 새소리, 온천, 기차, 버스, 숙소, 사람들, 모든 것에 친근해 졌고 아주 좋아합니다. 그리고 내 마음이 전해졌는지 그들도 나에게 친절하게 대응해 줍니다. 홋카이도의 자연은 나에게 건강하고 힘 있게 잘 살아라고 응원을 보내며 도와주는 것 같습니다. 레분토의 고산식물이 그랬고 에리모미사키 바람의 곳에 꿋꿋이 자라는 식물들이 그랬습니다. 마침내 그들 모두는 나의 습작이자 첫 기행문의 등장인물이 되었습니다.

홋카이도에서 만난 자연과 사람들을 오랫동안 소중하게 기억하고 싶어서 몇 년 전부터 여행 기록을 구상하였습니다. 기행문집 완성 후에도 내가 본 홋카이도의 매력을 잊지 않고, 홋카이도의 자연 탐방을 계속하고 싶습니다.

2016년 12월 이애옥

일본지도

왓카나이

홋카이도

삿포로
오타루 · 후라노 · 구시로
노보리베쓰

하코다테

도후쿠 지방

간토 지방

혼슈

주부 지방

도쿄

요코하마

주고쿠 지방

교토
고베
오사카 · 나라

후쿠오카

시고쿠

간사이 지방

텐보스
사키
구마모토

규슈

벳부

가고시마

오키나와

차례 | 마이 스타일 홋카이도 여행 이야기

▶ 일러두기 • 3

▶ 프롤로그 • 5

▶ 일본지도 • 9

part 1 홋카이도 여행 하늘 아래에서

1. 홋카이도에서 이용한 교통기관 • 15
2. 한국인 JR철도 마니아의 기차 일기 • 20
3. 버스·비행기·배 여행일기 • 43
4. 이용한 숙소 목록 • 49

part 2 여행에서 만난 노래·문학관 견학

1. 도북 – 소야미사키, 유키노 후루 마치오 • 57
2. 도동 – 시레토코료죠, 비호로토게, 기리노 마슈코, 하레타라 이이네 • 62
3. 도중앙 – 기타노 쿠니카라, 에리모미사키, 도케이다이, 고노 미치, 돈구리 코로코로,
　　　　　이이 히 다비다치, 무기노 우타 • 67
4. 도남 – 센노 카제니 낫테, 하쓰코이 • 76
5. 문학기념관 견학 – 미우라아야코·아리시마다케오·와타나베준이치·치리유키에 작가를 찾아서 • 83

part 3 겨울나라의 겨울 풍물

1. 삿포로유키마쓰리와 오타루유키아카리노미치 • 96
2. 유빙관광쇄빙선 오로라호와 시레토코 우토로해안에 밀려온 유빙 • 101
3. 소운쿄온천가의 빙폭제·도마무 겨울레저타운 • 107
4. 도동의 겨울 아이템·하코다테의 겨울 야경 • 111

part 4 홋카이도의 호수 56곳 탐방

1. 일본의 호수 이름과 홋카이도 호수탐방 목록 · 119
2. 홋카이도 호수 탐방기 · 125
　§ 소야·오호츠크 지역 · 125
　§ 구시로·네무로 지역 · 140
　§ 도카치·히다카 지역 · 177
　§ 이시카리·이부리·오시마 지역 · 197

part 5 북국의 들꽃 사랑

1. 라일락·일본앵초 꽃축제 · 220
2. 꽃의 섬 레분토의 자연꽃밭 · 222
3. 오호츠크해 연안의 원생화원 · 232
4. 라우스·노쓰케 반도·에리모미사키·오비히로에서 만난 꽃들 · 238
5. 비호로토게·마슈다케·데시카가·구시로의 꽃들 · 254

▶ 부록 1. 인터넷 검색에 의한 홋카이도내 일본 3대 명물 · 265
▶ 부록 2. 홋카이도내 일본의 비경 100선 · 267
▶ 색인 · 268
▶ 참고 문헌 · 292
▶ 에필로그 · 295
▶ PHOTO · 299

홋카이도 여행 하늘 아래에서

홋카이도 에키벤 도시락 포장

PART 1

홋카이도 여행 하늘 아래에서

1. 홋카이도에서 이용한 교통기관

아홉 번의 홋카이도 여행, 무엇을 타고 돌아다녔는지를 돌이켜보니 둘러 본 장소가 고스란히 재생된다. 그야말로 '추억의 여행 기차'를 탄 셈이다. 교통편은 대부분 나홀로 여행이니 내가 알아서 내 기호에 맞추면 된다. 탈 것은 뭐든지 좋아하여 여행 체질을 타고났으며, 일본의 여러 교통수단을 다 체험하고 싶었다. 어떤 때는 여행 목적이 신칸센*의 노선별 모두를 승차해 보기로 삼은 적도 있다. *신칸센 : 일본의 JR 초고속 열차

홋카이도는 지도로 볼 때와 달리 실제 여행할 때는 훨씬 넓고 크게 느껴졌다. 일본의 행정구역(도도부현) 47개 중 하나의 단위이지만, 홋카이도 크기는 혼슈의 가나가와현을 비롯하여 일본의 13개 현을 합한 것* 보다 더 크다고 한다. '홋카이도의 대지(大地)' 와 '대지의 홋카이도'라는 표현에 왜 '대지(大地)'를 앞뒤로 붙이는지 여행 후 실감했다. *홋카이도 신문에서 '일본은 작다. 홋카이도는 크다'라는 기사를 읽은 적이 있다. "홋카이도의 크기는 홋카이도 안에 다른 지역을 배치해 보면 한 눈에 알 수 있다. 홋카이도

안에 일본의 13개 현이 들어가는 그림과 섬나라 일본은 작지만 북국 홋카이도는 크다. 크기가 큰 만큼 감동도 발견도 많이 찾을 수 있다"는 내용이었다.

나의 테마 여행에는 렌터카가 꼭 필요할 때가 있어 렌터카의 효율성을 부러워한 적도 있지만 운전을 못하는 나에겐 그림의 떡이다. 평생 대중교통을 이용하라는 나의 운명을 원망하지 않고 일본여행 시에도 대중교통편을 최대한 즐긴다.

홋카이도에 들어가고 나올 때까지는 하늘과 육지, 바다의 여러 교통수단을 일부러 섞어가며 찾아 탄다. 이동 자체가 여정의 모든 일정에 포함되니까 어떤 차량 속에서도 즐거운 시간을 만들면 된다. 일본의 기차부터 민박의 대여 자전거까지 교통편을 정리하며, 나만의 여행 1호 무임 지정석을 타고 홋카이도로 다시 떠난다.

1-1 열차 : 기차 승차를 위해 재팬레일패스는 필수 지참

재팬레일패스(JAPAN RAIL PASS) 보통차용 7일 혹은 14일간 이용권을 구입하여 일본에 도착 후, 즉시 레일 패스로 교환. 재팬레일패스란 JR(Japan Railways) 그룹 6개 회사가 공동 제공하는 패스로 일본 전국의 JR 노선을 철도로 여행하는데 가장 경제적이며 편리한 차표. 단 도카이도, 산요, 규슈 신칸센인 '노조미' 와 '미즈호'호 는 이용할 수 없는 등, 이용하는데 제한이 있다.

♪ 보통열차 : 각 역마다 정차하고 더 빠른 차에 무조건 양보하는 느림보.

구시로 ↔ 아바시리(센모혼센)

아시히카와 → 후라노 → 오비히로(후라노센, 네무로혼센)

유바리 → 신유바리(유바리센) * 내가 타 본 그 해(2016년) 운행 종료, 폐선

구시로 ↔ 벳토가(하나사키센)

삿포로 근교 ↔ 오타루, 신치토세, 도마코마이 왕복 여러 번

오타루 → 니세코 → 오샤만베(하코다테혼센)

♪ 특급열차 : 미리 지정석을 예약하는 편이 안심, 때로는 자유석도 즐김

삿포로 ↔ 왓카나이(스파*소야호, 사로베쓰호)

삿포로 ↔ 아바시리(스파 오호츠크호) 삿포로 ↔ 구시로(스파 오조라호)

삿포로 ↔ 하코다테(스파 호쿠토, 호쿠토)

하코다테 ↔ 아오모리(스파 하쿠초) 홋카이도신칸센 개통에 따라 운행 종료

*'스파'는 슈퍼의 일본어 발음

♪ 신칸센 : 홋카이도신칸센 개통한 2016년에 승차해 봄

신하코다테호쿠도 → 센다이(하야테)

모리오카 → 신하코다테호쿠토(하야부사) *홋카이도신칸센 2016년 3월 개통

♪ 야간침대급행열차 : 홋카이도신칸센 개업으로 모든 야행특급 열차는
운행 종료

오사카 → 삿포로(도와이라이토) 단 1회의 경험이나 한 번 더 승차 기회를 기다림

아오모리 → 삿포로(하마나스) 운행 종료 전에 승차 경험을 원하여 타 봄

♪ 관광열차

삿포로 → 아사히카와(동물원호)

후라노, 비에이 → 아사히가와 (라벤다노롯코호)

구시로 → 노롯코호(SL* 여름의 구시로습원호) *Steam Locomotive 증기기관차

시베챠 → 구시로(SL 겨울의 습원호)

시레도코샤리 → 아바시리(유빙노롯코호)

*노롯코호 열차는 도로코*와 같은 차체가 바깥 공기에 개방된 차량에 여객이 승차할 수 있는 관광열차의 통칭.

*도로코는 흙, 모래, 광물 등을 운반하기 위한 화물 차량

♪ 지하철, 노면전차

지하철 : 삿포로 시내 - 도자이센, 난보쿠센

노면전차 : 삿포로 시내, 하코다테 시내

1-2 버스

♪일반노선버스는 기본적으로 이용, 1시간 이상의 승차 코스만 소개

JR왓카나이역 ↔ 소야미사키버스정류소 편도 1시간

JR오토이넷푸역 → 하마톤베쓰버스정류소 편도 1시간 반

하마톤베쓰버스정류소 → 왓카나이역 편도 2시간 반

오비히로역 ↔ 히로오버스정류소 ↔ 에리모미사키버스정류소 편도 3시간

오비히로역 ↔ 시카리베쓰코호반버스정류소 편도 1시간 반

신치토세공항출발 → 도마코마이역행, 삿포로역행, 노보리베쓰역행

구시로역 → 삿포로역 도시간 급행버스 *철도요금에 비해 가격 저렴이 강권.

구시로역 ↔ 나카시베쓰, 시베쓰, 시레토코 라우스, 시레토코 횡단도로 라우스방면, 오다이토, 노쓰케반도 (7일간 프리패스 승하차 자유권인 노리오리호다이(아칸, 시레토코, 아바시리버스주식회사 공동운행)

♪관광버스 : 가이드의 안내와 설명이 유익하고, 짧은 시간 많이 볼 수 있는 장점, 현지를 구체적으로 볼 수 없는 단점의 양면이 있으나 선호함.

삿포로시내정기관광버스 - 삿포로 반나절 코스

츠인쿠루 비에이호 언덕 코스

시레토코로로망후레아이 A 코스

피리카관광버스 – 구시로습원경유 아칸국립공원 호수 3곳 둘러보기

데시카가 기간 한정 에코버스– 자원봉사자 가이드

레분토정기관광버스 오전코스 2번

1-3 개인택시(하이야)

오비히로 이케다초 '이케다와인택시'로 도카치해안 호수 4곳 4시간 대절

오비히로 히로오초 개인택시 도요니코 호수까지 편도

1-4 배

♪ 유람선

아바시리오로라유빙쇄빙정기관광선, 오누마호수유람선, 도야코호수유람선, 노쓰케반도와 오다이토의 베쓰카이쵸관광선

♪ 페리

왓카나이 → 리시리경유→ 레분토 하토란도페리 3시간 남짓

레분토→ 왓카나이 하토란도페리 2시간 남짓

도마코마이 서항→ 이바라키현 오아라이항 선플라워 18시간 2등석 7,000엔

1-5 자전거

하마톤베쓰 민박 '도시카노야도'의 대여 자전거(300엔)

1-6 항공

김해 ↔ 신치토세 (대한항공, 에어부산)

김해 → 김포→ 신치토세→ 김포→ 김해 (직항노선이 없을 때, 1999년)

김해공항 → 도쿄나리타공항→ 도쿄하네다공항→ 홋카이도구시로공항 (일본항공)

2. 한국인 JR 철도 마니아의 기차 일기

2-1 오사카 출발 야간침대 특급 열차 '도와이라이토 익스프레스*' 로 삿포로에

*トワイライトエクスプレス (Twilight Express) 트와잇라잇 특급

'이노우에 야스시의 여행 이야기'(김춘미 번역)의 345쪽 '시베리아 기차 여행' 단락을 몇 번이나 수시로 읽는다. 작가의 1968년도 기행문이므로 지금부터 약 50년 전이다. 50년 전의 글이라도 그 당시의 모습을 독자인 내 마음대로 연상하는 것은 꽤 재미있다. 기행문은 발간된 책의 장르 중 생명이 길지 않고 짧다는 말도 있으나, 글쓴이에게는 자기 기록으로 뜻 깊고 가치 있는 일이다. 여행에 관심이 많은 나는 당연히 다른 사람이 쓴 기행문 읽기를 좋아한다. 그 기행문집에 기차 이야기가 있으면 반가워서 그 부분을 한 번 더 읽는다. 일본철도 마니아인 나는 기차 시간 검색부터 타고 내리기, 차창 풍경 보기, 도시락 먹기, 일기 쓰기 모든 일을 즐겨한다.

홋카이도 신칸센 개통에 따라 2015년 3월에 운행 종료된 '도와이라이토 익스프레스' 야행특급열차. 나는 2012년 7월에 탔는데 그 때 쓴 기차 일기를 새삼스레 꺼내어본다. 오사카에서 삿포로까지의 여정이다. 당시 재팬레일패스 14일간 교환증 구입 가격은 45,100엔, 이 레일패스로 이용한 운임을 계산해 보니 186,770엔이다. 이동거리는 7730.6km 달렸다. 구입 가격의 4배 이상 활용했으며, 17일간의 일정으로 그 당시로는 나의 최대, 최장의 일본 대여행이었다. 이 여행을 성공리에 마친 후, 21일간 레일패스도 이용하게 되었다.

후쿠오카의 하카타역에서 신칸센으로 신오사카 도착, 신오사카역

에서 보통 열차 한 구역인 오사카역으로 이동, 오사카역에서 삿포로 까지 야행급행열차 도와이라이토 익스프레스 승차. 26시간의 이동 거리와 요금을 기록해 두었다. 하카다에서 신오사카까지 622.3km, 14,080엔(신칸센 2시간 40분)은 재팬레일패스만으로 승차 오케이, 오사 카에서 삿포로 1491.9km, 28,140엔(야행열차 20시간 40분)는 재팬레일 패스와 침대권 요금 별도이다.(2012년 환율은 최소 1,300원:100엔, 2017년 3월 1,030원:100엔 정도)

국내에서는 일본의 야행침대열차를 예약하려고 해도 예약이 순조 롭지 않았다. 예약 방법도 잘 모르기도 하고 재팬레일패스를 승차권 으로 바꾼 상태도 아니므로 예약할 수 없는 상황인지도 모른다. 어찌 되었건 야간 침대열차를 타보고 싶어 일본 현지 하카다역에서 예약 하였다. 이미 도쿄- 삿포로의 카시오페아, 호쿠토세이는 이미 한 달 전에 모든 좌석의 예약이 끝났고 설령 좌석이 남아 있다고 해도 카시 오페아는 상당히 비싸다. 운이 따랐는지 도와이라이토의 마지막 한 개 좌석만 남았다고 하여 얼른 예약을 마쳤다. 마침내 내일이면 22시 간 주행의 야간침대열차를 타 보는 소원 한 가지가 이루어진다니 마 음이 춤춘다.

'도와이라이트 익스프레스'는 내가 탈 때는 오사카 - 삿포로 구간을 운행했던 임시침대특별급행열차이었다. 2015년 3월 12일 출발기준 으로 일반 판매를 포함한 임시 열차로서의 운행은 종료. 다시 2017년 6월부터 '도와이라이트 익스프레스 미즈카제'라는 이름으로 관광열 차 운행을 개시 예정, 주유형임시특급열차 크루즈트레인으로 다시 태어난다고 한다.

2012년 7월 23일 아침

오전 08:41 후쿠오카 하카타역 출발 신칸센- 신오사카- 오사카(도와이라이토 야간 급행 열차)- 삿포로 종점. 그 다음 날 09:40분 삿포로 도착 코스이다. 만 하루 24시간 기차를 탔다. 재팬레일 패스로 승차할 수 있지만 추가 요금인 침대권과 특급료 9400엔을 따로 지불했다.

일본열차 마니아, 과다애호가인 나는 신칸센을 타고 또 탄다. 여행이 끝나고 귀국하면 또 일본의 기차가 타고 싶어 금단현상이 일어날 정도로 신칸센 승차 팬이다. 언제까지 일본의 기차를 타고 돌아다닐 수 있을까, 건강이 허락되는 한, 일본여행은 끝나지 않을 것이다. 일본여행은 내 인생에서 나에게 선물하는 가장 큰 즐거움이고, 여행 결과는 늘 기대보다 더 좋았다.

하카타- 신오사카 구간은 신칸센 사쿠라호 542호 지정석, 자주 이용하는 시간대이다. 사쿠라호는 2011년 3월 규슈 전 구간 신칸센 개통에 따라 생긴 가고시마- 신오사카간 열차 이름인데, 차량 내의 모든 시설은 은은한 베이지 계통, 좌석 시트와 바닥과 창문 커튼까지 세트로 전체적인 느낌은 친자연적이고 편안하고 고급스런 소재로 보인다. 신오사카역까지는 하카타 출발 약 2시간 40분 걸린다. 신칸센 안에서 3시간 가량 여행 중의 휴식을 즐긴다. 차가 출발하면 철도마니아인 나는 차내의 모든 방송을 주의 깊게 듣는다. 여러 번 들었으므로 이미 그 대사를 외우다시피 한 일본 신칸센 안내방송 그 하나를 적어본다.

안내 방송 전에 재팬레일(JR)의 여행권유 캠페인 노래인 '이이 히다비다치'* 멜로디가 배경음악으로 짧게 흐르고, 다음과 같은 내용이다. *'이이 히 다비다치'(좋은 날 여행 떠남, 기행문 노래편에 소개함)

♫ ♫ ♫

"오늘도 신칸센을 이용해 주셔(주서서?) 고맙습니다. 이 기차는 사쿠라호 542호입니다. 도중 정차 역은 고쿠라, 히로시마, 후쿠야마, 오카야마, 히메지, 신고베, 신오사카입니다. 이 차는 모든 차량 금연입니다. 담배를 피우시는 분은 흡연실을 이용해 주십시오."

("쿄-모 신칸센오 고리요- 쿠다사이마시테 아리가토-고자이마스. 코노 덴샤와 사쿠라고 000고데스. 토츄노 데-샤에키와 고쿠라, 히로시마, 후쿠야마, 오카야마, 히메지, 신코베, 신오사카데스. 코노 덴샤와 젠샤 킨엔데스. 타바코오 스와레루 카타와 키츠엔 루-무오 고리요- 쿠다사이마세." 원문은 일본어 버전에 있습니다. 한글 표기는 외래어표기법에 따르지 않고, 장음을 하이픈(-)으로 표시하는 등, 일본어 청음과 탁음도 구별해서 현지 발음에 가깝게 적었습니다. 한글로 표기한 것은 실제 일본어 발음과 다를 수 있습니다.)

기계 음성의 안내 방송 후에 차장의 음성으로 다시 도착 안내역과 도착 시간을 알린다. 방송 메시지 하나하나에 발음과 억양까지도 예의를 갖추고 있어서 정확하고 알아듣기 쉽다. 물론 매뉴얼대로 변함없는 것이지만, 나는 언제 들어도 친숙하고 밝은 느낌의 명곡 같이 기분 좋게 느껴진다. 신칸센 안에서 첫 날의 피로를 회복한다.

나는 영화 속에서 본 '시베리아횡단열차' 타보기를 지금도 상상한다. 만약 탈 수만 있다면 며칠 걸려도 좋으니 끝없이 기차를 타고 차창 밖으로 펼쳐질 러시아의 대지와 창밖 자작나무의 무한 행렬 등을 보면서, 영화 '닥터 지바고'의 주제곡을 환청하며 이제 그만 탔으면 하는 불평은 절대 하지 않을 것이라고 생각했다.

그렇지만 시베리아횡단 열차 체험은 언제 실현될지 모르며 솔직히 나설 용기도 전혀 없다. 그 대신 일본의 야행침대열차를 타보는 것으로 만족하자며 카시오페아, 호쿠토세이(북두칠성), 그리고 드디어 내가 지금 탄 도와이라이토까지 3종류의 야행침대열차에 관해서 집중 검색을 하였다. 이러한 기차는 재팬레일패스로 승차할 수 있지만 침대료 사용 추가 비용이 따른다는 사실도 이미 알고 있다. 추가 비용이 얼마인지 정보 찾기가 어려웠다. 대형 여행사에 전화해 보아도 잘 모른다고 한다. 아마 재팬레일패스로 야행침대열차를 이용하는 사람이 적고 일반적이지 않기 때문인가 내 나름대로 해석했다. 도와이라이토 익스프레스!! 내 평생에 처음 타 보는 색다른 경험의 야행침대열차 이름이다.

2012년 7월 23일 정오

11시 56분발 오사카역 출발 삿포로행 도와이라이트 익스프레스에 드디어 승차했다. 타자마자 차내 판매 상품부터 산다. 책갈피. 편지지 세트, 엽서, 볼펜 등 내 기념품으로, 디자인, 색상 모두 독창성으로 승부하니 이곳에서만 살 수 있는 기념품답다.

레스토랑카- 'since 1989년 3월'이라니 올해 24년 째, 1989년이라면 나의 인생사에도 중요한 해이다. 도와이라이토 탄생년과 같은 해 10월 처음으로 일본 땅을 밟았다. 레스토랑카에 커피를 마시러 왔다가 결국 런치세트 빵 2개, 샐러드, 스프도 주문하고 만다. 700엔 8500원, 달리는 기차 속의 레스토랑이니, 가격은 개의치 않는다. 내일 아침도 일본식 아침식사(와쇼쿠)로 주문해 두었다. 처음이자 마지막으로 타 볼 지도 모르는 야행열차이므로 무엇이든 "마음껏,,, 일생에 한 번이니까"라는 기분이 앞선다.

달리는 차내에 은은히 들려오는 귀에 익은 클래식 음악, '캐논', 'G선상의 아리아', '타임 세이 굿바이', 슈베르트의 '아베마리아' 등에 내

귀를 맡긴다. 음악코디 전문가에게 의뢰하여 차량의 격조에 맞추어 배경음악도 선곡했을 것 같다. 지금 시간을 보니 오후 3시 15분, 후쿠이에서 가나자와로 행한다. 해가 지기 전까지 차창너머 동해의 풍경을 보고 또 보리라. 레스토랑카를 담당한 남성 3명과 견습생인 것 같은 여성 1명이 보인다. 모두가 맡은 일에 바쁘게 움직이고 깔끔하고 밝은 인상이 너무 좋다.

승차한 지 5시간 째, "일본해 파노라마를 즐겨주십시오."라는 안내방송이 들렸다."와,,, 동해다,,, 바다 바로 옆 정말 바로 옆으로 기차가 달린다." 내가 일본의 기차 안이 아니면 이런 경험을 어디서 하겠는가. 저녁 7시 어두워진다. 오늘 뿐 아니라 앞으로도 태평양을 끼고 동해를 끼고 나중에 오호츠크해를 따라 나의 일본 기차 여행은 줄곧 이어질 것이라 상상한다. 창밖의 모습은 어둠 속에 숨바꼭질하는 듯 잘 보이지도 않고 약간 보였다가 다시 볼 수 없다. 점심과 저녁 도시락을 그냥 놔두지 못하고 두 개 다 먹었다. 찰밥이 쫀득쫀득 내 입에 맛없는 음식은 없다. 그래서 내가 맛있다 하면 아무도 믿어주지 않는다.

오사카역에서 도와이라이토 익스프레스가 플랫폼에 들어오는 장면을 찍을 때에, 나의 기대는 극치에 이르렀다. "와,,, 중후한 도와이라이토 저 야간침대열차를 타고 자는 사이에 1500km 떨어진 삿포로에 도착해 있겠지. 신난다. 신난다."라고 중얼거리며 침대열차에서 자니까 시간도 득이 된다며 그저 좋아서 어쩔 줄 몰랐다.

승차했다. 아니 내가 알고 있는 일반 기차와는 기본적으로 구조가 다르다. "분명 8호 차인데,,, 어디지?"하며 침대 열차인 만큼 침대로 되어 있으니 스타일이 다를 수 밖에 없는데 차분하지 못하는 나는 처음부터 허둥거린다. 나는 가장 싼 좌석 B 4인용 2층 침대칸이지만 비즈니스호텔 1박 요금에 해당하는 6300엔을 침대권으로 지불하고 삿 포로까지의 특급료인 듯한 3000엔도 더 내었다. 즉 하룻밤을 이 열차 안에서 보내기 위해 재팬레일패스 외 약 10,000엔을 지불하였다. 그 러나 10,000엔 이외에도 도와이라이트에서의 22시간은 내 평생 처 음이자 귀한 시간이라며 기념으로 보내기 위해 과다 지출이 동반된 다. 레스토랑카에서 커피, 식사, 간식 등 환전한 여행 경비를 첫 날에 예산보다 많이 사용한다. 일본에서는 카드 사용이 우리나라처럼 쉽 게 되지 않아 현금 소지는 아주 중요한 줄 잘 알면서 잊어버린다.

열차의 외관 색상과 같이 소파와 테이블도 초록 계열 잘 어울린다. 넓은 창문을 통해 밖을 볼 수 있다. 나는 심야 시간대 외는 거의 차내 미니살롱에서 시간을 보내었다. 후쿠이 현에서 탔다는 여성은 내 옆 에 앉아 시종 한국의 드라마와 연예인에 대해 말을 했다. 하지만 나 는 국내의 연예계와 연예인에 문외한이며 텔레비전 드라마를 본 적 이 없어 대화의 응대가 어려워 미안했다. 일본인이 한국의 연예인을 화제로 말하면, 나는 한국인이지만 아는 바가 없어 들을 준비는 되어 있지만 대화의 호응은 자신 없다.

살롱카는 안락하고 고급스러운 분위기이다. 일본영화 시대극도 여 러 번 상영하고 있었는데, 처음엔 난 '인간의 조건'인 줄 알고 그렇다 면 한 번 더 보아야지 하고 화면 가까이에 자리를 잡았다. 잠시 후 아 닌 것을 알고 보는 둥 마는 둥 했지만 살롱카에서의 시간은 호사스러 운 휴식시간을 갖기에 안성맞춤이었다. 살롱카, 식당카, 미니살롱을 오다니며 낮 12시부터 승차할 수 있는 기회에 감사하며, 큰 유리창 밖의 동해, 바다의 파노라마가 영상이 아닌 실물로서 박동감 넘치게 상영된다.

레스토랑카는 호텔의 고급 레스토랑에 뒤지지 않는 디럭스한 분위기로 멋있다. 차창으로 움직이는 생동감 있는 영상, 여름 대자연의 향연을 즐긴다. 런치 타임이 끝나고 저녁 식사 전까지는 찻집, 경양식 레스토랑으로 변신한다. 나는 도시락을 사서 벌써 먹었지만 이곳에서 다시 커피와 간식을 주문하여 식도락 시간을 만든다. 지적이며 친절한 스태프는 좋은 인상, 그의 세련된 손님 응대법으로 주문에 대한 질문을 받으면 "됐습니다."라고 거절할 사람은 없을 것 같다. 누구라도 흔쾌히 주문할 것이다. 나도 내일 아침 조식을 벌써부터 기대하고 있다. 모처럼의 침대열차에서 다음 날 아침을 레스토랑카에서 먹어 보지 않으면 두고 두고 마음에 걸리므로 조식 주문은 당연하다. 주문내용은 도와이라이토 다이나푸레야데스 조식(모닝타임) 일본 정식 1500엔 예약.

저녁 8시 이후에도 미니살롱카에 마치 내 지정석 마냥 줄곧 앉아 있었다. 물론 다른 사람의 이용에 전혀 방해가 되지 않는 범위에서. 나 혼자 내가 먼저 자리를 잡았다고 독차지하는 욕심은 없다. 모든 사회생활에서 기본 매너를 지키려고 애쓰고 타인에게 폐를 끼쳐서는 안 되는 정도는 여행인에 앞서 평소 생활인으로서 갖출 매너이다. 척 보아도 교양과 품위 있어 보이는 여성과 멋진 옷차림의 노신사가 JR 시각표를 보고 있다. 머릿속 나의 여행계획이 또 바뀐다. 컨디션 회복, 졸고 일어나고 또 졸고 눈뜨며, 아직은 나에겐 미지의 대지인 홋카이도의 자연을 그리며,,, 스마트폰으로 재즈 음악을 들어본다.

2012년 7월 24일 이른 아침

밤을 지나는 동안 기차 안의 2층 침대 매트 위에서의 1시간이 10시간 같이 지루하다, 힘들다. 밤 10시에 기차 침대에 누워 새벽 2시까지 잠 못 이루는 고통, 일어나 불을 켜고 책이라도 읽고 싶지만 그것은 힘들어 꼼짝없이 뜬 눈으로 밤을 샌다. '기대가 크면 실망도 크다'더니 빗나가지 않고 들어맞았다. 원하지 않는 일은 잘 들어맞는다. 도와이라이토 승차 경험의 전반부는 완전 좋았고 후반부는 실망이었다.

이 부분은 고급야행열차 도와이라이토를 처음 타서 감동하던 시간과는 전혀 어울리지 않는 이야기이다. 덜컹거리는 레일 위의 기차 바퀴소리가 듣기 거북한 소음이고, 상하 침대 4칸의 4명이 같이 쓰는 공간의 아래 층 승객의 코고는 소리가 기차 바퀴소리보다 더 크게 들린다. 4명의 발성 연습하는 이상한 소리도 아니고, 새벽 2시, 3시, 4시,,, 5시 50분까지,,, 잠들지 못한다. 기차 안에서 자지 못한 이유는 밤새 레일 위를 달리는 기차 소리의 굉음이 이상하게 기분을 상하게 하는 음침한 소리로 청각에 끊임없이 들려오니 신경이 쓰여 도저히 한 숨도 잠들지 못했다.

또 나는 2층 칸이었는데 아래 1층에는 생면부지의 남성들이 야간열차를 처음 타는 사람들이 아닌지 코를 골며 너무 잘 잔다. 그들은 깊이 잠든 것 같은데, 나는 적막 속에 레일에 바퀴 굴러가는 조금 무서운 소리와 남성들의 코고는 소리에 밤 9시부터 새벽 5시까지 무려 8시간이 야간침대열차를 그렇게 타고 싶어 했던 나에게 마치 물을 끼얹는 듯 유쾌하지 못한 이미지로 괴로워했다.

오전 6시 샤워실 이용료를 지불하고 달리는 기차 안에서의 샤워하는 맛을 보기 위해서 그리고 수면 부족의 내 정신을 차리기 위해 샤워부터 했다. 그리고 침실에서 얼른 미니살롱으로 이동하여 쉬고 있다. 샤워이용권을 구입하여 샤워를 하여 어떻든 삿포로 도착 전에 정신을 차리고 불면에 지친 나의 모습을 가능한 조금이라도 회복시켜보려고 노력했지만 실패,

기차 안에서의 하룻밤이 끝나고 해가 밝아지고 아침이다. 어제 예약해 둔 아침 식사 시간, 좌석도 물론 지정석이다. 나는 나홀로 여행자(오히토리사마*,)이니 같은 테이블을 두고 내 앞의 남성도 오히토리사마. 그는 요코하마에서 왔다면서 부탁하기 전에 먼저 나의 인물을 넣어 사진을 찍어 주고 한국 여행 시에 통일전망대와 서울 명동에 가 보았다고 한다.

다시 살롱카에서 흐린 바다를 바라본다. 벌써 기차는 홋카이도에 들어온 것 같다. 느낌으로 홋카이도인 줄 알고 무엇이든 홋카이도답다고 혼잣말로 속으로 말한다. 무엇이 홋카이도다운지 잘 알지 못하면서, 홋카이도를 북해도라고도 말해 보며, 이번에 세 번째이다.

도와이라이트 다이나프레야데스에서의 아침 식사는 일본식 정식. 세팅되어 나온 아침밥이 시각적으로 너무 깜찍하다. 맛도 베리 굿, 우수하다. 하나도 남길 것이 전부 다 먹었다. 다소 나에겐 양이 적은 듯 했지만 먹어 보면 적당하다.

아침 7시 40분, 잘 생긴 탤런트 같은 남자 차장의 모자를 빌려, 아가씨처럼 보이는 젊은 엄마가 아이에게 모자를 씌워 사진을 찍는다. 아이의 엄마가 무척 예쁘다. 주변의 모든 사람이 젊어 보이는 것은 내가 나이가 많아졌다는 것이다. 도와이라이토는 또 바다를 끼고 돌고 돌면서 달린다.

2012년 7월 24일 아침

도와이라이토, 오사카를 출발하여 1500km 달려 목적지인 삿포로에 오전 10시 도착하다. 일본의 기차는 대체로 아니 거의 정시에 출발 정시에 도착하는 편이지만, 이 씩씩하고 기품 넘치는 사나이 도와이라이토는 목적지 삿포로에 약 20분 늦게 도착한 것 같다. 도착 전

차내에서 여러 번 연착하여 죄송하다는 방송을 들었다. 삿포로에 도착한다는 차내 방송, 누구의 음성이든 훈련된 정형화된 내용이지만 듣기 좋다. 좋아하니까 또 내용도 옮겨보고 싶다. 방송이 나오기 전에 배경음악은 신칸센 출발할 때와 같은 곡 '이이 히 다비다치'의 멜로디이다. 승차 기념 동영상도 찍어두자.

"오늘은 도와이라이토 익스프레스를 승차해 주서 고맙습니다.

도와이라이토 익스프레스 여행을 만끽하셨는지요? 곧 삿포로에 도착합니다."

아,,, 도와이라이토의 대부분이 다 좋았는데, 잘 시간에 잠을 이루지 못한 나는 두 번 다시 야행열차를 못 타겠다는 결심을 남겨주어 유감이다. 못 타겠다하는 결심은 사실이 아니다. 앞으로도 또 타보고 싶다는 반어법 표현이다. 도와이라이토가 이름을 조금 바꾸어 다른 노선에서 운행을 한다고 하면 꼭 다시 찾아가 타 볼 것을 어느 새 마음속에 입력해 두었다.(2012년 7월 24일)

하마나스*는 아오모리 ↔ 삿포로 간의 야행급행열차이다. 하마나스도 타보고 싶어 승차했다. 하마나스는 일반 기차와 같은 좌석만의 차량도 있고 침대칸도 있었다. 나는 야행열차이므로 침대칸을 원했고 도와이라이토에 이어 두 번 째 경험이라 그런지 잠도 잘 수 있었다. 나의 몸과 뇌는 한 번의 낯선 경험을 기억하고 두 번 째는 그 경험의 응용으로 불면에 대한 면역을 만들었는지 믿기지 않을 정도로 잘 잤다. 하마나스도 다음 달의 홋카이도 신칸센 개통으로 2016년 2월에 종료되었다.(2016년 2월) *하마나스 : 해당화

2-2 아바시리행 오호츠크호에서 유쾌하지 못한 시간

<u>2012년 7월 27일</u>

아사히카와에서 7월 27일 아침 9시 1분 출발 오호츠크 1호 아바시리행 특급을 타고 유빙의 도시로 향한다. 아바시리는 2010년 1월에 홋카이도에 왔을 때 유빙 보러 가고 싶었던 곳이다. 하지만 그 해 날씨가 따뜻하여 유빙이 먼 바다로 사라졌다는 정보와 삿포로에서 너무 멀어서 체력에 자신도 없어 생각만으로 그쳤다.

하지만 이번엔 여름이라 당연히 유빙관광쇄빙선은 운행하지 않아도, 아바시리와 시레토코에 가고 싶었다. 시레토코에는 '시레토코여정'의 노래비 촬영의 과제가 있어 필수 코스이기도 했다. 아바시리의 형무소는 일반 코스이니까 가 보았을 뿐, 감옥과는 나와 인연이 없어서 관심 밖이고, 오호츠크유빙관 체험은 독특하니까 마냥 재미있었고 신기했다. 실제 유빙을 보러 언제든 겨울에 다시 방문하고 싶다. 유빙파쇄선은 1달 전에 예약해야 한다고 하니 예약 완료 후 꼭 올 것으로 정했다.

오호츠크 1호 아바시리 특급은 다른 특급 열차보다 세련되지 않고 낡은 느낌이 강했다. 이번 홋카이도 여행에서 타 본 열차 중 가장 뒤떨어진다. 그런데 열차의 상태보다 더 좋지 않은 기억은 옆자리의 삿포로에서 먼저 타고 온 승객의 상식 밖의 행동이다.

JR레일패스로는 자유석을 이용할 경우는 차표가 필요 없다. 그냥 자유석 차량의 빈자리에 앉으면 된다. 장거리 이동일 경우는 자유석에 자리가 없을 수도 있고 지정석이 더 쾌적하므로 창구에서 지정석을 예약하는 게 안심이지만.,, 아바시리에 갈 때는 그 전 날 미리 예약해 두어야 계획대로 시간에 맞추어 행동할 수 있는 장점이 있고, 멀기도 하므로 지정석을 받아 두었다. 그런데 지정석 예약이 자유석보다 훨씬 못한 경험이 아바시리행 특급 오호츠크1호에서 일어났다.

나는 짐을 갖고 이동하니까 차를 타면 먼저 짐 둘 곳을 둘러본다. 그러나 마땅한 곳도 보이지 않고 기차 안에 사람이 너무 많아서 우왕좌왕 할 수 없어 먼저 내 자리에 착석 후 다시 짐칸을 찾아보자며 자리를 찾아 갔다. 지정석은 모두 예약 완료로 만석인 만큼 내 자리의 옆에도 승객이 앉아 있다. 나는 창측 자리에 앉아야 하니까 "미안합니다(스미마셍)"하고 말을 건넸는데 '아, 하이'라고 대답은커녕 꿈쩍도 않는다.

통로 측에 앉은 사람은 보통은 창가에 앉을 사람을 위해 일어서 비켜주는 것이 매너이고 모두들 누구나가 그렇게 본능적으로 배려할 줄 안다. 그런데 이 남자는 긴 다리를 쭉 뻗은 채 나보고 들어가라고 한다. 짐도 있는데,,, 내가 들어가 앉기 곤란해 해도 일어서 주거나 다리를 비켜주지 않는다. 행동에 어떤 변화도 보여주지 않는다. 하는 수 없이 나는 그 좁은 공간을 남의 다리를 넘어서 정말 겨우 짐을 들고 들어가 앉았다. 승객은 그게 전부가 아니었다. (아직도 그 사람만 생각하면 이해가 안 되고 왜 그랬을까, 무슨 일이 있어 그렇게 한숨을 내내 내어 쉬고 기본 에티켓이 없었을까. 보통의 일본 사람들은 그렇지 않던데 하는 불필요한 의문이 남아있다.)

약 1시간 반 가량을 거북하고 편하지 않은 이상한 상황에서 보냈다. 이 상태로 약 2시간 반을 더 가야 한다니 막막하다. 4시간을 옆자리 사람 때문에 공포도 아닌 공포 속에서 아바시리까지,,, 차 안을 둘러보니 사람이 많아 자리를 옮길 곳이 없다. 오오오오,,, 아바시리행 기차는 일본열차 마니아인 나에게 색다른 불유쾌한 경험을 주는구나 하며 포기하고 있는데, 뒤늦게서야 "아, 맞다 자유석에 좌석이 있는지 보고 오자"고 알아차려 얼른 일어나 자유석 차량으로 가 보왔다. 자유석 차량에 들어서는 순간 "와, 살았다"라는 말을 입 밖으로 낼 뻔 했다. 세상에 자리가 덤성 덤성 비어 있었다. 지정석은 만석인데 자유석은 빈 자리가 많다니, 자리를 확인한 후 나는 덜컹거리며 달리는 열차 내에서 급한 일이라도 있는 듯, 종종걸음으로 내 자리에 돌아가 짐을 들고 마치 누가 잡으러 올까 도망가듯이 자유석으로 이동했다.

목적지 도착까지 남은 2시간 반을 차창 밖의 삼림과 물이 콸콸 흐르는 강과 계곡을 바라보며, 아바시리와의 첫 만남을 기다리며 느긋하게 보냈다. 자연의 신은 언제나 나에게 작은 어려움을 주지만 이내 그것을 해소할 수 있게 방법을 알려준다. 이 이후에도 많은 기차를 탔지만 한 번도 불쾌하거나 불편한 경험은 없다. 기차 안에서의 유쾌하지 못한 유일한 체험이었다. (2012년 7월)

2-3 하카타에서 하코다테까지 다음 날 삿포로에 2,500km

2013년 2월 9일

삿포로 눈축제는 2월 5일부터인가? 폐막식은 2월 11일이다. 올해는 삿포로유키마쯔리, 눈축제를 볼 수 있겠다. 김해에서 삿포로 직행편을 예약하려고 했으나, 이전처럼 매일 삿포로 운행 스케줄이 있는 것이 아니고, 또 이미 눈축제로 붐벼 이코노미 좌석은 구할 수가 없었다. 그렇다면 후쿠오카로 입국하여 아오모리까지 신칸센을 타고, 특급으로 하코다테에 이동하여 하루 묵고, 다음 날 특급으로 삿포로에 가면 되겠다고 결정했다.

여름에 한 번, 겨울에 두 번, 세 번의 홋카이도 여행을 했으니까 이번은 네 번 째 홋카이도행, 제법 이력이 생겼다. 삿포로에 도착하면 삿포로맥주박물관에서 알게 된 오오이시바시상과 만날 약속이 있으니 이제 삿포로는 아는 사람이 있는 곳으로 친근하게 느껴진다. 그는 삿포로 토박이이며 나의 삿포로 방문을 언제든 환영해 주는 분이다. 성격은 나와 반대로 침착하며 영어를 잘 하며 좋아하는 것 같았다.

2013년 2월 10일

하카타 → 신오사카 → 도쿄 → 신아오모리 → 하코다테

총 2052.9km, 35,270엔, 11시간 17분 승차

일본의 철도 마니아 여성을 일컫는 말 테츠코(鉄子)에 대입하여 나는 철옥(鉄玉)이다. 이번에는 하카타부터 삿포로까지 2,300km 가량을 또 타보기로 한다. 12시간은 조금 길지만, 후쿠오카 하카타역을 아침 8시 41분에 출발하여 삿포로까지는 당일 도착이 어렵고(야간 기차도 있지만), 어떻든 홋카이도 입성을 목표로 하코다테까지 갔다. 호텔에는 저녁 9시 도착했으니 승차시간 포함 약 12시간 걸렸다.

하카다 출발 신칸센은 금새 신오사카로 실어다 준다. 신칸센 사쿠라호는 개통한 지 얼마 되지 않아 의자 시트, 색상·자재 모두 새 맛이 난다. 정말 탈 맛이 나는 신칸센이다. 커피를 주문한다. 와곤서비스(차내 이동 매점)는 즐겨 이용한다. 열차 내 판매도 점점 없어져 가는 추세이지만, 달리는 기차 속의 고객을 찾아오는 작은 매점에서 커피, 간식, 도시락을 먹으며 기차 여행의 질을 업그레이드시킨다. 신오사카에서 도쿄행으로 환승, 신칸센 히카리호로 또 달린다. 일본의 어디든 바깥 전원 풍경은 한 두 번 본 것도 아닌데 매번 처음 보는 것처럼 대한다.

지금은 나고야로 향하고 있다. 지붕 위의 잔설과 밭의 연초록빛 농작물이 자라고 있고, 헐벗지 않고 듬성듬성 산의 윤곽을 보여주는 산

들, 녹음은 없지만 일본에서 볼 수 있는 나무들이 제자리를 지키고 있는 나지막한 산들, 또 좋아서 혼자 난리이다. 지난 6개월 전의 여름은 온통 초록으로 뒤덮인 풍경이었는데 지금은 색상이 다르니 감상해야 한다. 졸리지만 자고 싶진 않다. 자는 사이에 차창의 경치를 못 보면 아깝고 억울하여 나중에 후회한다.

나는 일본 여행의 모든 것을 즐기지만 기차 안에서의 시간을 특히 좋아한다. 비로소 일에서 벗어나 여행인으로서 자유를 만끽하는 귀중한 시간이다. 정말 아는 것만큼 보이고 아는 것만큼 들린다. 피아노 교재로서 일본의 애니매이션 악보를 여러 권 구입하여 가끔 치다 보니 차내 방송의 배경 음악이 '하울의 움직이는 성', '마녀택배(배달부)' 등의 주제곡인 줄도 알게 된다. 사쿠라호는 만석이었는데 히카리호는 편수가 많고 출퇴근 시간을 지나서 그런지 후지산을 볼 수 있는 창가 외의 좌석은 비어 있어 더욱 편안하여 승차감이 좋다. 하마마츠의 하마나코 호수를 스치고 지나간다. 눈으로 치장한 흰색 풍경에 질릴 것도 같은데 여전히 집중하여 볼 만큼 아름답다.

신칸센 안에서 여러 번 보아온 후지산, 또 창가 좌석을 배정받아 아무 생각 없이 앉은 채 보았다. 처음 보는 것도 아니라 카메라를 꺼낼 생각도 없었는데 어느 새 카메라를 들고 눈 덮인 겨울의 풍경 후지산을 찍고 또 찍는다. 신비스럽고 아름답고 귀한 풍경이었다. 일반 보통 산들도 겨울이니까 산기슭은 눈으로 옷을 갈아입고 있었지만 후지산은 그 아래에 구름이 걸려 있는 것이 자못 후지산답다.

샌드위치와 사과주스. 이번 여행에서는 사과주스를 많이 먹었다. 와곤 서비스의 품목 중에서 사과주스는 단골로 주문한다. 동북지방으로 들어오니 어두워지고 쓸쓸한 겨울 풍경이 스쳐지나간다.

"슈퍼백조 31호 18시 41분발. 탓피 해저역 총 길이 54.4km. 통과시간 24분.

혼슈의 가장 북쪽 아오모리에서 홋카이도까지 세이칸 해저터널 53km를 또 지난다. 바다 밑, 바다 안(속) 해저를 달리는 소음과 무서움,,, 빨리 해저터널을 빠져나오면 좋겠다. 30여 년 전에 앞으로 홋카이도까지 신칸센 연결을 위한 기초 공사도 같이 해 두었다니 그저 놀랍다. 신칸센으로 홋카이도 삿포로까지 연장되길 기다린다.(2016년 3월 21일 홋카이도신칸센은 신하코다테호쿠토까지 개통함). 하코다테는 2010년 1월에 처음, 또 2012년 여름에 하츠코이(첫사랑) 노래비를 찍으러 들렀다. 이번이 세 번째이나 여행 계획은 없고 다음 날 삿포로로 가기 위한 경유지이다.

하코다테에 밤 8시 47분 도착, 밤에 도착하여 호텔 도요코인 근처의 가게에서 스시와 맥주, 털게를 주문하여 먹으며 혼자만의 여행이라도 외로워하지 않는다. 예약한 비즈니스 호텔 도요코인의 숙소는 비싸지 않은 가격과 신뢰할 수 있는 서비스 제공으로 날로 확장세. 나의 일본 자유여행은 도요코인 회원 가입과 동시에 활발하게 실행할 수 있게 되었다.

2013년 2월 11일

하코다테 → 삿포로 318.7km, 8,080엔(나는 재팬레일패스), 3시간 17분
삿포로 도착하여 오도리공원의 유키마츠리와 스스키노의 얼음조각전 견학
삿포로 ↔ 오타루 33.8km × 2 = 67.6km, 620엔 × 2 = 1,240엔, 편도 46분
오타루의 유키아카리와 오타루운하 주변 관광

하코다테에 조금씩 눈발이 희끗, 아사이치(아침시장)은 3번 째, 8시

30분 출발 삿포로행 지정석 예약을 신청하니 딱 한 자리 남은 좌석이라며 배정해 주었다. 자유석도 사람이 많다니 하마터면 3시간 이상 자리 없이 서서 가야할 뻔 했다. 특급 스파호쿠토로 3시간 20분 걸려 삿포로 도착. 폐막일의 삿포로 눈축제(유키마쓰리, 스노페스티벌) 장소에 도착하여 볼 수 있었다. (눈축제의 설상(눈으로 만든 조각품)은 붕괴 위험이 따르니 폐막과 동시에 회장의 모든 작품을 전부 부수어 치워버린다고 한다.)

내 자리 옆은 회사원 같은 남성, 옆 자리이니까 꼭 관찰하는 것도 아니지만 상대방의 행동이 눈에 들어온다. 신문을 꺼내 읽는다. 홋카이도 신문이다. 차내 방송은 정차역의 도착시간을 알리고 있다. 또 멋있는 나목이 줄지어 나타나고,,, 백설,,, 9시 되기 전 아침인데 옆 통로 좌석에는 남성 일행이 맥주와 안주를 입가심하고 있다. 아침부터 맥주를 즐기는 애주가인가 그렇게 선입견을 갖고 보니 애주가 분위기가 돈다.

출발하여 30분 지났다. 잿빛 하늘, 눈 휘날림, 심상치 않은 날씨, 나는 겨울이 싫다고 했다, 겨울은 추워서 싫다고 살풍경이 무정하다고 늘 입버릇처럼 말했다. 그런데 홋카이도는 나에게 겨울의 아름다움을 느끼지 못한다면 알게 해 주리라는 계획적인 풍경이라도 보여주려는 듯하다. 겨울의 위풍당당한 모습에 기가 꺾이고 만다. 겨울,,, 내가 사는 곳에서 어느 해 겨울에 눈이 두 번 내린 후 어찌나 생활하는데 불편했던지 "눈은 이제 됐다, 싫다"던 내가 다시 겨울과 백설에 감동으로 다가간다. 감동이 나를 부른다, 하긴 여긴 눈의 나라, 북국의 홋카이도이니까,,, 어느 새 삿포로 도착했다. 역 건물을 벗어나니 당장 손이 가장 시리다.

그런데 내가 메모해 둔 여행 수첩을 보아도 시간이 지나면 무엇 때문에 메모를 했는지 내용이 기억나지 않는다. 기억을 할 수 없는 단어와 문장은 과감히 버리면 된다. 애써서 기억해 보려고 해도 나의 기억 살리기에 역부족, 깔끔하게 포기해라. 작은 일에 너무 끙끙거리지 말자(일본어로도 나에게 말해보면 "쿠요쿠요시나이" "쿠요쿠요시나이요-니").

2-4 동물원 관광열차로 아사히야마동물원에

인터넷 자료를 검색하는 중, "아사히카와는 삿포로에서 136.8km, 특급 열차로 1시간 25분 걸리는 곳으로, 홋카이도 중앙부에 위치, 홋카이도내의 두 번 째 큰 도시이다. 연간 관광객도 많은 편이며 아사히야마동물원은 일본 최북단의 전국 유수의 동물원으로 펭귄 황제 산책은 특히 유명하다"라는 기사를 보고 가만있지를 못했다. 동물 중 펭귄을 좋아하니까 가까운 위치에서 펭귄도 보고, 소설과 영화 '빙점'의 작가 미우라아야코의 문학관에도 들리고 싶었다.

아사히야마동물원에는 삿포로에서 도부츠엔호(동물원호) 관광열차를 예약하여 탈 수 있었는데, 동물원호를 타니 동심으로 돌아가 어릴 때 소풍지에서 본 동물원의 정경도 떠오르고 천진난만한 기분으로 모드 전환된다. 나 혼자가 아닌 20대 후반의 아들과 함께 여행하는 코스에 동물원은 잘 어울린다. 자식은 성장해 어른이 되어도 부모의 눈에는 늘 어려 보인다. 승차 경험을 되살리며 아사히야마동물원 홈페이지를 열람하는데 동물원호 일러스트 작가의 코멘트에 시선이 멈추었다. "지구상에는 많은 동물들이 살고 있습니다. 모두 제각기 예쁘고 씩씩합니다. 그런 그림을 열차에 많이 그렸습니다. 승차하시면 틀림없이 동물들도 좋아서 크게 기뻐할 것입니다. 동물들과 여행을 한다면 얼마나 멋질까요. 아베 히로시 あべ弘士)"의 말은 나에게도 꼭 들어맞았다. 내가 탄 동물원호의 지정 좌석 앞 시트에 적힌 내용도 재미있다.

> 동물운동회 달리기에서 1등은 누구일까요?
>
> 1위 치타 시속 102km (cheetah)
>
> 2위 프롱혼 시속 92km (아메리카가지뿔영양)
>
> 3위 캥거루 토끼 시속 72km
>
> 4위 경마 말 시속 71km
>
> 5위 기린 시속 51km

나는 시속 2km, 동물들의 달리기에서 입상자와 그들의 속도를 처음 알았다. 동물원호 차 안에서 스태프들은 동물 관련 퀴즈 시간, 승차증명서 엽서 배부 등 관광열차로서의 충실한 프로그램으로 승객을 맞이하고 있었다. 유쾌한 동물원호 생각하면 얼굴에 미소가 번진다. (2010년 1월)

관광열차 동물원호 이후 7년이 지나 30대가 된 아들과 함께 다시 홋카이도 여행할 때는 증기기관관광열차인 '겨울구시로습원호'와 '유빙노롯코호' 열차를 같이 탄 것도 가족여행의 큰 즐거움이었다. 아바시리로 향하는 유빙 열차 안의 매점에서 오징어를 사서 석탄 스토브에 구워서 먹었다. 나의 초등학교 시절 교실에 있던 난로와 그 난로 위에 알미늄 도시락을 데워 먹던 1960년대 후반과, 나의 20대에 극장(영화관)에서 오징어 냄새를 맡으며 영화를 보았던 그 때 그 시절의 장면이 순간 단편적으로 다발적으로 떠올랐다. (2016년 2월)

삿포로 출발 후라노행 라벤더임시특급 열차를 타기 위해 1시간 전이나 일찍 플랫폼에 나와 있었고, 후라노에서 라벤다바다케(라벤더꽃밭) 임시 정차역까지 노롯코호를 타고 가는 도중, 홋카이도만의 확 트인 넓고 넓은 전원풍경을 흠뻑 접했다. 비에이에서 아사히카와까지 다시 한 번 도롯코호 관광열차를 타고 바깥 공기와 얼굴을 스치는 시원함 속에 비에이 후라노의 풍성한 대자연을 아쉬움을 남기지 않을 정도로 마음껏 감상했다. 후라노와 비에이 지역에는 정말로 메밀밭이 많고 크다. 온통 메밀밭으로 흰색의 메밀꽃이 한국인이라면 다 아는 단편소설 '메밀꽃 필 무렵'의 줄거리를 생각하게 했다.

홋카이도 여행 시 열차 내 매점 와곤서비스(손수레이동매점)에서 커피와 빵은 세트로 주문하며, 홋카이도에서 만든 아이스크림, 마시는 요구르트, 땅콩도 빼먹지 않고 꼭 사 먹는다.(2012년 7월)

2-5 일본대여행 무사 종료, 열차로 달린 거리 7,700km

일본의 철도를 달리는 열차를 힘에 부칠 정도로 탔다. 홋카이도에서부터 규슈까지, 신칸센부터, 특급, 신쾌속, 쾌속, 보통 열차 모든 종류별로 골고루 체험했다.

여행 중 여권, 현금, 재팬레일패스, 신용카드 4가지가 제자리에 잘 있는지 병적으로 확인한다. 특히 일본 최북단 땅인 왓카나이나 아바시리, 시레토코 등에서 레일 패스를 분실하면 어쩌나 하는 기우로 존재 유무가 자꾸 걱정이 된다. 사용 기한의 마지막 날, 오카야마에서 하카타로 돌아오는 마지막 신칸센 안에서도 또 잘 있는지 확인하고, 도착지인 하카다역 유인 개찰구를 통과한 후 비로서 레일패스 보관의 막중한 부담에서 벗어났다. 일본 열도를 누빌 수 있는 위력이 소멸되는 그 날까지 레일패스는 보물덩어리 취급을 해야 한다.

7,700km, 하루 평균 철도 이용만 4시간 이상이었다. 패스가 아닌 실제 운임은 얼마나 될까 계산해 보았다. 보름 동안의 숙박비가 레일

패스 무제한 이용으로 상쇄되는 것 같은 높은 요금이다. 이런 장점으로 나는 일본레일패스 과다이용자이며, 레일패스 없이 일본여행을 할 수도 없고, 여행 후 다시 하고 싶어 견딜 수 없는 중환자이다. 이번 레일패스 14일간 이용 경험으로 앞으로 보다 요령 있고 효율적으로 철도여행을 할 수 있을 것 같다.

나에게 일본은 철도대국 기차의 나라이며 에키벤(역도시락)의 나라, 꽃의 나라이다. 일본의 기차를 타고 이리저리 많이 이동하기에 달리는 차 안에서 식사를 해결하는 날이 많다. 열차 내 이동 매점의 에키벤도 자주 먹었다. 에키벤은 차 안에서 먹어도 음식냄새가 거북하지 않도록 만드는지 다른 사람이 먹어도 별 냄새가 나지 않는다. 무엇보다 가격대비 도시락의 내용이 충실하고 맛있다. (2012년 7월)

2-6 재팬레일패스 21days로 홋카이도, 혼슈, 시코쿠, 규슈까지

2015년 9월 홋카이도의 여행 테마는 홋카이도의 많은 호수 한꺼번에 둘러보기이다. 그 다음은 혼슈 아오모리의 3대 영산(靈山)인 오소레잔의 우소리코 호수, 아이치현 아부라가후치 호수, 시가 현의 요나고 호수를 거쳐 시코쿠의 유일한 천연호수인 에비가이케(도쿠시마현 소재)까지 이동한다. 여행 일정도 길고 거리 이동도 많아 넉넉하게 재팬레일패스 21days를 처음 구입하였다.

이 여행에서는 좋은 일보다 실수 한 가지가 크게 남는다. 앞으로의 여행에 더욱 주의해라는 뜻으로 겸허하게 받아들였다. 홋카이도 히가시무로란에서의 일이다. 하코다테행 특급 열차를 타려고 줄을 서 있으면서, 눈앞에 기차가 들어왔는데 타지 못하고 놓쳐 버렸다. 이유는 2층 대합실에서 기다리다 기차 도착 시간에 맞추어 10분 전에 플랫홈에 내려오니 고등학생들이 가지런히 일렬로 길게 서 있다. 당연히 나는 그 뒤에 서서 그들이 먼저 타기를 기다렸다. 그런데 특급열차가 들어와 정차했는데 그들은 타지 않고 내가 뒤늦게 타려고 하니 특급은 가 버렸다. 그들은 그 다음의 보통 열차를 기다리고 있는 줄 몰랐다. 일본 철도 마니아의 있을 수 없는 아니 전혀 예측 불가한 실수가 발생했다.

다음 차편의 하코다테행 특급을 탄다고 해도 당일 아오모리까지 연결은 불가능하다. 예약한 기차는 놓쳐 타지 못해도 재팬레일패스이니까 기차 운임의 문제는 없지만, 호텔의 예약 취소는 이미 오후 4시를 지나 50%의 취소료가 발생한다. 취소료보다 더 걱정되는 것은 늦은 밤 하코다테에 도착하여 호텔을 찾는 것은 더 어렵다. 다급한 마음과 당황한 얼굴로 뛰어가 역구내의 영업종료 준비를 하는 여행사 직원에게 부탁하여 겨우 해결했다. 하코다테에서는 도요코인만 이용했는데, 하코다테의 선시티호텔에 처음 체크인과 체크아웃을 했다. 이 호텔은 저렴한 요금에 아침 식사의 내용도 좋았고 당연히 맛있다. 개별식으로 식탁까지 갖다주는 점은 더욱 좋았다.(2015년 9월)

기차에 대한 추억은 수없이 많지만, 한 가지만 더 쓰고 정말 마쳐야 한다. 너무 길어졌다. 아들과 함께 스키 체험을 해 보고 싶어 삿포로 가까운 곳의 스키장과 호텔 예약을 했다. 유바리 슈하로호텔의 숙박권과 스키장 이용의 세트를 선택했는데, 아들의 몸 상태가 좋지 않아 하루 묵었지만, 스키장에서는 리프트와 스키 타러 온 사람들 구경만 했다. 다시 삿포로로 돌아가기 위해서 유바리에서 신유바리역으로 이동할 때의 일기이다.

유바리역은 너무 작아서 무인역인가 생각했더니, 좁은 역 건물 내에 매점도 있고 관광협회코너도 있다. 관광협회의 여성분이 유바리의 이전 석탄 채굴 전성기시대에서 현재의 실정까지 간추려 들려주었다. 그리고 유바리와 신유바리 간의 철도 노선이 승객 감소로 폐선될 것인데, 오늘 승차객으로 와 주어 고맙고 환영한다며 말했다. 플랫폼에서 우리를 배웅하며, 기차가 움직이기 시작하자 노란손수건으로 우리 쪽을 바라보며 기차가 보이지 않을 때까지 흔들어 주었다. 비단 유바리선뿐 아니라 기존의 홋카이도 철도 노선도 적자 운영으로 조만간에 많은 노선에서 열차 운행을 중단하고 레일은 폐지되어 역사의 한 장면으로 사라질 것 같았다.

유바리센은 그 날 이후 얼마 되지 않아 운행 종료되었다. 나는 그 소식을 스마트폰으로 NHK 라디오뉴스를 통해 일본의 각 지방소식 홋카이도 편에서 들었다. 유바리센이 폐지될 것을 미리 알고 일부러 유바리의 호텔을 예약한 것도 아니었다. 그런데 유바리 노선이 폐지되기 전에 아들과 타 보는 기회가 있었으니 나는 JR 철도 마니아임에 틀림없다.(2016년 2월)

3. 버스·비행기·배 여행일기

3-1 삿포로 시내 여행은 오후관광버스 코스와 도보로 대충 마쳤다

삿포로역 앞 중앙버스터미널에서 오후 관광코스로 삿포로 시내를 구경한다. 나는 일본 어디든 지역의 시내투어 정기관광버스가 있으면 우선 선택한다. 짧은 시간에 교통편 걱정 없이 빠른 시간에 많은 것을 볼 수 있다는 장점과 가이드 설명 혹은 차내 방송은 책으로 읽는 것보다 알기 쉽고 기억이 오래 남기 때문이다. 지금은 다국어지원

방송시스템도 구비되어 채널 선택도 가능하지만, 그 때는 일본어로 만 했던 것 같아 아들은 거의 알아듣지 못했다.

사진을 보니 삿포로히쓰지가오카전망대 사진이 가장 많다. 윌리엄 스미스 클라크*박사의 전신 동상 위에 어떤 사람이 올라가 포즈를 취 하는 사람을 내가 찍었다. 저리도 클라크박사를 존경하여 가까이 다 가가 보고 싶을까, 동상 위에 올라가 사진을 찍고 싶은 마음이 컸을 까, 다른 사람의 마음을 알 수 없지만, 내 아들이 올라간다면 말렸을 것이다. 윌리엄 스미스 클라크 박사의 전신상이 전망대 안에 놓인 풍 경은 삿포로 소개에 빠지지 않은 관광지이며, 그의 말 '소년들이여, 포부를 가져라(Boys be Ambitious!)'라는 명언은 내가 아주 어릴 때부터 들어왔다. 그렇지만 이 명언과 삿포로와 관련된 사항은 어른이 되어 알았다.

흰 눈이 내린 채 눈이 쌓여 곳곳에 여기가 홋카이도 삿포로라는 실 감이 전해진다. 삿포로 온 지 몇 시간도 안 되어 삿포로에 반하기 시 작한다. 시내버스 투어에서 내려 도케이다이(시계탑)의 업라이트된 모 습, 크리스마스 트리와 같은 일루미네이션, 텔레비전타워에 올라 널 따란 오도리공원의 야경 감상 등 대도시 관광에 바쁘다. 삿포로의 밤 풍경이 궁금하여 번화가 스스키노도 춥지만 들렀다. 삿포로 맥주와 즉석에서 요리해 주는 안주를 시켜 아들과 여행의 순간을 즐겼다. 삿 포로의 스스키노는 일본 3대 환락가의 하나이며, 삿포로 라멘은 일 본 3대 라멘의 하나라고 하니 한꺼번에 일본 3대 명물 2건을 체험했 다. '환락가'라는 말이 우리말의 뜻과 무엇이 다른지 검색하니 '낮에 활기찬 번화가에 대해 야간에 영업하는 주류제공의 음식점이나 레 저 시설이 다수 모여 있는 구역 혹은 밤에 영업하는 가게들이 밀집하 는 곳,,,,'으로 더 이상의 상세한 설명도 있지만 이 정도로 인용해 둔다.

삿포로 첫 날의 일정이 끝나고 다음 날은 걸어서 홋카이도청구본청사(北海道庁旧本庁舍, 홋카이도청 옛 본청사)를 조금 보았다. 우선 외관적인 건축 양식(네오바로크)만이 눈에 들어온다. 관내는 홋카이도 개척관계 자료를 전시, 보존하는 홋카이도도립문서관, 홋카이도의 상징적 존재이며 홍보 프로그램의 타이틀로서 종종 '아카렌가 붉은 벽돌'로 소개된다 등의 자료를 본 건물과 맞추어 읽는다. 관광지는 대충 보아도 한 번 실물을 보았다는 사실이 나에겐 중요하다. '백문이불여일견' 현장학습의 우수함은 이미 누구나 다 아는 사실이다.

홋카이도구청사 견학 후, 삿포로 맥주박물관에 택시를 타고 갔다. 시음 코너에서 3가지 추천하는 맥주를 주문하여 마시며 아들은 맛있어 만족하고, 나는 옆 테이블에 앉은 분과 말을 나누게 되었다.(2010년 1월)

나의 수다는 삿포로에서 시레토코 관광버스 안으로 장면이 바뀐다. 물론 연도도 다르다. 시레토코샤리역에 내려 시레토코 우토로를 가기 위해 시레토코로망후레아이 관광버스를 탔다. 오전 코스의 가이드 나가세상은 전직 가이드 출신이다. 오늘 하루 임시 가이드로 일해 달라는 부탁을 받고 나왔다고 한다. 가이드를 그만둔 지 오래되어서 안내를 잘 할 수 있을지 어떨지 걱정하고 있었지만, 다년간 일한 경력을 알 수 있는 전문 전문가다웠다. 시레토코 반도를 말하면 나에게는 자연의 아름다움은 말할 필요가 없으며, 사람은 가이드 나가세상이 기억에 선명하게 남아 있다. 나에게 호텔 예약을 위해 전화를 걸어주고 소개장도 써 주었다. 전화와 메모지로 일을 처리하는 깔끔함과 확실함은 일본 사회의 일본인의 일반화된 행동양식으로 보인다. 그녀의 소개장의 글씨도 달필이었다.

"그란티아 귀중

저희 회사에서 늘 신세지고 있습니다.

시레토코자연센터에서 전화 드린 가이드 나가세입니다.

예약한 한국인 이상입니다. 잘 부탁드립니다."(2012년 7월)

3-2 하늘과 바다의 체험도 빠뜨릴 수 없다

홋카이도 여행 - 삿포로의 겨울, 둘째 아들과 같이 하는 여행이라 신난다. 김해공항에서 삿포로 신치토세 공항까지 직항도 생겨 편리하다. 처음 삿포로에 갈 때는 서울 김포공항까지 국내선으로 이동했는데, 많이 편리해졌다. 비행 시간이 줄어드니 운임도 절약된다. 우리가 탄 비행기는 만석이었던 것 같다. 신치토세공항에 내려서 입국 심사를 받기 위해 서 있는 줄에서 아는 동료를 만나 반갑다. 여행사 상품으로 왔다고 한다. 입국 심사관 앞에 가기 전에 미리 작성 서류를 확인하는 도우미가 인쇄물을 나누어 준다. 내용은 '눈의 나라 홋카이도에 오신 것을 환영합니다. 눈에 미끄러지지 않기 위한 주의 사항'이다. 겨울 내내 눈을 경험하기 어려운 남부지역에 사는 나에겐 유익한 정보이다.

구입해 온 1주일 재팬레일패스 인환권*을 승차할 수 있는 승차 패스로 바꾼 후 얼른 삿포로 시내로 이동하였다. 홋카이도 체재는 4일로 계획했으므로 짧은 시간에 많이 보고 싶은 욕심으로 마음이 급하다. 일본 입국은 신치토세공항, 출국은 후쿠오카 공항이므로 홋카이도 여행 후 혼슈를 거쳐 도쿄, 오사카를 찍고 세토오하시를 건너 시고쿠의 다카마츠도 찍고 후쿠오카 공항에서 귀국하는 수박겉핥기식 일정이라도 일본여행 그 자체가 좋았다.(2010년 1월) *인환권: '교환권'과 같은 말이나 '인환권'으로 통용하고 있다.

　이야기가 바뀐다. 9월의 홋카이도 체험을 나의 블로그에서 사진 및 그 때의 글을 다운로드하면서 본 영화를 다시 본다. 영화를 처음 볼 때는 스토리 파악을 위해 집중해서 보아야 하지만, 두 번 째 볼 때는 알고 있는 내용이라 느긋하게 즐길 수 있다. 여행도 갔던 곳을 또 가면, 알고 있는 곳이라 시시하다기 보다 알고 있어 더 재미있고 친근하다. 여유가 있다. 좋아하는 음악을 듣고 들어도 질리지 않듯이 자연을 대할 때도 같은 기분이 든다. 무엇하나 변하지 않은 것 같아도 어딘가 다른 계절의 분위기가 또 찾게 하는 비결이고 추억에 추억을 회상하게 한다.

　2015년 9월의 홋카이도 여행은 국적기가 아닌 일본항공을 이용했다. 일본항공을 선택한 이유는 나의 목적지가 홋카이도의 삿포로가 아니고 구시로이기 때문이다. 홋카이도의 도동 지역의 중심 도시인 구시로 도착은 일본항공의 경우 국제선인 김해- 도쿄 나리타 경유, 일본국내선 도쿄 하네다-구시로공항의 노선이다. 목적지 접근에 편리하며 비행기를 두 번 타는 데도 운임도 적절하였다. 그렇지 않아도 도쿄의 하네다 공항은 어떤지 견학하고 싶던 차, 좋게 생각하니 나쁜 게 하나도 없다. 전부 좋은 쪽으로만 생각이 모였다. 경험 없는 새로운 경로로 찾아가는 설레임 호기심은 좋은 현상이다.

　도쿄 나리타공항에 도착하여 하네다로 이동하기 전에 시간 여유가 있을 때, 다음 날부터 사용할 재팬레일패스를 사용-일자를 지정하여 만들었다. 승차권으로 교환 신청하는 창구 앞에는 유럽계의 외국인, 중국인, 동남아시아계 등 세계 여러 나라의 재팬레일패스 여행자들로 붐비고 있다. 교환하는데 1시간은 족히 기다렸다.

　하네다 공항에서는 5시간 대기가 지루하여 결국은 공항내 미니호텔 퍼스트 캐빈을 이용하였다. 인천공항에도 캡슐호텔의 이용자가 많다고 들었다. 탑승 전의 공항 로비내 시간 보내기는 얼마든지 즐길 수 있지만, 아무래도 누워 편안하게 휴식하고 싶었다. 구시로 공항에 도착하여 공항과 구시로역 시내까지는 연락버스로 50분 정도 걸렸고, 연락버스의 여성 운전자의 운전하는 모습이 어찌나 멋있고 부러운지,,, 운전을 못하는 나는 국가면허증을 갖고 운전하는 모든 사람을 존경한다.(2015년 9월)

홋카이도에서의 배승선 체험은 홋카이도에서 혼슈로 장거리 이동하는 선플라워호 코스를 적는다. 삿포로의 지인은 도쿄에 갈 때 비행기 보다 도마코마이 서항에서 도쿄 근처의 이바라키현 오아라이항으로 가는 페리를 이용할 때도 있다고 한다. 이 코스는 페리가 깊은 바다가 아닌 혼슈가 보이는 연안의 항로를 따라 이동하므로 눈앞에 혼슈가 보이며 배 멀미도 없고 저렴하여 시간이 많다면 한 번 이용해 보라고 했다. 여태 한 번도 생각해 본 적도 없는 이동 노선이다. 재팬 레일패스 소지자인 나는 기차가 편안하고 편리하니까 뭐든지 기차만 생각한다. 그러나 일단 배에 관한 정보를 들은 이상 해 보지 않으면 그냥 넘어가지를 못하는 성격이 또 나온다.(2016년 2월)

인터넷을 통해 자세히 검색해 보았다. 도마코마이 서항에서는 센다이행, 아오모리행, 도쿄행, 나고야행이 있으며, 도마코마이 동항에서도 여러 노선이 있고, 오다루항 출발은 니가타현, 후쿠이현으로 출발하는 배도 있었다. 노선과 배 종류에 따라 배 안에서 뮤지션의 피아노 라이브도 있다는 소개도 보았다. 선상의 피아노 라이브의 강렬한 유혹은 절대적으로 거부하지 못하는 나에게 새로운 교통 노선이다. 아직 미승선이지만 실행할 준비가 되어 있다.

우리나라 세월호 사건 이후 부산 ↔ 시모노세키 페리와 부산 ↔ 후쿠오카의 고속선도 겁이 나서 회피하고 있던 중이었지만, 나는 도마코마이 서항에 가서 이바라키현 오아라이항 출발의 산후라와(선플라워호)에 승선하였다. 자세한 소감은 생략하고 나는 다음에 또 다시 타 보려고 한다. 이번엔 혼슈에서 홋카이도에 간다면 이바라키현 오아라이항에서 도마코마이 서항으로 출발하는 선플라워페리와 선상의 피아노 라이브 노선은 어떻게든 타 보려고 벼루고 있다.

4. 이용한 숙소 목록

삼위일체(청결과 친절, 정직한 가격)의 믿을 수 있는 일본의 모든 숙소
일본여행 중의 숙소는 인터넷 예약 도요코인을 주로 이용하는 편이지만, JR INN 등의 비즈니스호텔과 현지의 관광협회 사이트의 숙소를 참고하여 전화로 예약한다. 숙소만은 하루 전에 예약을 끝내 두어야 안심이다. 노래와 문학관 견학에도 썼듯이 "나 한 명 잘 곳이 설마 없겠나, 어떻게 되겠지,,," 하고 예약하지 않고 안일하게 생각하다 크게 혼났다. 홋카이도에서 내가 묵었던 숙소를 정리했다.

4-1 호텔

도요코인 오호츠크·아바시리에키마에(東横イン オホーツク·網走駅前北見駅前)

도요코인 키다미에키마에(東横イン北見駅前)

도요코인 구시로쥬지가이(東横イン釧路十字街)

도요코인 도카치·오비히로에키마에(東横インとかち·帯広駅前)

도요코인 아사히카와히가시구치(東横イン旭川東口)

도요코인 삿포로 스스키노 고사텐(東横イン札幌すすきの交差点)

도요코인 삿포로 미나미구치(東横イン札幌南口)

도요코인 삿포로 기타구치(東横イン札幌北口)

도요코인 삿포로 니시구치호쿠다이마에(東横イン西口北大前)

도요코인 도마코마이에키마에(東横イン苫小牧駅前)

도요코인 하코다테에키마에 아사이치(東横イン函館駅前朝市)

JR INN 오비히로(JRイン 帯広)

선시티 하코다테(サンシティ 函館)

왓카나이 sun 호텔(稚内サンホテル)

왓카나이 그랜드호텔(稚内グランドホテル)

다이세쓰잔 소운쿄 마운틴뷰호텔(大雪山層雲峡マウントビューホテル)

오비히로 히로오 호텔 무라카미(帯広広尾ホテルむらかみ)

노보리베쓰 다이이치다키모토칸 호텔(登別第一滝本館)

노보리베쓰 호텔 이즈미(登別ホテル泉)

유바리 호텔 슈파로 (夕張ホテルシューパロ)

시레토코샤리 루트인(知床斜里ルートイングランティア)

시레토코 라우스 호텔 미네노유(知床羅臼ホテル峰の湯)

　　나는 비즈니스호텔 체인 도요코인의 자칭 우수회원이다. 무엇보다 예약해 두어도 당일 오후 4시 이전에는 언제든 취소가 가능하여 나처럼 계획을 수시로 바꾸는 여행자에겐 최적이라 선호한다. 그리고 10회 이용 후 1회 마일리지로 무료 이용은 장점이며 역 근처의 편리한 접근성, 저렴한 가격 등은 최대 매력이다. 도요코인의 여러 곳에서 아침 10시 체크아웃 시간 쯤에 객실 미화원의 프론트 근처에서의 아침 모임을 여러 번 본 적이 있다. "숙박해 주셔 고맙습니다. 지금부터 객실 청소를 하겠습니다.(고슈쿠하쿠 아리가토오고자이마스. 이마카라 오헤

야노 세이소니 하이라세테 이타다키마스.)라고 상냥하고 힘찬 목소리로 고개 숙여 인사한다. 머릿수건과 마스크 등 복장도 단정하게 통일하여 일사불란하고 재빠르게 일하는 모습이 아름답다.

4-2 여관* : 레분토 료칸이치반칸(礼文島旅館一番館), 시베쓰 요시다 료칸(標津吉田旅館)

* '료칸'을 '여관'이라 번역함.

4-3 민박* : 데시카가 민슈쿠 마코(弟子屈 民宿 摩湖),

하마톤베쓰 민슈쿠 도시카노야도(浜頓別 民宿 トシカの宿)

* '민슈쿠(민숙)'를 '민박'으로 번역함.

일본의 여관과 민박도 여러 번 이용해 본 적이 있다. 소규모의 민박은 가족적인 분위기의 편안함과 무엇보다 저렴하여 최고 강점이고, 여관은 여관대로 가격 대비 만족도가 높았다. 일본의 여행 숙소에서 겪은 불편함은 거의 없었고 언제나 친절과 안전, 일본어로 오모데나시(손님에 대한 일본인의 환대를 표현하는 단어, 손님 모시기)의 한결같은 정성으로 응대해 주니 쾌적한 여행을 할 수 있고 재방문자로서 일본을 찾게 된다고 생각한다. 일본여행 중의 숙소를 비롯 모든 경험은 여행자 각자에 따라 다 다르다는 것도 알고 있다. 노파심에서 덧붙이면 여기서는 모든 것이 나의 경험이며 나의 생각에 한한다. 어떤 사실을 지나치게 미화하여 표현할 마음은 없다.

4-4 사우나 : 아사히카와 히가시구치 근처 찜질방 24시간 영업

당일 오전 11시경 아사히카와역내의 관광협회에서 받은 호텔 명부

를 보고 역 근처의 15곳 정도에 전화해 보았으나 모두 만실이라 난감했다. 심지어 버스로 40분 이동하는 곳까지 예약을 할 수 없다. 마지막에 관광협회에서 준 자료의 사우나가 생각났다. 일본의 사우나도 큰 도시에는 우리나라의 숙박 가능한 찜질방과 같은 곳이 있지만, 이용해 본 적이 없어 잘 몰랐다. 이동은 재팬레일패스를 사용할 수 있으니까, 만약 한 곳에 숙소가 없으면 다른 곳으로 이동하여 찾을 수 있다면 다행이지만 열차 운행표의 시간 여유도 문제이다. 어떻든 사우나라도 하룻밤을 지낼 수 있어서 안심했다. 여름철 관광시즌은 거점이 되는 역주변의 호텔은 모두 예약되는 것이 당연하다. 이 실수를 통해 얻은 교훈으로 여행 중 숙소 예약을 하지 않고는 행동하지 않게되었다.

PART 2

여행에서 만난 노래·문학관 견학

삿포로 도케이다이

여행에서 만난 노래 · 문학관 견학

일본어와 일본문화 학습 교재로서 '일본의 명곡'을 공부한 적이 있다. 먼저 '일본의 명곡'의 정의를 알아보았다. 여러 가지 해석 중 '일본의 명곡'이란 "일본인이라면 모두가 알고 있는 노래로서 모든 장르에 걸쳐 오랫동안 불리어지고 일본인의 정서가 잘 반영되어 있다."라는 부분은 어느 곡이든 공통되는 사항이다. 나는 일본의 명곡 중 '서정가요'를 특히 좋아한다. 우리나라의 가곡을 좋아하는 만큼 일본의 서정가요도 좋아한다. 노래의 시어를 음미하여 일본어 어휘력도 높이고, 멜로디는 악보를 수집하여 피아노로 쳐보는 등 스스로 마니아라고 말한다.

이 파트는 이전에 '일본 명곡의 노래비를 찾아'라는 테마로 일본 전국을 여행했을 때의 회상이다. '동요 · 창가 · 서정가 명곡 가비 50선'이라는 책자에서 일본인이 좋아하는 명곡의 노래비는 일본 전국 여기저기에 건립되어 있다는 사실을 확인하고, 그 책의 노래비 중에 내가 좋아하는 노래, 가보고 싶은 음악기념관 등을 골라 25개 정도 방문했다. 또 현장에서 알게 된 노래, 노래비 등은 여행지에서 받은 기념품으로 대우하여 나의 기호와 선정 목록에 관계없이 애청 곡목에 추가하였다.

내가 찾아가는 노래비는 노래비 자체도 여행의 목적지가 되지만, 그보다 노래에 있다. 내가 좋아하는 노래는 당연히 나의 기호에 맞는 악곡이다. 또 서정가요와 관련하여 사전 해석으로 '일본의 서정가'란 넓은 의미로 엔카*를 제외한 동요와 창가, 가요를 포함한 한마디로 명곡이라고 해석하면 무난하다"라고도 말하지만, 나는 엔카도 싫어하지 않는다. 사람마다의 음악 기호는 분명히 다 다르지만, 어떤 곡이든 듣다 보면 친숙해진다. 처음에 와 닿지 않던 곡도 나중에 좋아지기도 하고, 흥미로 접근하면 이 세상의 어떤 음악도 서서히 좋아지는 게 음악의 신비성 혹은 음악의 힘이라고 생각했다. *엔카 えんか[演歌·艶歌] 일본적인 애수를 띤 가요곡.

홋카이도의 여행 시에 견학한 노래비(노래 발상지 기념비 포함) 9곡과 홋카이도 여행을 생각나게 하는 노래 6곡을 골라 모두 15곡을 정리했다. 이 모두가 일본의 명곡이라 할 수 있는지 어떤지는 모른다. 그저 홋카이도의 여행을 공통분모로 하는 노래에 나만의 의미를 부여해 본다.

여행지의 문학관과 음악관은 코스를 조정해 가며 들린다. 미우라 아야코, 아리시마 다케오, 와타나베 준이치의 작품은 읽은 적도 있고, 독자로서 좋아하는 작가를 가까이에서 만나고 싶었다. 아이누인 여성의 문학관은 호기심에 들렀다. 노래는 15곡으로 지역별로 분류했다.

1. 도북(道北): 소야미사키(宗谷岬), 유키노 후루 마치오(雪の降る街を)
2. 도동(道東): 시레토코료죠(知床旅情), 비호로토게(美幌峠), 기리노 마슈코(霧の摩周湖), 하레타라 이이네(晴れたらいいね)

3. 도중앙(道央) : 기타노 쿠니카라(北の国から), 에리모미사키(襟裳岬),
   도케이다이(時計台), 고노 미치(この道), 돈구리 코로코로(どんぐりこ
   ろころ), 이이 히 다비다치(いい日旅立ち), 무기노 우타(麦の唄)

4. 도남(道南) : 센노 가제니 낫테(千の風になって), 하쓰코이(初恋)

다 알고 있는 바와 같이 일본어 가사를 옮겨 싣거나 가사의 한글
번역을 하기 위해서는 기본적으로 음악출판자로부터 이용 허가를
받기 위한 수속을 먼저 취해야 한다. 음악출판자의 희망에 따라 일본
음악저작권협회(JASRAC)를 통해 수속하는 경우에는 일본음반저작권
협회에 출판이용신청서를 제출하고 허가를 득한 후 사용료를 지불
하고 이용할 수 있다. 나는 이번 기행문집에서 이러한 수속과 해결과
정이 쉽지 않아 가사 전재 및 한글 번역은 포기했다.

1. 도북(道北) -소야미사키, 유키노 후루 마치오

♪ 소야미사키(宗谷岬, 소야곶)

作詞 : 吉田弘(요시다 히로시) 作曲 : 船村徹(후나무라 도오루)

나의 기행문집 노래편에 일본어 가사와 한글 번역을 싣지 못해 유
감이다. 노래 제목과 작사 및 작곡자의 이름을 명시하는 할 수 있으
나, 가사의 한 부분이라도 허가를 받지 않고 기행문집에 사용하면 저
작권법에 위반이다. '소야미사키'의 한글 번역 사용 신청을 위해 일본
음악저작권협외에서 알려준 콜롬비아송즈 주식회사에 문의하였으
나, 현재 작사자와의 연락이 두절되어 나의 신청은 받아줄 수 없다고
한다. 인터넷에서 'soyamisaki'를 입력하여 가사와 노래 동영상 등은

손쉽게 검색할 수 있지만, 나는 이 노래의 아름다운 시어를 우리말로 옮겨 보고 싶었다.

노래 제목 소야미사키*는 '일본 최북단의 땅'이며, 삼각형 기념비가 세워져 있다. 이곳에서 사할린의 쿠리리온 곳까지 불과 43km 떨어진 곳으로 맑은 날씨에는 보인다고 한다. 마치 부산에서 쓰시마(대마도)가 쓰시마에서 부산이 보이듯이 소야미사키와 사할린도 거리적으로 가깝다고 현장에서 느꼈다.

소야미사키(소야 곳) : 홋카이도 왓카나이시에 있는 곳으로 일본 본토 최북단의 땅.

*곳(串) : 〈지리〉 [같은 말] 갑 (岬)(바다 쪽으로, 부리 모양으로 뾰족하게 뻗은 육지).

*노래 가사 속의 '피리카'는 새 이름으로 우리말은 '댕기바다오리' Fratercula cirrhata エ トピリカ(花魁鳥 `アイヌ語 : Etupirka)로 검색되었다.

일본 최북단의 소야곳에서 소야미사키 노래비를 만나니 무엇보다 반갑다. 노래비를 찾아서 여행하는 나에게 현지에서 뜻밖의 노래를 알게 되니 럭키!! 행운이다. 가사에 등장하는 단어 와 멜로디 등 싫어할 것이 하나도 없어 나의 일본 명곡 리스트에 등록했다. 노래비 근처에 가면 센스 감지로 멜로디가 저절로 흘러나오며, 악보와 가사가 분명하게 새겨져 있고 크기도 커서 보기에도 멋지다. 일본 최북단의 노래비 소야미사키는 2012년 7월에 만났다.

이 노래는 1976년 4월 NHK '민나노 우다(다 함께 노래를)의 하나로 발표되었으며, 처음 노래한 가수는 남녀의 포크송 듀엣 '다 · 카포'로 두 사람은 후에 결혼했다고 한다. 그 후 샹송 가수 세리 요코도 불렀다고 하여 동영상을 찾아 감상했다.

이로부터 4년 후, 소야미사키 버스 정류소에 정차한 버스 안에서 또 볼 수 있었다. 굿챠로코 호수탐방 후 하마톤베쓰에서 왓카나이로 향하는 노선버스이었다. 버스 진행방향 오른 편 좌석에 앉아 있던 나의 눈에 소야미사키 기념비와 노래비가 분명히 들어왔다. 두 번째의 만남을 운 좋게 생각하며 집중해 보았다. 소야미사키는 관광지인 만큼 버스 승객이 많았고, 도중에 내려서 볼 수 없는 아쉬움에 버스가 출발하고 나서도 한참을 뒤돌아보았다.

나는 '최북단'의 접두사 '최'와 같이 어디든 '최'가 붙은 지명을 너무 좋아한다. 구슈코 호수도 최북단이라 좋았고, '왓카나이는 일본 최북단의 땅'이라는 사실에 흥분하지 않아도 될 일에 기분이 들뜨고 한다. 그런데 비단 '최'가 붙은 지명에 열광하는 것은 나뿐이 아니라 대부분의 사람들도 같은 기분인 것 같다. 일본 최북단 역인 JR왓카나이역 앞에서 버스를 타고 진짜 최북단인 소야미사키는 보았는데, 일본 최동쪽 역인 홋카이도 히가시네무로역은 아직 가보지 못했다.

소야미사키를 이야기하니까 왓카나이에서 견학한 곳을 모두 메모해 두고 싶다. 왓카나이에는 두 번 들렀다. 첫 방문 때는 밤늦게 기차 특급 사로베쓰호를 타고 미나미왓카나이역에 내려 근처 호텔에 묵고 다음 날 일찍 소야미사키에 갔다. 그 다음 코스는 왓카나이항북방파제돔 → 왓카나이공원 → 노샷푸미사키 → (걸어서)미나미왓카나이역 순서이다. 왓카나이 시내 도보 관광 후 호텔에 맡겨둔 짐을 찾아 아사히카와로 이동했다. 여행 가이드북에 소개되어 있는 곳은 대체로 나도 들리는 편이다.

왓카나이와 소야미사키의 검색어에서 빠뜨릴 수 없는 것이 동해인지 오호츠크 해인지 어느 쪽인지 구별하기 어려운 소야해협이다. 왓카나이역 출발 소야미사키행의 버스 안에서 보이는 것은 동해인 것 같고, 소야미사키에 내려서 보이는 바다는 소야해협이라고 지도에 적혀 있다. 동해와 오호츠크 해는 소야해협을 사이에 두고 마주한다.

나는 오호츠크 해 근처에 와 있다는 사실에 감격스러워 마치 태어나 바다를 한 번도 본 적이 없는 내륙 사람처럼 들떠있었다. 지도를 통해서만 보았던 오호츠크 해, 날씨도 맑고 덥지도 않고, 여름날의 주변 녹음과 함께 오호츠크 해에 인접한 바다 물결은 반짝반짝 빛났다.

'왓카나이에서 하토란도페리(하트랜드선박회사 여객선)로 가는 43km의 외국 사할린' 여행 객 모집 포스트를 미나미왓카나이역에서 보고 사진을 찍으며, 나도 사할린에 갈 수만 있다면 당장 신청하겠는데,,, 사할린 땅을 밟는 상상만 했다. 또 사할린을 가까이에서 느꼈다는 기분에 당장 은사 최길성교수님의 '사할린(유형과 기민의 땅)'을 구입하여 진지하고 흥미롭게 정독하였다. 그 후 왓카나이 ↔ 사할린 간의 페리 운항은 중지되었다고 한다. 다시 운행된다면 이 루트로 사할린을 가 볼 수 있기를 기대한다.

♪ 유키노 후루 마치오(雪の降る街を, 눈 내리는 거리를)
作詞 : 内村直也(우치무라 나오야) 作曲 : 中田喜直(나카다 요시나오)

노래의 작곡자는 야마가타현 쓰루오카의 설경을 보고 작곡했다는 자료도 읽었고, 홋카이도 아사히카와시도 이 곡의 무대라는 글도 읽었다. 어느 것이 옳은지 나에게는 중요하지 않다. 아사히카와에 이 노래의 노래비가 있으면 그것만으로 아사히카와를 방문할 뿐이다. 또. 이 곡의 서주 부분은 쇼팽의 'Fantasy in F Minor, op.49'와 비슷한 멜로디가 있지만 작곡자 본인은 인용하지 않았다고 한다.

서주가 어느 정도 비슷한지 궁금하여 조성진의 피아노 연주 동영상으로 여러 번 들어보았다. 정말 서주 모티브가 거의 같게 들린다. 그런데 나는 글이든 악곡이든 조금 비슷하다고 누가 누구를 모방했다고 섣불리 오해하지 않는다. 모든 작품에는 선행 연구자의 도움이 바탕이 될 수 있고, 간혹 표절과 모방의 의심도 있을 수 있다. 하지만 작가의 순수한 창작에 의한 것임을 먼저 인정한다.

나는 행여 글 쓸 일이 있으면 그 때는 일부러 참고자료를 읽지 않으려 한다. 혹시 조금이라도 따라하게 될까봐 하는 노파심이다. 그러나 글의 표현에는 누구라도 비슷하게 표현하는 일정한 유형이 있어 자기의 느낌과 생각에서 쓴 것이 다른 사람의 글과 대동소이할 수도 있다고 생각한다. 얼마 전 나의 기행문 쓰기 도중에, 모스크바에 관한 어떤 기행문을 읽다가 나의 글에 이미 써 둔 표현과 흡사한 부분이 있어 놀랐다. 레분토 섬에 다시 가고 싶어 "로마의 트레비분수 앞에서 뒤로 돌아 동전을 던지면 로마에 다시 온다는 말처럼 레분토를 향해 동전을 던지고 싶은 기분"이었다는 구절과 모스크바 기행문을 쓴 어느 작가의 기분도 모스크바에 다시 가고 싶다는 의미로 비슷한 표현을 했다. 사실 이 표현은 누구든 어디든 같은 장면과 기분에서 유사하게 사용할 수 있다고 생각한다.

'유키노 후루 마치오' 노래비는 야마가타현 JR쓰루오카역 앞과 홋카이도 아사히카와 다이세쓰크리스탈홀 입구에 있는 두 군데를 다 찾아 갔다. 방문 시기는 눈 내리는 겨울이 아닌 한 여름이었지만 '빙점'의 작가 미우라 아야코의 고향이라는 점에서 아사히카와 크리스탈홀 입구의 것을 먼저 찾았다.

두 번째는 쓰루오카역 앞의 노래비도 찾아갔다. 하지만 제목과 맞추어 본다면 노래비 또한 눈 내리는 겨울에 찾아야 제 멋이 날 것 같다. 아사히카와도 쓰루오카도 한낮의 내리쬐는 여름 햇살을 받아 더위에 지쳐있을 때 만났기에, 악상의 모티브인 하얀 눈이 펑펑 쏟아지는 장면은 별개의 것으로 생각되었다. 겨울의 눈 내리는 정경을 가사에 맞추어서 상상하는 것은 어렵지 않지만 이왕이면 겨울이 시기적으로 어울릴 것 같았다.

아사히카와에는 네 번이나 들렀다. 처음은 기차편에도 썼듯이 '동물원호를 타고 아사히카와에'라는 제목으로 방문, 두 번째는 지금 페이지인 '유키노 후루 마치오' 노래비를 찾아서, 세 번째는 노래편에 쓴 미우라아야코기념문학관 견학 및 일본의 3대 하천 이시카리가와 강을 보러 갔다. 마지막 네 번째는 레분토 섬에서 왓카나이를 거쳐 다른 곳으로 이동할 때 아사히카와역에 내려 커피도 마시고 하루 묵었다. 다음 날 아사히카와역 출발 비에이의 아오이이케 등의 인공 호수관광을 계획했지만 교통편 등 시간 계획이 뜻대로 되지 않아 오비히로로 이동했다.

2. 도동(道東)* −시레토코료죠, 비호로토게, 기리노 마슈코, 하레타라 이이네
*노래편의 '도동'은 히다카산맥을 기준으로 동쪽 지역으로 구분함

♪ 시레토코료죠(知床旅情, 시레토코 여정)
作詞·作曲 森繁久彌(모리시게 히사야)

시레토코는 홋카이도 북동부 쪽에 위치하는 시레토코 반도 일대를 말한다. 시레토코료죠(시레토코 여정)의 원곡은 '오호츠크 단가'이며, 1960년 시레토코를 무대로 한 현지 노래라고 한다. 서정성이 풍부하고 정감이 넘치는 가사와 선율은 전혀 위화감이 없어 좋아했다.

이 노래를 처음 들었던 날, 그 장소와 장면은 무수한 세월이 지났는데 무슨 일인지 삭제하려 해도 휴지통으로 이동하지 않는다. 한 때는 이 추억이 나의 기억에서 잊어질까 걱정했다. 지금은 잊어도 그

뿐 기억해도 그 뿐이지만,,, 어떻든 노래연습장에 가면 음치인 나의 몇 안 되는 애창곡 중의 하나이다. 리듬은 4분의 3박자로 쉽고 가벼운 왈츠풍이지만, 이별의 애상으로 명랑한 기분은 들지 않고 약간 슬프다. 나는 처음부터 노래의 국적과 배경인 시레토코 등은 아무 상관 없이 아름다운 선율 자체에 매료되었다.

노래비는 시레토코 반도의 두 곳에 있는데, 2012년 여름에 우토로 시레토코관광유람선 선착장 근처의 것을 먼저 촬영하였다. 4년 후에 라우스코 습원지대의 호수 탐방 때에 라우스쵸의 시오카제공원에 있는 노래비도 촬영하였다.

'시레토코 여정'의 노래비 촬영과 시레토코 반도 여행을 겸해서 시레토코로망후레아이 A코스 관광버스를 탔다. 관광버스가 첫 번 째 정차한 코스는 오신고신폭포이었고, 시레토코고고(시레토코5호) 호수 중 1호 산책과 시레토코자연센터에서 시레토코 반도의 자연에 대한 영상물 시청도 좋았다. 해발 738m의 샤리토게(샤리언덕)에서 라우스다케 산을 바로 눈앞에서 보았고 쿠릴열도에 관한 표지판도 읽었다. 라우스에는 언제 가보나 하면서 쭉 기대하며 미루어오다 4년 후 드디어 라우스 여행 일정도 마쳤다. 라우스에는 또 가고 싶다.

♪ 비호로토게(美幌峠, 비호로 언덕)
作詞 : 志賀貢(시가 미쓰구) 作曲 : 岡千秋(오카 치아키)

비호로토게는 마슈역 출발 기간한정 에코버스로 코스도 갈 수 있다고 들었지만, 마슈코 호수와 굿샤로코 호수를 우선하다 보니 항상 다음 순서로 밀린 곳이었다. 비호로토게에 대해 잘 모르니까 별 관심도 없었는데 막상 가보니 이 또한 내 취향이다. 여름 8월의 꽃이 많이 피어 있고 굿샤로코 호수를 해발 525m 위의 고개 위에서 아래로 내려다보면 '일본 유수의 대 파노라마'라는 기사도 사실과 무근하지 않았다. 스케일의 크기와 아름다움, 바다가 아닌 호수와 호수 안의 섬 등 비호로 고개 위에서 보았을 때 굿샤로코 호수 일대의 위대한 풍경에 압도되어 버린다.

나카지마와 와코토반도를 같이 한 장면으로 찍으려고 했지만 나의 스마트폰으로는 촬영하기 어렵다. 하는 수 없이 따로 따로 찍어 감상한다. 비호로 언덕 위에서 만난 꽃들은 들꽃 테마에 따로 코너를 만들고 싶었다. 굿샤로코 호반 가까이에서는 느낄 수 없던 화면의 구성과 배치라고 표현할까, 비호로토케에서 보는 호수 안의 섬 나카지마와 와코토 반도의 모습은 관광지로서 손색이 없다.

비호로 고개의 소재지는 아바시리군 비호로쵸이다. 하지만 데시카가쵸와 경계에 있는 국도의 고개로 오호츠크종합진흥국과 구시로종합진흥국의 경계이기도 하다. 전망대에는 우리나라 가수 이미자로 비유되는 일본의 국민가수 미소라 히바리의 노래비가 설치되어 있다. 노래 제목은 고개의 이름과 같다.

'비호로토게'는 나에게 '소야미사키'와 같은 경우로, 처음엔 노래를 몰랐으나 현장에서 만난 노래이다. 나중에 유튜브 동영상으로 들어보니 전형적인 엔카이다. 내가 가진 책에도 '비호로토게'의 소개가 있었는데, 노래를 모를 때는 예사로 보았다. '미소라 히바리 일본 열도 전국 방방곡곡 64개 노래'* 라는 제목인데 그 중에 히바리가 노래한 홋카이도 관련 곡은 '비호로토게'와 '하코다테야마카라(函館山から)'라는 두 곡이 소개되어 있다. *「ひばりが歌う、日本列島津々浦々 歌がつむぐ日本の地図」

♪ 기리노 마슈코(霧の摩周湖, 안개의 마슈코)
作詞 : 水島哲(미즈시마 데쓰) 作曲 : 平尾昌晃(히라오 마사아키)

나의 마슈코 호수 이야기는 기행문 호수편에서 아주 길게 썼다. '안개의 마슈코'의 '안개'에 대해서도 이미 이야기하였으므로 여기서는 노래의 가사를 소개하고 싶었으나 사용승낙을 득하지 못했다. 마슈코 호수가 좋아서 이 노래의 악보도 구입했다. 그런데 후세 아키라라는 가수가 노래하여 대히트했다고 하는데 나는 이 노래를 듣는 일은 잘 없다. 마슈코 호수의 인상이 너무 크다 보니 노래는 아무래도 호수의 실물에 따르지 못하나 보다.

♪ 하레타라 이이네(晴れたらいいね, 개었으면 좋겠네)
作詞·作曲 : 吉田美和(요시다 미와)

'하레타라 이이네'는 DREAMS COME TRUE의 요시다 미와 작사, 작곡한 NHK·연속 텔레비전 소설 '히라리'의 주제가라고 한다. DREAMS COME TRUE는 요시다 미와와 나카무라 마사토로 이루어진 일본의 밴드. 일반적인 약칭은 도리캄. 더 줄여 도리나 DCT라고도 불린다고 한다. 보컬을 맡은 요시다 미와에 대해 알아보니 홋카이도 이케다 출신의 싱어송 라이터, 작사가, 작곡가. 도리캄의 악곡의 모든 작사와 수많은 작곡을 하고 있다고 검색되었다. '히라리'는 도쿄·양국을 무대에 스모 좋아하는 헤로인 히라리와 체육관의 사람들과의 교류나 촉탁 의사와의 사랑을 그린 드라마라고 하나, 한 번도 본 적이 없다.
이케다는 삿포로에서 기차 특급 슈퍼 오조라호를 타고 구시로로 향할 때 오비히로 다음에 정차하는 역이다. 이케다에는 세계적인 톱 클래스 와인인 도카치와인을 만드는 '이케다쵸 포도·포도주연구소'가 관광지로 유명하다고 읽었다. 도카치와인을 만드는 곳은 정식명칭보다 포도주연구소 건물 외관이 '성(캐슬)'을 연상하므로 애칭 '이케다와인성'으로 불리고 있다. 나는 이케다와인성을 견학하지 않으면 숙제로 남을 것 같아 숙제 해결 차원에서 들렀다.

이케다역을 나오면 오른편에 와인성이 보인다. 조금 걸어 도착하니 와인성 입구에 'DCT'라는 간판이 보이는데 그 곳에 '드림스 컴 트루'의 공연 의상과 값비싼 악기가 전시되어 있었다. 나는 도리캄의 인기 노래를 들은 적은 없지만 일단 방문했으니 그녀의 곡이 어떤지 무척 궁금해졌다.

일본 각 지역의 관광협회는 보통 역구내 혹은 역 근처에 있는데, 이케다관광협회는 이케다와인성 안에 있었다. 와인성이 이케다의 관광 명소니까 그런 모양이다. 이케다역의 특급 오조라의 개찰 음악으로 도리캄의 '하레타라 이이네'와 'ALMOST HOME' 두 곡을 방송한다는 알림장을 보았다. 두 곡을 듣기 전에 제목을 보고 '하레타라 이이네'를 골랐으나, 나중에 듣고 보니 'ALMOST HOME' 쪽이 더 내가 좋아하는 곡이 되었다.

일본의 기차역에서 개찰과 발착을 알리는 방송 음악으로 그 지방과 연관이 된 곡을 애용하는 사실은 흔하다. 아키다내륙종관철도의 요나이자와역에서도 '하마베노 우타(바닷가 노래)'를 들었고 오키나와의 도시철도 모노레일인 유이레일의 정차역 알림도 오키나와 고유의 멜로디이었다. 미야기현 센다이 신칸센 플랫폼에서 '아오바죠고 이우타(아오바성 연가)' 등도 들었다.

3. 도중앙(道央) -기타노 쿠니카라, 에리모미사키, 도케이다이, 고노 미치, 돈구리 코로코로, 이이 히 다비다치, 무기노 우타

♪ 기타노 쿠니카라(北の国から~遥かなる大地より~, 북국에서 ~머나먼 대지로부터~)
作曲 : さだまさし(사다 마사시)

"기타노 쿠니카라~ 하루카나루 다이치요리~"는 사다 마사시가 작곡한 악곡으로 텔레비전드라마 전편에 흐르며, 웅대한 홋카이도의 사계절의 변화를 느끼게 하는 테마곡이다.

드라마의 주제곡을 작곡자인 사다 마사시의 스캣*과 바이올린 연주의 동영상을 보면서 들었다. 후라노의 라벤더 꽃밭을 보러 갔을 때, 드라마와 관련된 자료관이 그리 멀지 않은 곳에 있는데, 나는 그 당시에 드라마세트장이라는 인공적인 장소에 흥미가 없었기 때문에 들리지 않았다. 그런데 세월이 많이 지난 후에 주제곡을 듣자마자 가슴에 와 닿는 아련한 느낌에 사로잡혀 드라마에 대한 인터넷 기사를 많이 읽어보았다. *스캣(Scat): 주로 재즈에서 사용되는 가창 법으로 의미가 없는 소리(예를 들면 "다바 다바" "도우비도우비" "파야파야"과 같은)를 멜로디에 맞추어 즉흥적(애드리브)으로 부르는 것. 이 창법은 "노래"라기보다 목소리를 악기로서 표현함이 목적이다.

1981년 초방영이라면 나의 20대 중반, 2002년에 종영이면 종영되고도 15년 이상 지났으니 어떻든 35년은 족히 지난 이제야 이 드라마와 주제곡에 흥미를 갖는 것도 생뚱맞다. 21년간의 장수 프로그램이란 사실은 들은 적 있었지만, 동영상을 찾아 시청하는 일도 없어 그냥 넘어갔다. 그런데 주제곡을 알고부터 이제라도 다시 한 번 후라노에 가서 드라마 자료관도 견학하고 기념품 영상물 등도 구입하고 라벤더팜도 재방문하고 싶은 마음이다.

　여러 자료를 읽고 공통되는 사항을 정리해 본다. '기타노 쿠니카라' 는 후지 텔레비전 계열에서 방송된 일본 텔레비전 드라마이다. 홋카이도 후라노 시(주로 로쿠고 지구)를 무대로 도쿄에서 고향인 홋카이도에 귀향하여 대자연 속에서 사는 일가족의 모습을 그린다. 연속 드라마 방영 이후 8편의 드라마 스페셜이 방영됐다. 첫 방송에서 드라마 스페셜까지 21년간 방송됐으나 '2002유언'으로 시리즈의 역사에 막을 내렸다. 후라노는 홋카이도의 관광 명소가 되어, '기타노쿠니카라 자료관'이 마련됐다고 한다.

♪ 에리모미사키(襟裳岬, 에리모 곶)

作詞 : 岡本おさみ(오카모토 오사미) 作曲 : 吉田拓郎(요시다 다쿠로)

　'에리모미사키'는 도북, 도동, 도중앙, 도남 중 어느 지역에 속하는지 나로서는 잘 알 수 없어, 일본인 지인에게 물었다. "에리모미사키는 히다카 산맥이 태평양으로 뻗어있는 남쪽 끝으로, 어느 쪽인지 미묘하지만, 작사의 대상이 된 것은 아마도 사마니 주변으로 생각되니 도중앙으로 보는 것은 어떤지요,,,"라는 조언에 따라 도중앙으로 분류했다.

　악곡의 '에리모 미사키'는 동명이곡*이 있음을 현장에서 알게 되었다. 내가 먼저 접한 곡은 요시다 다쿠로라는 포크송 가수가 작곡하고, 엔카 가수 모리 신이치가 부른 포크송 풍의 멜로디이었다. '일본가요 피아노 악보집' 속에 이 곡의 악보가 있어 어떤 곡인지 궁금하여 유튜브를 찾아듣고 알게 되었다. *島倉千代子の同名異曲の「襟裳岬」(1961年) 시마쿠라치요코의 에리모미사키는 엔카

　그 때 나는 노래의 한 소절 중 '아무 것도 없는 봄'이라는 부분을 "봄

이 와도 아직 겨울이 남아 있어 춥고 황량함"의 풍경을 말하는 줄 알았다. 그런데 일본인의 블로그 기사를 읽어보면 사람마다 연상하는 것이 다 다른 것 같다. 어떻든 나와 같은 해석을 하기 쉽다는 이유로 에리모 현지인들의 노래 가사에 대한 항의 전화도 많았다고 한다. 그러나 후에 그곳 주민들은 에리모미사키의 지명도를 알리는데 공헌함을 인정하고, 앞서 세워진 시마쿠라 치요코의 노래비 옆에 모리 신이치의 에리모미사키 노래비도 세웠다고 한다.

그 외 참고 자료를 덧붙이면 지명으로서 에리모미사키 즉 에리모 곶은 홋카이도 동서의 중간선이 남쪽으로 튀어 나온 곳으로 홋카이도의 등뼈인 히다카 산맥의 종단부에 해당한다. 에리모미사키의 첨단은 약 2km에 걸치는 암초군이며 앞바다는 세계 유수의 어장이다. 행정 구분은 에리모쵸에 포함되며, 에리모의 이름은 엔루무(튀어나온 머리) 에리몬(우즈쿠맛타네즈미=웅크린 쥐) 등의 아이누어에서 유래한다고 한다. 에리모미사키의 노래는 동명이곡 중 시마쿠라 치요코의 가사 첫부분이 강풍지대, 바람의 곶인 에리모 지역의 특징이 더 잘 표현되어 있다고 한다.

♪ 도케이다이노 카네(時計台の鐘, 시계탑 종소리)
作詞·作曲 : 高階哲夫(다카시나 데쓰오)

시계탑 종이 울린다 넓은 하늘 멀리 어슴푸레
조용히 밤은 밝아온다 포플러 나뭇가지 끝에 햇살 비치고
아름다운 아침이 되었다 시계탑 종이 울린다

시계탑 종이 울린다 된 아카시아 나무에 해는 떨어지고

조용히 거리도 저물어 가다 산 목장의 양 떼가
잠자코 집에 돌아가겠지 시계탑 종이 울린다

'도케이다이노 카네(시계탑 종소리)'는 바이올리니스트 다카시나 데쓰오의 작사·작곡. 삿포로의 거리 풍경을 이미지하여 작곡하였으며 지금은 도케이다이(시계탑)의 역사와 함께 삿포로 시민의 마음의 노래로 되어 있다고 한다. 이 노래의 저작권은 소멸되었으므로 허락을 받지 않고 일본어 가사 전재 및 한글 번역을 이용할 수 있다고 한다. 다음의 '고노 미치' '돈구리 코로코로' '하쓰코이'의 3곡도 마찬가지로 자유이용이 가능하다고 들었다.

노래의 주제인 시계탑은 삿포로의 대표적인 상징물이며, 노래 또한 삿포로 제2의 시민의 노래, 시가라고 할 만큼 삿포로 사람들에게 사랑받고 있다지만, 노래비는 따로 찾을 수 없었다. 그 대신 시계탑 건물 안의 전시관에는 이 노래에 관련한 모든 자료가 전시되어 있고 안내원의 설명을 듣고 충분히 견학할 수 있었다. 그런데 일본 3대 명물을 소개한 인터넷 자료 중 삿포로의 시계탑이 '3대 실망하는 명소'에 포함되어 있어 나는 그 점이 오히려 실망스러웠다. 삿포로의 상징이며 관광 포인트인 시계탑에 대한 기대가 너무 컸기 때문에 실제 모습이 기대치에 미치지 못해서 나온 여러 사람들의 생각도 다소 이해하지만, 내 개인으로는 시계탑은 노래의 테마가 된 것만으로 방문 가치도 있고 명소라고 생각했다.

삿포로에 도착하면 지인 오오이시바시상과 삿포로역내의 외국인 전용인포메이션센터에서 만난다. 현지인이 마중 나와 주는 호사를 누리며, 삿포로 시내 관광 도우미로 기꺼이 자원봉사해 주시는 고마운 분이다.

도케이다이 견학 후는 삿포로시청의 전망대에 올라 삿포로 시내를 구경한 후 시청의 구내 식당에서 메밀국수를 먹었다. 현지인 가이드만의 추천 코스이다. 홋카이도청 구청사에도 한 번 더 들렀다가 근처 빌딩의 카페에서 차를 마시며 여유롭게 삿포로 여행을 즐긴다. 내가 지금 삿포로에 있다는 것을 의식하면서,,, 아까시 나무*의 짙은 녹음 아래, 삿포로의 짧은 여름 한 때를 보내는 시간에 기쁨을 느끼며, 소소한 행복에 감사했다. 삿포로는 홋카이도 교통망의 중심으로 방문 시에 필수적으로 들리게 되어 있고 또 좋아하는 도시이므로 일부러 찾아가기도 한다. 아카시아와 아까시나무의 사전해석을 옮겨본다.

*아까시나무: 〈식물〉 콩과의 낙엽 교목. 높이는 20미터 정도이며, 잎은 어긋나고 우상복엽이다. 5~6월에 흰 꽃이 총상(總狀) 화서로 피고 향기가 강하며 열매는 평평한 협과(莢果)로 5~10개의 종자가 들어 있다. 꽃에서 꿀을 채취하며 북미가 원산지이다. [비슷한 말] 개아까시나무 · 개아카시아. (Robinia pseudoacacia)

*아까시나무: 흔히 아카시아라고 잘못 알고 있는 나무- 두산백과사전

*아카시아 (acacia)[아카시아]: '아까시나무'를 일상적으로 이르는 말.

♪ **고노 미치**(この道, 이 길)
作詞 : 北原白秋(기타하라 하쿠슈) 作曲 : 山田耕筰(야마다 고사쿠)

이 길은 언제인가 왔던 길, 아,,, 그랬지, 아카시아 꽃이 피어있구나
저 언덕은 언젠가 보았던 언덕, 아,,, 그랬지, 저 봐, 하얀 시계탑이야
이 길은 언젠가 왔던 길, 아,,, 그랬지, 어머니랑 마차로 갔었지
저 구름은 언젠가 보았던 구름, 아,,, 그랬지, 산사나무 가지도 늘어져
있구나

고노 미치(この道, 이 길)는 일본의 동요로, 작사자인 기타하라 하쿠슈가 만년에 여행한 홋카이도와 시인의 외가인 구마모토현 난칸마치부터 야나가와까지의 정경이 노래에 새겨져 있다고 한다.

삿포로에 '고노 미치'의 노래비가 있는지 여기저기 문의해 보았으나 없다고 한다. 어쩐지 노래비가 있을 것 같은 나의 기대는 버리는 것이 좋겠다. 이 노래의 가사 '아카시아 꽃'과 '시계탑'은 삿포로시 쥬오쿠 기타 1쵸 거리라고 하며, 지금 현재의 거리는 그 당시 모습은 전혀 남아 있지 않다고 들었어도 어딘가 이 유명한 시의 노래비가 있을 것 같았다.

이 시와 노래는 1980년대 초반 우리나라 '고등학교 일본어' 교과서에 부록으로 악보와 함께 소개되어 있었다. 어느 출판사의 책인지는 잊어버렸지만 이 책을 통해 시와 노래는 공부했으니 오래 오래된 이야기이다. 명시와 명곡은 아무리 세월이 지나도 그 느낌은 그대로이다. 나에게 일본 서정가요의 세계를 알게 해 주신 분은 오사카 린쿠의 하야시선생님인데, 선생님은 '고노 미치'를 가장 좋아한다고 했다. 그리고 보니 '고노 미치'는 내가 접한 최초의 일본 서정가요 및 동요임을 글을 쓰면서 알게 되었다.

노래비는 사이타마현 구키시 아오바단지의 것을 촬영하였으며, 노래의 유명도에 비해 노래비는 사이타마현 한 군데 뿐으로 다른 곳에는 없다고 한다. 홋카이도 삿포로에 건립된 노래비를 원했지만 없으니, 사이타마현에서 찍은 노래비 사진을 더욱 소중하게 보관하고 있다. 나는 기타하라 하쿠슈의 시를 좋아하여 후쿠오카현 야나가와 시인의 생가도 견학한 적이 있다. 아카시아는 삿포로의 나무 중의 하나이다. 삿포로 시민의 노래인 '도케이다이'와 '고노 미치'는 각기 다른 노래이지만, 기타하라 하쿠슈의 시 '고노 미치'에는 시계탑과 아카시아 꽃이 다 등장한다. 내가 본 도케이다이(시계탑)와 그 옆의 아름드리 아까시나무*는 시인이 본 아카시아꽃과 같은 것인지 궁금했다. 아까시나무는 일본어로는 '니세아카시아'로 '닮은 아카시아 나무'라는 뜻인데 학명은 'Robinia pseudoacacia'로 검색된다.

식물에 정통한 일본인 지인이 "아카시아도 아까시나무도 일본에서는 외래 식물이며, 아카시아는 Acasia속으로 오스트리아, 아프리카의 원산입니다. 아까시나무는 Robinia속으로 북 아메리카의 원산, 같은 콩과지만 다른 소속의 식물입니다. 이 아카시아는 정원에 재배되는 정도이며, 가로수로 재배되는 일은 별로 없습니다. 일본의 가로수와 공원에 심어져 있는 것은 거의 아까시나무이므로, 노래의 정경을 삿포로의 거리로 생각한다면 아마 이 노래의 식물은 아까시나무입니다"고 가르쳐 주었다.

♪ **돈구리 코로코로**(どんぐりころころ, 도토리 데굴데굴)
作詞 : 青木存義 (아오키 나가요시) 作曲 : 梁田貞(야나다 다다시)

> 도토리 데굴데굴 돈부리코 연못에 빠져 큰일 났어요
> 미꾸라지가 나타나 '안녕하세요?' 도련님 같이 놀아요.
> 도토리 데굴데굴 너무 좋아서 잠시 동안 같이 잘 놀았지만
> 산에 돌아가고 싶어서 울기 시작하니 미꾸라지는 어쩔 줄 몰랐다

돈구리코로코로(どんぐりころころ, 도토리 데굴데굴)는 일본 동요로, 가사는 스토리식 구성이라는 점이 돋보인다. 일본의 유명한 국문학자에 의해 '일본의 3대 동요의 하나'라고도 평가되었다고 한다. 리듬은 거의 같은 음표를 쭉 나열하여 단조롭게 되풀이되지만 재미있는 가사

로 흥미를 갖고 쉽게 익힐 수 있다. 원래는 3절까지 가사가 있었지만, 어린이들에게 미꾸라지가 어떻게 되었는지를 상상할 수 있게 3절 가사는 삭제되었다고 한다.

노래비는 작곡자의 고향인 삿포로 시내의 소세이초등학교 근처 보도 위에서 만났다. 악보가 큼직해서 알아보기 쉽고 작곡자의 흉상도 있으니 이 작곡자에 대한 삿포로시민의 존경하는 마음이 전해온다. 노래비는 일본 전국에 삿포로를 포함하여 몇 군데 더 있다고 책에서 읽었지만 나는 삿포로 노래비를 우선으로 했다. 내가 찾아갔을 때 삿포로의 가로수인 아까시나무가 작곡자의 흉상과 가비를 그늘로 가리고 있었다.

♪ 이이 히 다비다치 (いい日旅立ち, 좋은 날 여행을 떠남)
作詞·作曲 : 谷村新司(다니무라 신지)

일본국유 철도(JR)의 여행객 유치를 위한 캠페인송, 배경음악(BGM)인 '이이 히 다비다치(いい日旅立ち)' 는 나의 기행문 한국인 일본철도 마니아의 기차일기에서 소개하였다.

오타루의 오르골 가게에 들어갔을 때 나는 이 곡의 태엽이 담긴 것을 골라 나에게 선물했다. 나는 이 곡을 피아노로 칠 수 있기를 갈망하며 매일 연습했지만 도저히 익숙하지 않은 리듬으로 내가 연주할 수 있는 곡이 아니었다. 어떻게 이렇게 안 되는지 애통해 하며 그만두려고 했지만, 안되면 안 될수록 오기가 있어서 그만두지도 못한다. 여전히 미해결이다. 이 노래의 클라이맥스 부분은 3번 되풀이되지만 들을수록 좋아지며, 누구든 저절로 따라 부르게 되는 악상이라고 생각한다.

♪ 무기노 우타(麦の唄, 보리의 노래)

作詞·作曲 : 中島みゆき(나카지마 미유키)

　　나카지마 미유키의 음반에서 이 곡을 듣고 '무기노 우타'에 대해
공부했다. 이 노래는 '닛카 위스키'의 창업자 다케쓰루 마사타카와 아
내 리타의 이야기를 다룬 2014년 9월부터 2015년 3월까지 방영된
NHK 아침 드라마 '맛상'의 주제가이다. 드라마의 제목은 리타가 붙
인 마사타카의 애칭에서 유래한다.

　　그녀는 위스키제조를 배우러 왔던 마사타카와 스코틀랜드에서 만
나 부모의 반대를 무릅쓰고 결혼하여 일본에 왔다. 그들은 일본 국
내를 전전하며 마지막으로 홋카이도의 요이치 초에서 위스키제조에
최적인 이탄*과 물을 발견하고, 함께 손을 잡고 힘을 합해 일본 최초
의 진짜 위스키제조를 목표로 만들어 내었다. *이탄泥炭 : 〈광업〉 [같은 말]
토탄1(土炭)(땅속에 묻힌 시간이 오래되지 아니하여 완전히 탄화하지 못한 석탄).

　　그러나 그녀의 일본에서의 생활은 고난의 연속이었다. 언어의 장
벽, 유산, 전혀 다른 풍습, 그리고 태평양 전쟁 중에는 적국의 외국인
이라는 이유 때문에 아이들에게 돌을 맞는 차별이나 스파이 혐의를
받고 공안경찰에 감시를 받기도 했다. 그런 그녀를 마사타카가 지키
고 그녀도 좌절하지 않고 폭풍이 부는 어두운 시절을 헤쳐 나왔다.

　　나는 이 곡을 처음 들었을 때 이전부터 알고 있는 익숙한 선율임을
곧 알아차렸다. 그것은 스코틀랜드의 백파이프 소리로 친밀감조차
느껴졌다. 나는 오비히로의 이케다와인성을 견학하면서 머릿속으로
이 노래의 모델이 된 닛카위스키의 요이치 증류소를 겹쳐서 생각하
고 있었다. 아직 드라마 촬영지는 방문하지 못했으나 이 드라마와 주
제곡을 좋아하는 만큼 다음 번 견학 예정지로 메모해 두었다. 요이치

는 삿포로에서 가까우니 손쉽게 다녀올 수 있다.

주제곡은 작사, 작곡, 노래를 전부 나카지마 미유키가 맡았다. 그녀는 1960년부터 2000년에 걸쳐 모든 연대별로 히트 챠트 1위를 기록한 유일한 가수로서 유명하며, 홋카이도 삿포로 출신의 싱어송 라이터이다. 그녀는 위스키의 원료인 '사람에게 밟혀도 일어서는' 보리를 이미지하여 이 노래를 만들어 그 속에 리타가 겪었던 고난, 고뇌, 그리고 두 사람의 사랑과 인생의 기쁨을 공감을 담아 노래하고 있다.

나카지마 미유키의 많은 노래 중에서 가장 좋아하며 곡으로 여러 번 그녀의 곡과 기사를 나의 블로그에 포스팅했다. 처음엔 그녀의 곡이 다소 난해하여 접근하기 어려운 점도 있었다. 그러나 이 '무기노 우타'는 드라마의 주제를 전혀 모르는 사람도 이 곡 하나만으로 스토리 전개를 연상할 수 있다. 나카지마 미유키의 뛰어난 문학 능력과 음악성에 경의를 표한다. 세계의 민요도 유달리 좋아하는 나는 스코틀랜드 풍의 리듬이 삽입되어 드라마의 스토리를 떠올리게 하는 이 노래의 악상이 좋기만 하다. 그녀의 팬클럽 회원에 아직 가입은 하지 않았지만 가입한 것과 다름없다.

홋카이도를 사랑하고 언젠가 홋카이도에서 생활해 보기를 꿈꾸고 있는 나는 '무기노 우타,보리의 노래'를 들으며 마치 내가 주인공인 것 같은 착각도 즐긴다.

4. 도남(道南) -센노 카제니 낫테, 하쓰코이

♪ 센노 가제니 낫테(千の風になって, 천 갈래 바람이 되어)
원작사자 미상, 일본어作詞·作曲 : 新井満(아라이 만)

새삼스럽게 말하지만 우리나라에 일본 노래가 번안되어 공유할 수 있다니 기쁘게 생각한다. '센노 가제니 낫테'를 우리나라의 팝페라 유명 가수 임형주가 번안, 개사하여 부르는 곡을 찾아 들어 보았다. 스케일이 크고 가사도 곡도 아름다운 노래를 우리말로 들으니 일본어로만 들어왔던 내 귀에는 더욱 신선하고 색다르다.

나의 기행문에 일본어 가사를 우리말로 직역하여 쓰고 싶어 사용 허가를 문의하였으나 허락을 받지 못했다. 가사를 한 줄도 옮겨 싣지 못함은 어쩐지 섭섭하다. 저작권 소유자는 "한국어 번안은 임형주(LIM HyungJoo)의 '천개의 바람이 되어'와 Zero의 '천의 바람이 되어'의 두 종류를 이미 사용 허가하였으며, 이것으로 충분하다."고 한다. 물론 임형주와 Zero의 번안은 일본어 내용에 따라 우리말 노래 가사로서 잘 맞게 자연스럽고 정제된 운율을 취하고 있다.

'센노 가제니 낫테'는 2008년 여름 오사카의 린쿠에 갔을 때 오사카의 여기저기에 일본 테너 가수인 아키가와 마사후미 콘서트의 포스터를 본 것이 처음이었다. 포스터의 남성은 멋진 포즈와 좋은 인상에, 그 위에 큰 글씨로 '센노 가제니 낫테'의 곡목이 적혀있었다. 즉시 인터넷 검색을 하고 한 번에 반해서 한 동안 몰입한 곡이다. 가사는 슬픈 느낌이지만 악곡 자체가 훌륭하다. 내가 갖고 있는 악보를 나의 피아노 선생님에게 보이니 "일본은 싫어하는데 이 곡은 참 멋지다"고 말하며 피아노로 쳐주었는데, 이 곡을 들으면 가사의 내용을 몰라도 악곡이 전하는 메시지를 바로 알아차릴 수 있다.

홋카이도와 이 노래와의 관련은 하코다테 근처 나나에쵸의 오누마 호수 탐방 때 알았다. 오누마 호수편에도 썼지만 오누마 호반에 '센노 가제니 낫테'의 발상지라고 적힌 기념비가 있었다. 노래는 이미 알고 있지만 작곡자까지는 기억하지 못했다. 일본어 가사를 붙이고

곡을 만든 아라이상이 오누마 호수 근처에 거주한다고 한다. 당연히 기념비가 있을 만 하다고 동감했다.

기행문을 쓰기 전부터 이 노래의 기사는 가끔씩 읽었다. 기행문에 이 노래를 쓰는 시점부터 우리나라의 사이트도 여러 개 찾아보았다. 세월호 추모가로서 임형주 가수가 헌정했다는 기사와 원래 영시의 작사자를 찾아서 언론에서 취재 여행하는 이야기도 읽었다. 그런데 일본인 작곡가의 이 곡을 만든 과정을 소개한 글은 우리나라 인터넷 자료에는 찾지 못했다. 나는 이 곡을 이해하고 공감하는데 무엇보다 공감하는 작곡자의 글을 읽게 되었다. 아래 글을 쓴 작곡자 아라이 만은 자신의 글을 인용할 때 출전을 꼭 명기할 것을 명시해 두었다.

"천의 바람이 되어"는 어떻게 태어났는가? By 아라이 만*

*아라이 만(新井 滿) : 일본의 남성 저작가, 작사 · 작곡가, 가수, 사진가, 환경 영상 프로듀서, 그림책 화가. 니가타현 니가타시 출생, 홋카이도 가메다군 나나에쵸 거주.

저의 고향은 니가타시입니다. 이 마을에서 변호사로 일하고 있는 가와카미 고는 나의 죽마고우입니다. 그의 집에는 부인인 게이코 씨와 세 아이들이 있어 매우 밝고 행복한 가족생활을 하고 있었습니다. 그런데 어느 날 게이코 씨는 암에 걸리고 얼마가지 않아 세상을 떠났습니다. 그 후에 남겨진 가와카미 친구와 아이들 셋의 놀람과 슬픔은 심상치 않습니다. 절망의 구렁텅이로 빠진 것과 다름없습니다. 위로의 말 이외는 내가 할 수 있는 것은 없었습니다. 그러나 그런 것이 아무런 도움이 되지 못한 것 같습니다.

게이코 씨는 지역에 발을 붙인 꾸준한 사회 공헌 활동을 하는 사람이기도 했습니다. 많은 동료들이 협력하여 추모 문집을 내게 되었습니다. "천의 바람이 되어 -가미카와 게이코 씨에 부쳐-" 라는 문집입니다. 문집 속에서 어떤 사람이 "천의 바람이 되어"의 번역 시를 소개하고 있었습니다. 저는 한번 읽고 진심으로 감동했습니다. "그래, 이것을 노래로 들어 보자. 그러면 가와카미와 아이들이나 뒤에 남겨진 많은 동료들의 마음을 아주 조금은 치유할 수 있는 것은 아닐까,,," 그렇게 생각했습니다.

몇 달 동안 걸려 원시가 된 영어 시를 찾아냈습니다. 그것을 번역해서 저의 스타일로 일본어 번역시를 만들었습니다. 그것에 곡을 붙이고 노래한 것이 이번 "센노 가제니 낫테= 천의 바람이"라는 노래입니다. 개인용 버전인 사제판 CD 몇 장만 만들어 그 중 한 장을 가와카미 군에게 보냈습니다. CD는 게이코 씨를 추모하는 모임에서 널리 알려졌습니다. 모인 사람들은 한결같이 눈물을 금할 수 없었다고 합니다. 그리고 울면서 이 노래를 불렀다고 합니다.

「千の風になって」は ﾞいかにして生まれたか？

By 新井 満

私のふるさとは新潟市です。この町で弁護士をしている川上耕君は、私のおさななじみです。

彼の家には奥さんの桂子さんと三人の子供たちがいて、とても明るく幸せな家族生活を営んでいました。ところがある日、桂子さんはガンにかかり、あっというまになくなってしまいました。後に残された川上君と子供たち三人のおどろきと悲しみは尋常ではありません。絶望のどん底に蹴落とされたのも同然です。なぐさめの言葉を言う以外、私にできることはありませんでした。し

かし、そんなものが何の役に立つはずもありません。

　桂子さんは、地域に足をつけた地道な社会貢献活動を行う人でもありました。たくさんの仲間たち が協力して追悼文集を出すことになりました。「千の風になって-川上桂子さんに寄せて-」という文集です。 文集の中で、ある人が「千の風」の翻訳詩を紹介していました。私は一読して心底から感動しました。＜よし、これを歌にしてみよう。そうすれば、川上君や子供たちや、あとに残された多くの仲間たちの心をほんの少しくらいはいやすことができるのではなかろうか……＞そう思ったのです。

　何ヶ月もかけて原詩となる英語詩をさがし出しました。それを翻訳して私流の日本語訳詩を作りました。それに曲をつけて歌唱したのが、この度の「千の風になって」という歌です。 私家版のCDを数枚だけプレスし、そのうちの一枚を川上君のところに送りました。CDは桂子さんを偲ぶ会で披露されました。集まった人々は一様に涙を禁じ得なかったそうです。そして泣きながらこの歌を歌ってくれたのだそうです。 출처 http://www.twin.ne.jp/

　이 외에 이 노래와 관련한 자료를 많이 찾아 읽었다. '센노 가제니 낫테 = 천의 바람이 되어'는 미국에서 화제가 된 시『Do not stand at my grave and weep』의 일본어 번역 또는 그것을 가사로 하는 노래라는 것과, 위의 작곡자가 쓴 것 글처럼, 2001년, 아라이 만*이 아메리카 합중국 발상(탄생)이라는 이 시를 일본어로 번역, 스스로 곡을 붙였다는 다른 사람의 글까지 관심을 갖고 열람했다. 원시의 3행 째 "I am a thousand winds that blow"를 빌려서 '센노 가제니 낫테 = 천의 바람이 되어'라는 제목이 붙었다고 한다. 가사에 가을 · 겨울 · 아침과 저녁이 있고 봄·여름·낮이 없는 것은 원시에서 운을 밟는데 그러한 말이 사용되고 있기 때문이라는 문장도 유심히 읽었다.

♪ 하쓰코이(初恋, 첫사랑)
作詞 : 石川 啄木(이시카와 다쿠보쿠) 作曲 : 越谷達之助(고시타니 다쓰노스케)

모래밭 모래 위에, 엎드려 누워, 첫사랑의 아픔을, 그립게 생각하는 나날들
첫사랑의 아픔을, 아득히 먼 옛날의, 아,,,아,,, 아련히 떠오르는 나날

하쓰코이(첫사랑)는 일본의 서정가요 혹은 서정가곡이다. 시어의 출처는 이시카와 다쿠보쿠의 제1가집 '이치아쿠노 스나(一握の砂, 한 줌의 모래)'에 수록되어 있는 단가의 하나이지만, 가곡으로서는 '하쓰코이(初恋)'로 불리어진다. 하쓰코이는 1938년에 발표한 가곡집 '다쿠보쿠 니 요세테 우타에루(啄木に寄せて歌える, 다쿠보쿠에 부쳐 노래함)'에 수록된 최초의 작품이다. 몇 몇 작곡가가 이시카와 다쿠보쿠의 단가에 곡을 붙였지만, 가장 인기가 있는 곡이라고 한다. 5/4, 4/4, 3/4, 5/4박자로 다양하게 박자가 변하는 것이 특징이며, 그것이 독특한 향수를 불러 일으키고 생생한 인상을 준다고 한다.

나는 홋카이도가 좋아서 몇 번이나 갔다. 노래비가 있는 하코다테는 혼슈에서 홋카이도로 들어갈 때의 관문 같이 갈 때마다 이곳에서 묵게 된다. 첫 방문은 이국적인 풍경과 항구도시 특유의 무드를 보기 위해 아들과 겨울에 들렀고, 하쓰코이 노래비를 찾아서 두 번 째 왔고, 일본 3대 야경을 보기 위해서도 왔으며 다른 도시 이동을 위해 숙박만 하기도 한 적도 있다.

하쓰코이 노래비를 찾아 처음에 입수한 자료에 따라 하코다테의 시내 노면 전차를 타고 어느 공원을 찾아갔으나 그곳에는 이시카와 다쿠보쿠의 다른 시비는 많아도, 내가 찾는 이 곡의 석비는 없었다. 다시 하코다테역으로 돌아와 관광협회에 물어 마침내 찾았다. 노래비는 바다를 배경으로 해당화가 가득 심어져 있는 곳에 고급스럽게 건립되어 있었다. 홋카이도 각지를 방황하며 27살에 요절한, 현재 이와테현 모리오카현 출신의 시인을 기리는 작은 해변공원(다쿠보쿠 소공원)과 이시카와다쿠보쿠기념문학관이 조성되어 있고, 노래비는 그 문학관 옆에 있으며 석비에는 큰 글자로 「初恋」라 새겨져 있다.

그의 단가(短歌) 하쓰코이는 누구나가 겪어본 적이 있는 첫사랑의 아픔이라는 본질의 한 부분을 짧은 시구로 훌륭하게 표현하였다. 같은 가집에 수록되어 있는 '생명 없는 모래의 슬픔이여 움켜쥐면 손가락 사이로 스르르 떨어지는구나.'라는 단가도 아름답고, 구시로 요네마치공원에 세워진 노래비에서 본 '새하얗게 얼음 빛나고 물새 우는 구시로 바다의 겨울 달인가'라는 그의 단가도 아름다웠다. 다음 일정이 빠듯하여 이시카와기념문학관을 들리지 못한 것이 못내 아쉬웠다.

하쓰코이는 일본의 중년이상의 남성이 가장 애창하는 서정가요 1위라는 기사도 읽었는데 정말 시에 못지않게 악곡의 선율도 첫사랑의 아픔이 절절하게 느껴질 정도로 애틋하고 아름답다. 앞서 이야기한 하야시선생님은 나의 서투르고 서투른 반주에 노래를 불러 주셨지만, 전혀 준비가 덜 된 연습 과정의 반주로 결례를 범한 것이 지금까지 부끄럽다.

하코다테의 유노카와 온천에도 가보고 싶은 참에 다음 번 코스에는 이시카와다쿠보쿠문학관도 필수 견학할 계획이다. 나는 늘 한 곳에서 가고 싶은 곳을 한꺼번에 모든 것을 견학하기엔 시간이 부족하다. 한 장소에서 여러 곳을 천천히 볼 것인가, 아니면 다른 지역으로 이동하여 새 것을 보고 또 다른 지역으로 하나 더 볼 것인가, 둘 중의 하나를 선택해야 한다면 나는 후자를 선택한다. 재팬레일패스를 과다 사용하지 않으면 성에 차지 않으므로, 한 곳에 느긋하게 있지 못하고 항상 새로운 곳으로 이동 또 이동한다. 우리나라에서 동남아시아 여행을 5일 간다고 하면, 홍콩에서 3일을 보내는 것보다 하루 홍콩 다음 날 싱가포르 다음날 말레이시아, 돌아오기 전 대만 식의 타입이며 이 버릇을 개선하지 못한다.

마지막으로 노래의 목차에는 적지 않았으나, 스스로 '코리안저패니즈'라고 말하는 아라이 에이치(한국명 박영일) 가수도 간단히 소개한다. 그의 CD 가사집에 '대전부르스'가 '태전부루스'로 한자가 오타? 된 것 같은데 다른 의미로 쓴 것인지 잘 모른다. 가사를 보면 '잘 있거라 나는 간다'로 시작하는 우리나라 전통가요 '대전부루스' 같다. 아라이 에이치의 목소리는 굵고 독특하여 매력 있으며, 그의 피아노 치면서 노래하는 모습은 도저히 팬이 안 되고는 못 배길 정도로 멋졌다.

5. 문학기념관 견학
  - 미우라 아야코, 아리시마 다케오, 와타나베 쥰이치, 치리 유키에 작가를 찾아서

5-1 미우라아야코기념문학관
'아사히카와의 미우라 아야코'와 '아사히카와와 미우라 아야코'는 중간의 '의'와 '와'의 조사 하나 차이지만, 의미하는 바는 큰 차이가 있다. 나의 수다는 미우라아야코의 문학기념관 견학을 이야기하면서,

사실은 아사히카와 전체의 방문에 더 비중을 두므로 이야기는 후자 쪽으로 쏠릴 것 같다. 그런데 나의 수다는 종을 잡을 수 없으므로 다 쓰고 나야 어느 쪽으로 많이 썼는가 알 수 있다.

먼저 작가와 작가의 작품에 대해서 간단히 적으면, 미우라 아야코(三浦綾子, 1922년-1999년)는 홋카이도 아사히카와 출신의 일본 여성 작가이다. 결핵 투병 중에 세례를 받은 후, 창작에 전념했으며 고향 아사히카와에 미우라아야코기념문학관이 있다. 다음은 아사히카와 관광지의 하나인 미우라아야코기념문학관을 읽어보니 "수많은 명작을 남기고 '사람은 어떻게 살 것인가'를 묻는 작가를 기념한 문학관으로 집필원고, 취재노트, 문학 해설 등 다양한 이벤트가 열립니다."라고 적혀 있다.

아사히카와를 소개하는 자료에는 저명한 미우라 아야코는 당연히 필수 항목이다. 홋카이도에 한 번도 발을 디딘 적이 없는 훨씬 이전부터 아사히카와는 빙점을 쓴 작가의 고향임을 들어서 알고 있었다. 나는 미우라 아야코의 작품을 많이 읽은 독자도 아니고, 문학에 관심이 높은 것도 아닌데, 일본의 여성 작가로서 최초로 외운 이름이다. 초등학교 6학년 때인가 가와바타 야스나리의 '설국'이 노벨문학상을 받았다는 사실을 라디오 뉴스에서 들었고, '빙점'은 어떻게 알게 되었는지 기억은 못하지만 비슷한 때인 것 같다. 그 당시의 유명세를 짐작한다.

1970년대 중반, 나의 20대 초반에 서울 나들이 가서 친구와 명동 어느 영화관에서 한국판 '빙점' 영화를 본 기억도 있고, 30대에 그녀의 문체를 동경하며 수필 몇 권 정도를 되풀이하여 읽은 적도 있다, 그리고 50대에 홋카이도 여행을 시작하면서 작가의 생가나 문학관을 필히 견학하리라 염두에 두고 있었다.

완전 리뉴얼하여 세련되게 단장한 아사히카와역 건물, 구내 전체를 친환경 나무 소재로 인테리어하여 은은한 자연적인 냄새가 마치 숲속에 있는 것 같이 착각한다. 아사히카와관광협회에서 작가의 문학관 위치 등을 안내 받고, 찾아가는 중, 정말 그 옛날에 본 영화 속의 키가 큰 울창한 숲이 그대로 있는지 궁금했다. 25분 정도 걸어 문학관에 도착하여 실내 견학을 한 후, 실외의 '빙점' 무대를 따라 산책도 했다. 강과 숲의 어우러진 오솔길을 걸으며 여행 중의 마음과 몸을 더 건강하게 한다. 영화 속의 숲은 진짜 있었다. '외국수종견본림'*이라는 곳이었다. *외국수종견본림 : 외국산 나무의 성장을 관찰하기 위해 식목된 일본 국유림으로 '빙점'의 무대가 된 것으로 유명. 삼림욕과 산책에 최적 장소. 아사히카와 시민들도 많이 찾는다.

세상에 내가 빙점의 작가를 다 만나다니,,, 물론 작가를 직접 만날 수는 없지만, 기념문학관에서 그녀의 삶, 일생을 직접적으로 체험할 수 있으니 나 스스로는 작가를 만난 것으로 인정한다. 그리고 작가가 가진 재능의 만 분의 일이라도 닮아 내가 쓰고 싶은 홋카이도기행문을 완성하자며 스스로 응원했다.

작가의 작품 이름을 딴 빙점대교를 건너며 오른편에 있는 듬직한 다이세쓰 산도 바라보며 다시 아사히카와역으로 돌아와 잠시 쉬었다. 다음 코스는 이시카리 강과 아사히바시 철교이다. 이시카리강은 일본의 3대 강(하천)이고, 아사히바시 철교는 홋카이도의 3대 다리 중의 하나라고 한다. 일본인은 '3대 00'를 만들기를 참 좋아한다. 3대 00이 4개가 되는 항목도 있고, 지방마다 자기 지방의 것을 넣기도 한다는 인터넷 자료의 설명도 재밌지만, 나는 일본인이 만들어 놓은 3대 00의 3대 명물을 찾아 여행하는 것을 좋아한다.

미우라아야코기념문학관의 홈페이지를 열람해 보았다. 내가 실제 방문해서 보았으니 홈페이지를 읽으면 생생하게 기억이 살아난다. 그녀의 저서 전시, 생전의 생활 모습, 명언 등을 다시 새기며, 작가의 모든 것이 감동으로 찡하게 와 닿는다.

홋카이도 여행의 아이템으로 작가와의 만남 시간을 갖는 것은 내 자신을 위해 아주 좋은 프로그램이다. 좋아하는 노래의 작곡가, 작사가, 그리고 좋은 글을 써 준 작가들을 존경하고 그들의 작품으로 내 인생이 한층 풍요롭게 향상됨을 기대한다. 이노우에 야스시 작가의 약력 소개에 '아사히카와 출생'이라 적혀 있어, 미우라아야코기념문학관 방문 후에는 아사히카와라는 지명이 한층 크게 보인다.

내가 찍은 사진 중의 글을 옮겨 적는다. 다국어로 번역되어 있어 따로 내가 번역할 필요없이 사진의 한글 그대로 입력한다.

> "단 한 사람이라도 좋다. 이 소설을 읽어주기만 한다면.
> 그리고 인간이라면 누구나 가지고 있는 죄의 의미를 이해해 주기만 한다면,,,
> 이런 생각으로 나는 '빙점'을 썼다."
>
> "나는 왜 '빙점'을 썼는가?"에서

미우라아야코기념문학관도 견학했고, 이시카리강도 보았고, 아사히카와의 중심 번화가 헤이와도오리도 견학했다. 삿포로 라멘*이 일본 3대 라멘의 하나이지만, 아사히카와라멘도 꽤 유명하다고 하여 저녁은 본고장의 라멘을 먹기로 하고 지하 음식점으로 들어갔다. 크지도 않은 라멘 가게엔 사람이 가득,, 나는 꽤 유명한 곳을 직감적으로 찾아들어온 모양이다. 손님이 끊임없이 들어오고 나간다. 대기석에서 조금 기다렸다가 안내해 주는 자리에 앉으니 바로 옆 자리에 나와 국적이 같은 서울 사람들이다. 최근에 산 어느 일본 기행문에 일본의 라멘은 비추(비추천)한다는 글도 보았지만, 나는 비추는 아니다. 강추(강력 추천?)는 아니라도 한 번 맛들이면 일본의 라멘은 무조건 찾게 된다는 나의 경험이다. 일본의 라면은 정말 맛있다. *'라멘'은 라면의 일본 발음

바로 이 날 아사히카와에 도착하여 당일 호텔을 찾지 못해 사우나에서 하루 보낸 날이다. 사우나 스파의 간이침대에서 자는 둥 마는 둥하고, 다음 날 새벽 4시 반에 나와 아침 5시 18분발 삿포로행 특급을 타고 오타루행 환승, 오타루출발 오샤만베행 보통 열차로 니세코로 이동했다.

5-2 니세코와 아리시마다케오기념관

니세코는 겨울 스키 스포츠 지역으로 지명도가 높은 곳 정도로 알고 있었지만, 여름의 니세코는 첫인상이 마치 스위스의 어느 마을인가 싶다. 여태 보아왔던 영상 자료를 종합하여 순간적으로 떠오르는 이미지는 스위스이었다. 스위스의 어디와 무엇과 같은지 구체성을 말할 수 있는 자신은 없고 그저 그냥 그렇게 보였고 느꼈다. 스위스에 가 본 적도 없다.

니세코역에서 한국인 4인(부부와 자녀커플) 가족여행자를 만났는데, 그들은 유럽여행도 많이 했다고 하기에, 니세코와 스위스와 비슷한지 물으니 스위스와는 조금 다르다고 한다. 다녀온 사람의 정보에 따르면 나의 니세코에 대한 첫 인상은 내 느낌일 뿐 사실과 다를 수도 있다. 어떻든 니세코는 유럽의 부유한 나라의 고급스런 전원 도시 같은 느낌이었다. 로마는 아니고, 빈도 아니고,,, 잘 모른다. 유럽의 많은 도시를 다녀보고 잘 아는 유럽통은 내가 적절한 표현을 찾지못해

어려워하는 이 느낌을 알아차리고 속 시원하게 가르쳐 줄 것 같다.

오타루 출발 오샤만베행의 1칸 차량은 구시로와 아바시리간의 보통 열차 센모혼센과 같이 원맨(일인) 운전수, 보통차(완행)이다. 나는 이 방면의 기차를 처음 타고 니세코로 향하니 니세코는 초행이다. 니세코에 가는 테마는 분명히 있다. 역에 내려서 그곳의 관광협회에 문의하여 나의 목적지를 찾아가기 위해 일단 니세코역에 내렸다. 역의 건물부터가 일본이 아닌 외국 유럽풍이다. 유럽 분위기가 절로 감지되었다.

나는 니세코의 일본 3대비탕*인 니세코야쿠시온천을 찾으러 니세코에 왔다. 그 당시 내가 참고한 인터넷 자료의 일본 3대비탕*은 니세코를 비롯 아오모리현 야치온천과 도쿠시마현 이야온천이었다. *

三大秘湯 : ニセコ薬師温泉(北海道蘭越町)、谷地温泉(青森県)、祖谷温泉(徳島県)

홋카이도 여행 중에 내가 고른 일본 3대 명물 중 홋카이도에 소재하는 것은 다 찾아볼 셈이었다. 니세코역에 내려서 기차든 버스든 택시든 어떤 교통을 연계해서라도 일본 3대 비탕의 하나인 니세코야쿠시온천에 갈 수 있을 것이라 생각했다. 그런데 관광협회의 안내원의 대답은 "야쿠시온천은 후계자가 없어 현재 휴업"이라고 한다. 세상에,,, 어떻게 이럴 수가,,, 방문 전에 전화로 확인해 보는 것은 생각해 본 적이 없다. 일본의 3대 비탕 중의 하나이므로 유명하여 찾는 사람도 많고 당연히 영업할 것이라고 확신했다. 현지의 관광협회에서 안내해 주는 정보가 틀릴 리도 없고, 아쉽지만 니세코야쿠시온천 방문은 포기했다.(이로부터 3일 후 다시 검색해 보니 니세코야쿠시온천은 휴업이고 재개업은 미정이라고 자료의 끝부분에 소개되어 있음을 뒤늦게 확인함. 자료를 완전히 끝까지 읽지 않고 앞부분만 읽고 행동한 것이 잘못임).

일본 3대 비탕의 온천욕도 기대했는데 포기하니 화도 나고 속이상해서 니세코역 바로 앞의 온천욕으로 보상하였다. 온천욕 후 기분을 회복하여 아리시마다케오기념관 견학으로 코스를 정하고 택시를 탔다. 걷기에는 조금 멀어서 다음 기차 연결 시간에 늦을 수 있으므로 일단 갈 때는 택시, 시간 보아 역으로 돌아올 때는 도보로 그림을 그렸다.

아리시마 다케오의 작품 중 가장 먼저 읽은 것은 '한 송이의 포도'이다. 작가의 어린 시절의 실화를 바탕으로 쓴 단편소설이라고 위에도 소개했지만, 어린 마음, 심리를 눈물이 핑 돌 정도로 적확*하게 그렸다. 단편소설이라 여러 번 읽을 정도로 감동의 여운이 길었다. 그리고 다른 책도 읽은 것 같은데 기억할 수 없다. 비록 나는 단 한 권의 책을 읽은 독자일지언정 나는 작가의 기념관에 들러 작가의 세계를 실제 체험하고 싶었다. *적확: 정확하게 맞아 조금도 틀리지 아니함.

아라시마다케오기념관은 기행문 호수편 도야코 호수에서도 소개한 요테이잔 산이 가까이 보이는 곳에 있다. 그 막힘없이 돋보이는 웅대한 산을 배경으로 주변 자연과 건물은 '사운드 오브 뮤직' 영화의 한 장면과 비슷했다. 내 느낌으로 그랬다. 자꾸만 유럽과 니세코가 연결되어 생각되기만 한다. 일본의 기념관은 어디든 내가 견학한 곳은 깨끗한 시설, 친절한 응대, 알찬 내용으로 입장료를 지불해도 아깝지 않을 정도로 득이 된다. 니세코에서도 만나고 싶은 작가를 또 한 사람 만날 수 있어 좋았다. 니세코의 야쿠시온천이 휴업이어서 못 가는 바람에 그 대신으로 견학한 아리시마다케오기념관과 니세코역 주위의 도보 견학이 오히려 더 잘 됐다고 하루를 정리했다.

작가의 작품 '한 송이의 포도'에 대해 복습해 본다.

'한송이의 포도'는 아리시마 다케오에 의한 소설(동화). 요코하마영일학교(현 요코하마영일학원)에서의 자신의 체험을 바탕으로 쓴 글. 이 작품을 표제작으로 전 4편 '한송이의 포도' 단행본도 있음. "어릴 적 그림 그리기를 좋아했던 주인공 "나"는 자신이 살고 있는 요코하마 야마테의 아름다운 해안 거리를 그림으로 표현한다. 그러나 자신의 갖고 있는 그림물감으로는 눈으로 보이는 풍경을 잘 그릴 수가 없다. 서양인의 동급생인 짐이 가진 외래품의 좋은 물감이 부러워 충동적으로 훔치지만 바로 그 것이 발각되어 동경하는 아름다운 선생님에게 알려진다. 계속 울던 나를 선생님은 따뜻하게 용서하며 한 송이의 포도를 건네 줌. 일시 귀가하고 다음 날 학교에 가니 짐이 부드럽게 "나"의 손을 잡고 선생님에게 데려다 준다. 거기에서 무사히 화해를 할 수 있었다. 그리고 세월은 흐르고 가을이면 포도송이는 언제든지 아름다운 보라색으로 물들어 익는데, 선생님의 대리석처럼 하얀 손이 내 눈앞에 나타나는 일은 이제 없어졌다."는 줄거리이다.

출처 https://ja.wikipedia.org/wiki/

5-3 삿포로 나카지마 공원 옆의 와타나베쥰이치문학기념관

나는 와타나베 쥰이치 작가에 대해 의사이며 일본의 작가로 저서 '실낙원'은 우리나라에서도 영화로 만들어졌다는 정도 밖에 아는 것이 없다. 최근 하나 더 새로운 사항은 나의 기행문 호수 편 마지막 '쇼부이케'에도 소개했듯이 그의 기념문학관이 삿포로 나카지마 공원 옆에 있어 견학했다는 사실이다.

그의 기념문학관의 건물은 좀 떨어져 보아도 바로 "아, 안도다다오의 설계"임을 알 수 있다. 소재와 디자인 모두 안도다다오만의 개성이 역력하다. 문학관에는 작가의 생전의 모든 작품과 그가 읽었던 서적이 깔끔하게 정리되어 있고, 서재의 전시 책 중 입장객이 열람할 수 있는 칸은 앉아서 열람할 수 있도록 의자와 테이블이 편안하게 놓여져 있다. 삿포로에 가면 한 번 더 방문하여 그곳에서 하루종일 그곳의 열람 가능한 책을 읽으며 시간을 보내도 좋을까 싶었다. 또 지하 홀에는 그랜드피아노가 있고 시간제 대여하니 많은 이용을 바란다는 안내문을 읽고 가슴이 뛰었다.(다음에 피아노를 좋아하는 아들에게 안내할 장소 1위이다. 일본은 피아노의 나라로서 카페든 홀이든 피아노 연주를 할 수 있는 시설이 흔했고 생활화되어 있어 보였다. 시간별 장소를 빌리는 것도 요금이 적절하고 합리적이며 어렵지 않음을 경험하였다.)

와타나베쥰이치기념문학관 견학에서 작가의 '미즈우미기코=호수기행'* 수필집을 발견한 것은 나에겐 대행운이었다. 그 이유는 나의 기행문 호수편 오다이토에 자세히 적었다. 그리고 언젠가 지하의 세련된 작은 홀에서 아들과 나의 미니콘서트를 기획해 보는 상상도 정신 건강에 유익하다. 삿포로 역 근처의 호텔에서 걸어서 왕복해도 산책 가능한 거리이므로 별도의 교통편도 필요 없고 부담 없이 들릴 수 있다. *随筆『みずうみ紀行』光文社 1985 のち 文庫、「湖畔幻想」角川文庫

5-4 아이누 여성 작가 치리유키에 '긴노시즈쿠기념관*'
*『知里幸恵・銀のしずく記念館』

굿타라코 호수와 오유누마를 본 후, 노보리베쓰온천가에서 버스로 노보리베쓰역 앞에 도착하니 오후 3시경. 예약한 호텔에 체크인하기에는 아직 이른 시간이었다. 역 구내에 '치리 유키에・긴노시즈쿠기념관(은물방울기념관)'이라는 안내판이 붙어 있어 저절로 눈이 갔다. 나는 치리 유키에라는 작가를 전혀 모르지만 '은 물방울'이란 아름다운 느낌의 어휘에 이끌려 즉석 흥미가 생긴다. 걸어갈 수 있는 거리라면 견학해 보고 싶었다. 역의 안내소에서 15분이면 갈 수 있다고 가르쳐 주었다. 역 앞에 표시된 기념관 가는 길의 화살표를 따라 왼쪽으로 돌아서, 작은 강가를 거슬러 올라가자, 앞뜰에 큰 칠엽수나무가 있는 아담한 건물이 나타났다. *긴노시즈쿠: 은 물방울

　입장료(운영비에 충당되고 있다고 한다)를 내고 안에 들어가자, 천진난만한 여성의 사진이 앞면에 걸려있다. 그 여성이 치리 유키에 작가, 안내원의 설명에 따르면 그녀는 노보리베쓰 출신의 아이누 여성으로, 1922년 3월에 문자가 없는 아이누의 구전 문학 유카라* 시의 일부 13편을 로마자와 일본어의 대역으로 '아이누 신요집'을 세상에 내고, 그해 9월 19세의 나이로 세상을 떠났다고 한다. 관내에 전시하고 있는 그녀가 쓴 "그 옛날 이 넓은 아이누모시리(홋카이도)는 우리 조상의 자유의 땅이었습니다."로 시작되는 이 책의 서문을 읽고, 나는 그 문장의 아름다움과 그녀의 마음에 감동했다. *유카라 : 아이누 민족에 전해지는 서사시의 총칭

　'은 물방울 기념관'이라는 이름은 그녀의 일본어 번역시 '올빼미의 신 스스로 부른 노래'의 첫 구절 "은 물방울 떨어져 내리는 주변에 =Shirokanipe ranran pishkan(아이누어의 로마자 표기)"에 유래한다고 한다. 나는 홋카이도의 원주민 아이누에 대해서 무엇 하나 몰랐던 것이 조금 부끄러웠다. 앞뜰에 도토리 비슷한 칠엽수 열매가 하나 떨어져 있었다. 기념관의 직원에게 허락을 받고 주워 지금도 내 방에 소중하게 간직하고 있다.

　노보리베쓰에 간다면 온천욕은 말할 것 없이 좋고 주변의 자연 탐방도 좋다. 혹시 홋카이도의 아이누 소수 민족(지금은 일본인이지만)의 구승 문학에 관심이 있다면 꼭 이 '은 물방울 기념관' 방문을 추천한다.(참고 : 아이누신요집 치리유키에 번역 편집 이와나미문고(일본) *(參照 : アイヌ神謠集 知里幸恵編訳 岩波文庫(日本)

겨울나라의 겨울 풍물

처마 끝에 매달린 고드름

PART 3

겨울나라의 겨울 풍물

홋카이도 겨울 여행에서 나는 생전 처음 보는 풍경이 많았다. 내가 살고 있는 곳은 경상남도 남부지역으로, 홋카이도 삿포로부터 약 1,380km 남서쪽으로 떨어진 위도 약 8도 남쪽에 위치한다. 그러므로 겨울은 비교적 따뜻한 편이며 눈은 잘 내리지 않는다. 눈이 흔하지 않아 그런지 눈이 많이 내리는 지역의 겨울은 별세계로 생각되기도 한다. 나에게 홋카이도의 눈과 얼음의 겨울 풍경은 모두 홋카이도만의 브랜드와 같이 기억되어, 여행에서 귀국하면 이내 홋카이도의 눈경치가 보고 싶어진다. 홋카이도의 겨울을 몇 번 체험한 후 추위의 두려움보다 겨울 풍경에 대한 그리움으로부터 당분간 헤어나기 어렵다.

홋카이도의 겨울을 체험하기 전에는 일 년의 반 이상이 겨울이며 혹독한 추위 속에 살아가는 사람들의 복장은 어떤지 겨울 나라 홋카이도의 산, 들, 강, 바다, 온천, 도시 등의 모습은 어떤지 모든 것이 궁금했다. 여태까지 영상을 통해 간접적으로 보기만 했는데, 방문하여 현지의 겨울을 느껴보고 싶었다. 추운 겨울에는 따뜻한 지방을 찾아 여행하는 것도 좋지만, 그와 반대로 추위는 추위로써 다스린다며 겨울에는 진짜 추운 홋카이도에 도전하려는 욕구는 커지기만 했다.

지금까지 나의 홋카이도 겨울여행은 네 번인데, 12,1,2,3월을 조금

씩 경험하였다. 추위를 참으며 탐구하는 마음으로 구경했던 겨울 풍경을 나열하며 회상한다. 그 때는 추웠지만 지금은 방 안의 컴퓨터와 나의 마음으로 떠나는 추억여행은 춥지 않아 좋다.

홋카이도의 겨울 자연현상을 체험한 것은 대설, 눈보라, 고드름, 다이아몬드 더스트(세빙), 무빙, 우빙, 유빙, 파문, 강과 호수의 결빙 등이다. 자연과 인공의 겨울 풍경은 삿포로유키마쓰리, 오타루유키아카리노미치, 기타미역앞의 얼음조각전, 호수편에서 소개한 시코쓰코호수 빙도제, 다이세쓰잔 소운쿄온천가 빙폭제, 도마무리조트 겨울레저타운의 눈썰매, 바나나보트, 유바리의 겨울스키장, 겨울 활화산 이오잔, 오호츠크유빙관 등을 보았다. 평소 추위에 약한 내가 큰마음 먹고 생기 있게 체험한 홋카이도만의 겨울 이야기를 기록해 본다.

1. 삿포로유키마쓰리와 오타루유키아카리노미치

삿포로유키마쓰리*

인터넷이 없던 시절, 가이드북이나 여행사의 상품 소개에서 삿포로의 눈축제는 '세계 3대 축제' 중의 하나라고 광고하니 당연히 그런 줄 알았다. 40대 경까지의 나는 책에 쓰인 것은 검증도 확인도 다 거쳐 발간되는 대중매체로서 책 속의 내용은 전부 사실이며 옳은 줄 알았다. *마쓰리(마츠리, まつり=festival) : 축제, 페스티벌

이제는 여러 정보와 자료를 한꺼번에 열람하고 비교해 볼 수 있는 시대이니, 기행문을 쓰면서 새삼 언제부터 세계3대 축제가 되었는지 궁금하여 찾아보았다. 그런데 삿포로유키마쓰리 공식사이트의 자료에도 '세계 3대 축제의 하나'라고 언급한 부분은 전혀 보이지 않는다. 위키피디아 백과 사전 일본어 버전에도 이 문구는 없는 것 같다. 그러

나 여전히 삿포로 눈축제는 '세계 3대 축제 중의 하나'라는 기사는 많이 검색된다. 그런가 하면 구체적으로 '세계 3대 빙설축제 중의 하나'라고 '빙설'을 넣어 소개한 사이트도 많다.

내가 삿포로에 대해 알고 있던 사항도 1972년의 '아시아 최초의 동계 올림픽 개최지'와 '세계적인 눈축제 개최지'라는 두 가지의 이미지부터 시작된다. 이것이 삿포로 눈축제를 알게 된 가장 오래된 기억일 것 같다. 그래서 그런지 오랫동안 국제적인 도시 삿포로는 나에게 오로지 겨울의 이미지만 남아있었다. 세계 지도를 볼 때도 삿포로의 위치는 위도선상으로 춥고 추운 겨울의 도시만 연상되었다. 삿포로는 여름이 없는 곳으로 오해하기도 했다. 이제는 여러 번의 삿포로 방문으로 삿포로에 대해 조금은 친숙한 느낌이다. 삿포로의 가을은 아직 경험하지 못했고. 여전히 나는 삿포로 방문객에 지나지 않지만,,,

삿포로유키마쓰리 공식 사이트의 눈축제 역사 페이지에서 삿포로유키마쓰리(삿포로 눈 축제, Sapporo Snow Festival)에 대한 기본 정보를 확인했다. 홋카이도 삿포로 시내의 오도리 공원을 비롯한 여러 장소에서 매년 2월 초 개최되는 눈과 얼음 축제. 눈으로 만든 크고 작은 설상을 중심으로 전시하지만, 스스키노장을 중심으로 빙상(얼음 조각)도 전시된다. 홋카이도 내뿐만 아니라 일본 전국이나 해외에서 약 200만 명의 관광객이 찾는 홋카이도에서 가장 대규모 행사의 하나라고 한다. 삿포로 겨울의 행사로 시민들에게 정착하게 된 계기는1950년 지역 중 고등학생이 6개의 눈 조각을 오도리 공원에 설치하여, 싸움, 눈 조각, 카니발 등을 모두 개최, 5만 여명의 인파가 예상 이상의 큰 인기가 시작이었다고 한다.

삿포로유키마쓰리는 올해 2017년 2월에는 68회 째이며, 나는 2013년 2월과 2016년 2월의 두 번을 견학하였는데 두 번 모두 폐막일이었다. 메인 행사장인 오도리공원에는 나처럼 축제의 마지막 날의 관광객으로 붐비고 있었고, 나는 오랜 기간 기대하고 왔으므로 언 손을 비벼가며 추위를 참으며 발 빠르게 구경 다녔다.

오도리공원의 전시된 설상의 작품 제작에 참여한 사람들은 참 솜씨가 좋다고 느꼈다. 세계 유명 건축물을 눈을 뭉쳐 정교하고 솜씨 있게 실물에 가깝게 만들어내고, 얼음을 조각하여 섬세한 예술품을 만들어 낸다. 그 해 테마에 따라 만들어 전시한 조각품의 완성도에 그저 감탄했다. 나는 아무 것도 할 수가 없는데 사람들은 정말 손재주가 뛰어나다. 눈 조각은 눈 조각대로 얼음 조각은 얼음 조각대로 개성과 독창성으로 만들어 전시되었지만, 아깝게도 재료의 특성상 장기 보존되지 못하고 축제와 함께 실물은 사라지고 영상으로만 남는다. 맹추위 속에서도 발을 동동거리며 손을 호호 불며 자위대의 연주회는 몇 곡이나 들었다. 사반세기 이상 지난 효고 유학 때의 시절 유행했던 '치비마루코짱'의 '오도루폰포코린' 뻬햐라 뻬햐라 파파파 곡도 연주해 주었다.

두 번째의 견학은 처음보다 감동이 약해졌다. 아무래도 무엇이든 처음, 첫 번째의 인상과 느낌이 가장 큰 것인가 보다. 아니 이 생각은 틀리다. 처음엔 별로라도 은근히 갈수록 매력적으로 바뀌는 것도 있다. 그런데 삿포로 눈축제를 처음 보는 아들이 크게 감동하지 않는 것 같아 은근히 섭섭했다. 삿포로의 매서운 추위에 적응이 되지 않아 눈축제 보다 따뜻한 실내에 들어가길 원하는 눈치였다. 일단 조금이라도 삿포로 눈축제를 보았다는 사실에 만족하기로 하고 행사장을 빠져 나와 삿포로역 JR타워 38층 전망대로 이동했다. 38층 높이의 전망대 라운지에서는 무료 라이브쇼 피아노연주를 들을 수 있어 좋았고 넓찍한 오도리공원의 야경은 눈이 펑펑 쏟아지는 모습까지 담아 조명과 함께 빛나고 있었다. 숙소에 들어가기 전에 번화가 스스키노의 한 음식점에서 홋카이도산 임연수어*구이와 본고장의 삿포로 맥주를 아들과 맛보았다. *임연수어 : 쥐노래밋과의 바닷물고기

오타루유키아카리노미치

오타루의 '유키아카리노 미치 Otaru Snow Light Path(눈 촛불의 길)' 견학 때의 이야기이다. 삿포로 눈축제는 7일간, 오타루는 10일간인 것 같다. 삿포로에서 처음으로 눈축제를 본 후에, 기차로 오후 늦게 오타루로 이동하여 유키아카리노 미치 축제를 보았다. 오타루에 밤에 도착하여 낮보다 기온이 낮으니 더 추웠지만, 촛불과 눈의 몽환적이며 이색적인 풍경은 동화 속의 북유럽 같은 장면인가 착각도 했고, 추위도 어느 정도 참게 해 줄 만큼 아름다웠다. 관광협회에서 받은 지도의 루트대로 오타루 운하에 먼저 도착하여 장식된 눈 촛불 거리를 산책하고 상점가에도 들렀다.

나의 기행문 노래와 문학관 편에도 썼지만, 오타루는 오르골(자동 악기)로 유명하다. 오르골 매장의 상품과 실내장식 구경도 흥미로웠다. 오타루에는 세 번 다 겨울에 방문하였다. 처음 왔을 때는 오타루 운하는 물론 유리공방도 여러 곳 둘러보았는데, 그 이후에는 운하와 거리 산책이 위주였다. 오타루는 이전의 전성시대는 지났지만 번영하던 시절의 자취는 남아있어 그 도시를 지키고 있는 것 같다. 우리나라 도시에도 이와 비슷한 향수를 느끼게 하는 곳이 분명히 있다. 기억 속의 그 도시에 대한 복고풍이 순간적으로 몹시 그리운 한 순간을 경험하였다.

오타루가 등장하는 영화 '러브레터'도 세 번 이상 보았다. 오타루를 찾는 여행객이라면 오타루는 영화 '러브레터'와 오타루 운하와 오르

골의 도시임은 진작부터 알고 있을 것이다. 그런데 나는 세 번 째 방문 때, 이 세 가지 외의 나의 개인적인 일을 하나 더 기억한다.

아들과 같이 오타루 유키아카리를 보고 삿포로로 돌아올 때이었다. 계단을 올라와 정차해 있는 기차를 타기 위해 빨리 걷다가 그만 넘어졌다. 플랫폼 바닥에 쇠로 표시된 점자에 신발이 미끄러져 몸의 균형을 잡지 못했다. 다친 것 보다 남들 앞에 넘어진 사실이 부끄러웠다. 다행히 크게 다치지는 않았지만 얼굴에 상처가 조금 났다.

내가 차분하게 행동하지 않고 서두르다 내 실수로 다쳤는데, 같이 있던 아들이 더 아파하고 시무룩하고 기운이 처져 있다. "괜찮다, 액땜한 것이지, 불행 중 다행이고 이만하기 다행이지."라고 말해도 금방 표정이 밝아지지 않았다. 나는 정말 병원에 실려 가지 않고 더 크게 다치지 않은 것에 감사했다. 해외여행 중에 작은 사고를 당할 뻔한 일도 있었지만 언제나 모면한다. 평소 침착하지 못하고 덜렁거리는 나의 성격과 행동 개선을 위해 경고장을 받았다고 생각한다. 고맙게도 참으로 고맙게도 일본여행 중에서도 일상생활에서도 아직 큰일을 겪은 적은 없다.

'오타루 눈 촛불의 길'에 대해 홈페이지를 열람했다. "1999년부터 매년 2월 홋카이도 오타루시에서 개최하는 눈과 촛불 축제로, 겨울의 홋카이도를 대표하는 행사이다. 수많은 눈 속의 촛불에 의해 환상적인 분위기가 연출되면서 인기가 정착되고 있다. 저녁 무렵부터 촛불이 켜지면서 밤 9시까지 촛불의 불빛으로 가득 찬 오타루. 눈 속에 희미하게 흔들리는 무수한 불빛은 개개인의 소원을 기도한다. "오타루 유키아카리노 미치"의 스피릿(정신, 원기, 활기)"라고 소개되어 있다.

오타루에서 뺄 수 없는 영화도 다시 생각난다. 'Love Letter'(러브 레터)는 1995년 공개된 이와이 슌지 감독의 일본 영화. 잘못 도착된 연애

편지부터 이야기가 시작되며, 눈의 고장 오타루와 간사이 고베를 무대로 한 러브 스토리이다. 우리나라에도 1999년에 공개되어 고등학생들에게도 큰 인기가 있었던 것으로 기억한다. 영화 속의 대사 일본어 "오겡키데스카(잘 지내나요?)"는 고등학생들 사이에도 유행했다.

2. 유빙관광쇄빙선 오로라호와 시레토코 우토로해안에 밀려온 유빙

국어사전의 유빙에 대한 해석은 "유빙(流氷) [같은 말] 성엣장(물 위에 떠내려가는 얼음덩이)."이다. 더 자세한 설명을 모으면 "한대 지방에서 동결된 바닷물이 바람과 파도 때문에 얼음 덩어리가 되어 얼지 않은 바다로 표류해 오는 것, 홋카이도의 오호츠크 해안에서는 1월 중순~4월 중순쯤 보인다. 해면을 표류하고 있는 얼음 덩어리, 초봄 홋카이도의 오호츠크해연안에 밀려오기도 하고, 하룻밤에 먼 바다로 떠나기도 한다."이다.

오타루가 "오타루운하, 오르골, 영화 '러브레터'"라면, 이와 같은 패턴으로 말해보면 아바시리는 "오호츠크 해, 유빙, 감옥"이다. 작년(2016년 2월)에 아바시리에서 유빙이 관측되었다는 NHK 라디오 뉴스를 듣고 아들과의 여행 일정에 맞추어 유빙관광선 승선을 예약했다.

오호츠크유빙관 견학

바다의 유빙 실물을 보기 전에 오호츠크유빙관 견학을 먼저 하였다. 겨울이 아닌 여름이었다. 그런데 자료관의 유빙도 인위적으로 만든 것이 아니고 실제 바다의 것을 운반하여 마이너스 18도(?기억의 불확실)로 유지하고 있다고 한다. 유빙자료관에 입장할 때는 "잠시 견학하는 동안에도 추울 수 있다."는 안내에 걱정이 되어 입구의 방한 코트를 입고 들어갔다. 실내에 이사 온 유빙을 견학하고, "바다의 유빙 위에서 살아가는 생물들의 생존 현장"을 영상으로 크게 가까이에서 시청했다. 영상의 내용이 참 좋았다.(2012년 7월)

두 번째 유빙을 보러가는 날, 시레토코샤리역부터 아바시리까지 겨울 유빙관광열차 노롯코호*를 탈 수 있었던 것까지는 럭키!! 좋았다. 그런데 30분 쯤 지나자 열차 안에서 "금일 유빙은 파도도 높고 먼바다*로 밀려나 유빙관광선을 타도 볼 수 없습니다."는 정보를 방송한다. 유빙을 보러가는 우리들에게는 회소식이 아닌 낙담되는 소식에 속한다. 그래도 일단 종점인 아바시리까지 갔다. 유빙관광쇄빙선 예약도 현지에서 취소해야 하고, 선상 관광 대신 위에서 말한 오호츠크유빙관으로 바꾸어 투어하면 된다. 유람선 터미널 안에는 많은 중국인과 일본국내의 관광객으로 가득했다. 나는 일단 예약한 이상 배를 타려고 했는데 "오늘은 유빙 관람이 불가능하니 예약을 취소해도 된다."고 권하기에 부담 없이 예약을 취소했다.

*내가 탔던 '유빙노롯코호'은 2016년으로 마지막 운행, 유빙관광열차는 그 후계로 2017년 1월부터 '류효모노가타리(유빙이야기)라는 새 이름으로 운행.

*먼바다: 난바다, 거리로 따졌을 때 육지에서 멀리 떨어진 바다

아바시리역앞에서 덴토잔전망대행 버스를 타고 오호츠크유빙관에 내렸다. 오호츠크유빙관은 홋카이도 아바시리시의 덴토잔 정상에 있는 유빙과 오호츠크 해를 테마로 하는 아바시리 시립 과학관이며 관광시설이다. 이곳은 병설된 전망대 건물 등 모두 새로 단장하여 내부시설도 업그레이드되어 있었다. 실물의 유빙 실내 체험코너도 이전보다 더 잘 꾸며져 있어 첫 체험 때의 기분과 다소 달랐다. 대형 스크린을 완비한 시청각실의 상영프로그램을 시청하고 유빙의 천사인 클리오네*의 사육 전시하는 모습도 보았다. 날씨가 좋아 전망대에서 바

로 눈앞에 펼쳐진 오호츠크 해와 아바시리 호수와 노토로 호수의 원경 조망 등 아바시리 일정을 원만하게 끝냈다. 아들도 유빙을 보지 못해 아쉽기는 하지만 파도가 높아 배를 타면 멀미도 걱정되었기에 유람선 승선을 취소하고 유빙관 견학을 선택하여 다행이라고 하였다.(2016년 2월) *클리오네 : Clione, 홋카이도 연안에서 볼 수 있는 길이 3~4cm의 껍질 없는 조개의 일종

유빙관광쇄빙선 '오로라호'를 타고 바다 위의 유빙을 만나다

나의 글쓰기 습관대로 화제의 기본 어휘부터 정리해 두고 다음 수다로 진행한다.

아바시리유빙관광쇄빙선 : '쇄빙'의 '쇄'는 '碎 쇄 부술 쇄 깨뜨리다 잘게 부수다', '빙'은 '얼음 빙(氷)'이니 얼음을 부수며 항해하는 관광 유람선이다. 유람선 '오로라'는 1월 중순-3월은 아바시리에서 아바시리 유빙관광쇄빙선으로 취항하며, 같은 선박을 사용하여 4월 하순-10월은 샤리군 샤리초에서 시레토코반도 관광선 "오로라 II" 라는 이름으로 운항한다고 한다.

관광선 이름의 '오로라aurora'도 찾아보았다. 오로라: 〈지리〉 주로 극지방에서 초고층 대기 중에 나타나는 발광(發光) 현상. 태양으로부터의 대전 입자(帶電粒子)가 극지 상공의 대기를 이온화하여 일어나는 현상으로, 빨강·파랑·노랑·연두·분홍 따위의 색채를 보인다. [비슷한 말] 극광·북광(北光).

아바시리의 유빙을 보기 위해 관광선 예약은 미리 인터넷 사이트에서 완료해 두었지만, 유빙 시즌에 아바시리의 호텔 예약이 쉽지 않았다. 아바시리 근처의 다른 도시 기타미시의 도요코인이라면 예약이 가능했다. 아바시리까지 특급열차로 50분 정도 떨어진 곳이지만,

재팬레일패스 사용자는 철도 운임 면에서는 걱정할 일이 하나도 없다. 기타미 시에 묵고 다음날 쇄빙선 승선 시간에 맞추어 일찌감치 도착했다.

유빙관광쇄빙선 '오로라' 호에 승선하여 큰 얼음 덩어리를 박차고 부딪치며 오호츠크 해를 나아가는 쇄빙선, 정말 힘 있고 듬직하다. 유빙이 펼쳐진 바다 위를 거침없이 나아가는 관광선의 박력에 모든 사람들은 환호와 사진찍기로 감동의 마음을 나타낸다. 내 옆자리의 관광객은 유빙관광의 소감을 취재하는 기자의 질문에 수줍어하며 "좀처럼 탈 수 없는 유빙관광선을 타서 너무 기분이 좋아요."라고 인터뷰에 응하고 있다.

나는 승선료 외에 400엔을 지불하고 특별석에 앉았다. 그런데 유빙관광선 안에서는 자리에 앉아서 관람하기 보다 결국 자꾸 일어나 돌아다니게 되니 특별석도 필요 없다. 아바시리 유빙관광쇄빙선을 타고 유빙을 다 보다니,,, 꿈인가 생시인가,,, 나의 일본여행 중 또 하나의 오랜 기간 소원했던 곳을 지금 보고 있구나, 아바시리항도 어찌 이렇게나 멋있는가라고 자문자답하며 유빙을 눈에 실컷 담았다. 바다는 꽃밭, 유빙은 얼음의 하얀 꽃으로 피어있어 오호츠크해는 얼음꽃 화원 같았다. 얼음으로 된 연꽃 모양은 우리말로는 '빈대떡 얼음'*으로 검색된다. 나는 일본어 하스하고오리(연꽃얼음)*가 나의 첫 인상과 딱 들어맞아 익숙하다. 빈대떡 얼음의 우리말도 재미있다. 유빙의 멋진 경관으로 입이 다물어지지 않는다. (2013년 2월) *하스하고오리(蓮葉氷) [해양학] 빈대떡 얼음

하마코시미즈 전망대에서 본 유빙, 우토로 연안을 꽉 메운 유빙
올해 2017년 유빙관측은 왓카나이든 아바시리든 작년보다 8일 정

도 빠르다는 뉴스를 들었다. 작년 2016년은 첫 유빙 관측도 늦고 유빙의 연안 접근 소식이 없어 유빙 관광을 포기하고 있었다. 곧 귀국할 날짜인데 오호츠크해 연안에 유빙이 접근했다는 정보를 확인하고 유빙을 만나러 나섰다. 당일 아침 일찍 출발하여 먼저 시레토코샤리에서 하마코시미즈까지의 유빙은 기차 안에서 보았고, 도후쓰코 호수가 있는 하마코시미즈엔 유빙 전망대가 있어 그곳에 올라가 보았다. 낮 12시가 되기 전에 시레토코 우토로까지 약 1시간 버스로 이동하여, 우토로 바닷가에서 눈과 발아래 펼쳐지는 유빙의 빅쇼, 대유빙 쇼의 무대인 오호츠크 해를 넋이 빠질 정도로 바라보았다. 처음 유빙을 만난 것은 연안에서 배로 30분 떨어진 풍경이었지만, 두 번 째 지금은 육지와 바다의 접경까지 몰려온 유빙 덩어리를 만나고 있다. 하루종일 한 가지 테마인 유빙에 집중했다.

정말 혼자 보기 너무 아깝다. 2월에 아들과 여행할 때 같이 볼 수 있었더라면 하는 아쉬움이 여러 수 번 들었다. 유빙 이야기를 하고 싶어서 내가 본 유빙을 소개하고 싶어서 우리학회 밴드에도 기사와 사진을 올렸다.

"오호츠크 해는 유빙으로 가득 메워져, 이곳이 바다인지 설원인지 구별이 되지 않습니다. 시레토코의 우토로항과 샤리항에서는 직접 해안가에 접근 바로 코 앞 1m 앞에서 유빙을 만났습니다. 시레토코 샤리 버스 터미널에서 우토로로 향하는 버스 안에는 30대의 일본 여성 3인 그룹과 중국인 젊은 커플과 그 외 몇 사람이 더 탔는데 소리 내어 말하는 사람은 한 사람도 없고, 단지 스마트폰, 카메라의 셔터 누르는 소리만 들렸습니다.

만약 우리나라 사람들 같으면 유빙의 출현과 연기하는 모습에 "와,,,"라는 감탄사 정도의 감정 표현은 솔직하고 적극적으로 할 것입니다. 모두들 관람태도가 너무 진지한지 조용히 사진만 찍습니다. 그런데 나는 참을 수 없는 멋진 경치에 나 혼자 "와,,, 너무 멋지다. 스고이,,," 라고 입 밖으로 말했습니다. 좋은 음악회가 끝나고 기립 박수를 보내고 싶지만, 일어서지 못하고, 누군가가 먼저 일어서야 뒤따라 일어서는 소극적인 나 자신이지만, 유빙 관람 때는 음악회의 마지막 연주가 끝나고, 즉시 기립하여 박수를 보내는 용기와 같이,,, 시레도코의 우토로 어항은 지금은 겨울이라 모든 유람선 영업은 휴업이고, 유빙으로 고깃배도 출어를 못한 채 사람도 별 없고 쓸쓸한 어촌으로 보입니다."

기차 안에서 유빙을 보았다. 무빙도 우빙도 한꺼번에 보았다.
무빙과 우빙은 기차의 플랫폼 주변의 나뭇가지에서 보았다.
유빙은 당연히 오호츠크 해를 무대로 한다.
유빙을 원 없이 볼 수 있었던 오늘은 2016년 3월 4일이다.

홋카이도 동쪽, 도동의 해안을 따라 자연식생은 떡갈나무숲. 내륙의 자연식생은 물참나무숲 등 광엽수와 침엽수가 혼합되어 보인다.

하마코시미즈 전망대에 올라와 숨을 크게 쉬며 오호츠크 해를 바라본다. 겨울 유빙의 흰색으로 코디된 화이트 오호츠크 해는 흰색에 가려 원래의 바다 색 파랑이 잘 보이지 않는다.

이 무슨 희귀한 자연의 퍼포먼스인가. 유빙의 빅 쇼,,,
자연의 박동하는 모습, 이보다 더 큰 자연 배경을 필요로 하는 주인공이 있을까. 유빙은 규모가 커서 오호츠크 해를 스테이지로 연기를 보여준다.

'오로라' 쇄빙선 안에서 보았던 3년 전의 연꽃의 큰 잎과 같은 유빙도 멋있었지만, 해변까지 몰려와 있는 유빙그룹도 신기하다. 오호츠크 해를 흰색으로 색칠한 유빙의 출현은 겨울 스페셜 한정 기획품이다. 유빙 견학의 크나 큰 감동을 표현할 수 없어 나의 언어구사력 부족에 화가 난다.

지구 온난화 등으로 홋카이도 동쪽 오호츠크 해의 유빙도 적어진다고 한다. 그리고 여행객으로 오호츠크해앞에 와도 유빙을 볼 수 있는 확률은 예측 불가하다. 아침에 몰려와도 바람의 방향에 따라 멀리 가 버리기도 하고, 유람선의 경우 파도가 높으면 배가 출항하지 않는다고도 한다. 관람이 불가능한 여러 조건에서 나는 운이 따라 유빙의 모습을 여러 곳에서 만나고 즐겨 감상할 수 있었다.

3. 소운쿄온천가의 빙폭제·도마무 겨울레저타운

소운쿄 빙폭제

아바시리 유빙관광쇄빙선으로 유빙을 감상한 후, 아사히카와 방면의 가미카와로 이동했다. 홋카이도 겨울축제를 하나 더 보기 위해서이다. 목적지는 다이세쓰잔 대설산의 빙폭제가 열리는 소운쿄온천가. 아바시리에서 가미카와까지는 약 190km이며, 나는 재팬레일패스 소지로 무한정 승하차 가능하지만, 편도 특급 요금을 보니 5,980엔, 소요 시간은 3시간 2분 걸렸다. 가미카와역에서 소운쿄행 버스 요금은 980엔이고 소요시간 약 40분이다. 소운쿄의 눈과 얼음의 축제를 보러 온 것도 주요 목적이지만 다이세쓰잔 계의 산록을 들리고 싶었다. 호텔 예약은 가미가와버스정류소에서 소운쿄로 출발하기 전의 대기 시간에 관광협회에 문의하니 즉시 수요자의 주문에 맞추어 예약해 주었다.

소운쿄온천가에 도착하여 산장 호텔 마운트뷰에 체크인을 하였는데 자연환경이며 숙소의 내부 구조이며 전부가 마치 우리나라 설악산의 어느 호텔에 온 것 같은 기분이다. 사실 설악산도 40년 전에 딱 한 번 다녀온 게 전부이지만,,, 저녁 식사 후 조명으로 밝고 화려한 빙폭제 행사 장소에 들러 구경하고 산속의 밤공기를 마시며 조금 산책했다. 빙폭제와 시코쓰 호수 빙도제는 비슷한 분위기도 있으나 조각품의 형태가 약간 달라 보였다.

다음 날은 로프웨이로 7분 정도 걸려 단숨에 구로다케(1,984)m의 1,300m 정도까지 올라갔다. 무려 2,000m급의 산을 로프웨이와 리프트를 이용하면 정상까지 1시간 만에 갈 수 있다니,,, 나 같이 산행 왕초보자도 도전해 보고 싶은 욕구가 생긴다. 로프웨이 종점역 전망대에서 나뭇잎이 없어 속살을 드러낸 여러 산의 봉우리와 산 전체의 윤곽을 감상하고 로프웨이로 내려왔다. 소운쿄온천가를 떠나기 전 다시 한 번 이시카리 강의 둔치에 마련되어 있는 빙폭 축제 행사장을 둘러보고 여기서도 나를 위한 기념품을 샀다.

삿포로로 돌아가는 길은 왔던 길을 그대로 돌아가는 코스이다. 소운쿄온천가에서 버스로 가미카와역으로, 가미카와역에서 삿포로까지 약190km, 5,670엔 2시간 15분 승차. 그러니까 아바시리 → 삿포로, 삿포로 → 아바시리 간의 380km는 특급 열차로 5시간 반 걸린다.

일본의 가나가와현 정도의 크기인 다이세쓰잔국립공원이라니 정확한 크기를 모르지만, 하나의 행정구역만큼 크다. 다이세쓰잔은 산 하나만 말하는 것이 아니고 여러 개의 산을 아우러 다이세쓰잔 계라고 하며 일본의 국립공원 중 가장 크다는 말도 실감난다. 소운쿄온천가의 제38회 빙폭축제는 얼음 터널과 밤에 본 색색 조명의 휘황찬란한 모습과 구로다케의 겨울 산으로 기억하기 쉽게 압축했다. 또 하나추가할 것은 마운트뷰호텔의 저녁식사로 제공된 전골 뷔페도 특색있는 메뉴이었다. 다음에 다이세쓰잔의 고산식물을 보러 간다면 전골뷔페 요리의 마운트뷰 숙소를 한 번 더 이용하고 싶다.

도마무 리조트 겨울 레저타운

처음 홋카이도 여행 시에는 일본 여행의 경험이 많이 없어 여행 코스를 짜고 안내하는데 미숙한 점이 많았다. 그 때는 2월 하순이라 삿포로 눈축제는 이미 끝났음을 알았지만 그래도 홋카이도에 왔으니눈과 얼음의 축제를 어디든지 소개하지 않으면 일행에게 미안하고불안했다.

노보리베쓰 관광협회에 '눈과 얼음의 행사장'을 볼 수 있는 곳을 문의하니 도마무를 추천해 주었다. 그 당시에는 호텔 알파 도마무로 영업했고 지금은 호시노리조트 도마무로 바뀌었다. 도마무에는 이글루형태의 아이스빌리지와 개썰매타기 등의 소개를 가이드북에서 본 적은 있지만, 여행 일정에서 보류한 코스이었다. 우리 일행은 4명이니택시 대절을 하면 다른 교통편보다 편리하고 저렴하게 시간을 효율적으로 이용할 수 있다는 장점으로 택시로 도마무 리조트로 이동했다. 그 당시 도마무 리조트는 산악지대의 예가 없는 초고층호텔 자 타와를 신축 오픈한지 얼마 되지 않았다. 그 고층 호텔 '자 타와'는 지금도 도마무의 랜드마크인 'The Tower'이다.

2016년 2월에 도마무 리조트의 재방문자로서 다시 한 번 찾아갔다. 겨울 레저스포츠를 경험하고 싶기도 했지만, 이 또한 포로토코 호수처럼 추억 여행을 겸한 것이었다. 출발하기 전에 도마무 리조트 단지에 관한 기사는 인터넷에서 찾아 읽어보았다. 지금은 중국인 사업가에게 팔렸고 중국인 부유층 관광객을 대상으로 사업을 확장하고 있다고 한다. 그래서 그런지 도마무 리조트지에 도착해 보니 이용자는 거의 중국 사람들이었다. 일본 속의 중국인을 위한 레저타운인 것 같아 한 때 우리나라 제주도와 비슷한 처지인 것 같아 마음이 씁쓸했다.

여하튼 나는 아무리 추워도 도마무에 온 이상 몇 가지 놀이기구를 체험하고 싶었는데 아들이 그만 홋카이도 추위와 여행 전의 피로가 이제야 나타났는지 몸살을 앓아 중단했다. 단 하나 설원을 달리는 바나나보트만 타 보았다. 도마무 리조트와 유바리스키장에서의 겨울 스포츠 체험은 현장 견학으로 그쳤으므로, 실제 체험은 다음 기회로 만들어야 한다. 오랜 기간 도마무에 가고 싶었다. 처음 도마무를 다녀 온 그 해 상영된 영화 '철도원'에서도 도마무라는 지명의 대사가 나온다. DVD를 보면서 그 장면을 되풀이 재생하여 '도마무'를 듣기도 했다.

도마무 여행 때의 메모가 아직 남아 있어 다시 한 번 읽어보았다. 1999년 2월 삿포로역에서 신치토세 공항까지의 열차 운임이 편도 1,040엔으로 적혀있다. 18년 지난 오늘 2017년 3월은 얼마인가 궁금해서 검색하니 1,070엔이다. 18년 동안 같은 구간의 철도 요금 인상은 30엔, 약 3% 올랐다. 물가의 변동 폭이 적어 놀랍고 부럽다. 물론 물가의 항목마다 변동률은 다르겠지만,,, 그런데 노보리베쓰 곰목장의 케이블카탑승료 포함 입장료가 1999년 2월에 2,520엔이었다. 오늘 가격을 인터넷으로 조사하니 어른 입장료가 2,592엔이다. 72엔 상승으로 이 또한 약 3% 인상이다. 식재료 등은 다를 수 있으나 단지 2건의 가격을 그 당시와 지금을 비교해 보니 공교롭게도 3%라는 수치가 일치한다. 나중에 알게 되었는데 3%라는 수치는 일본의 소비세가

5%에서 8%로 오른 데 대한 대응인 것 같다. 그러고 보니 내가 처음 일본 갔을 때 27년 전인 1989년의 물가도 지금과 비교해 보면 크게 변하지 않은 것 같다. 약간 오르긴 했지만, 체감은 크게 다르지 않고 거의 같다.

4. 도동의 겨울 아이템·하코다테의 겨울 야경

홋카이도 겨울의 자연 현상 체험

♪고드름 : 나뭇잎과 가지 위의 쌓인 눈이 고드름이 되어 아래로 맺혀 있다. 나뭇가지도 지붕 아래도 고드름이 주렁주렁 매달려 있다. 고드름을 보니 초등학교 때 동네 친구와 매일 모여 천진하게 뛰놀던 그 시절이 눈앞을 스쳐지나간다. 어릴 때 친구 미영이는 지바현에 살고 있다. 고드름의 사전 해석은 '낙숫물 따위가 밑으로 흐르다가 길게 얼어붙은 얼음. 건물 처마 밑이나 암벽 등에서 막대 모양으로 뻗은 얼음. 비·눈 등의 물방울 물방울이 얼어 막대기 모양으로 아래로 드리워진 현상'으로 나와 있다.

♪눈보라 : 홋카이도 겨울 여행 시에는 어디에서든 강한 바람에 불리어 휘몰아쳐 날리는 눈인 눈보라를 몇 번 경험하였다. 달리는 기차 안에서도 역의 플랫폼에서도 보았고 거리를 걷다가도 보았고 호텔의 창문을 통해서도 보았다. 교통 두절, 열차의 운행정지 등이 걱정되었다. 아주 심할 때는 시계에 보이는 범위의 모든 것이 하얗게 되어 버려 모든 풍경을 숨겨버리는 현상을 '화이트 아웃'이라고 한다. 금시초문의 단어이다.

♪파문(波紋) : 파문 혹은 풍문이란 강한 바람이 수면, 모래언덕 등에 쌓인 눈 위를 통과한 후 남기는 물결 모양의 무늬라고 한다. 나는

구시로강변에서 땅에 쌓인 눈 위에 파문이 생긴 것을 보았다. 풍문은 마치 인공적으로 만들어 둔 것 같이 일정의 형태로 규칙적으로 반복되어 있어 정말 자연이 만들었는지 의심했다.

♪무빙(霧氷) : 무빙은 영하의 온도에서 안개, 수증기 따위의 작은 물방울이 나뭇가지 따위에 붙어서 생기는 얼음. 빙점하에서 안개가 낄 때, 나뭇가지 따위에 붙어 이룬 얼음(수상(樹霜)·수빙(樹氷)·조빙(粗氷))의 세 종류가 있다고 한다. 겨울의 영하 10도 정도 되어야만 볼 수 있다는 무빙 또한 유빙과 같이 태어나 처음으로 보았다. 홋카이도에서만 볼 수 있었던 겨울 풍물이라는 말을 또 할 수밖에 없다. 겨울의 무빙을 다 보다니,,, 사실 보기 전에는 무빙이란 단어를 들은 적이 없었다. 물론 본 적도 없었다. 공원의 못의 얼음도 '얼음꽃(빙화)'과 같이 꽃모양으로 얼어 흩어져 점점이 피어 있었다. 유빙의 연꽃 모양과 같은 형태가 아닌 점점이 점을 찍어둔 듯한, 혹은 작은 동그라미가 모여 있는 것 같다. 국어 '얼음 꽃'도 좋고 한자어 '빙화'라는 말도 어울린다. 분명히 내가 태어나서 처음 본 것이었던 만큼 신선한 무빙과 함께 한 겨울의 하루였다.

♪우빙[雨氷] : 비얼음, 영도 이하의 찬비가 나무나 땅·바위에 떨어지자마자 얼음이 된 것을 우빙이라고 한다. 나는 기차 안에서 차창의 나무에 무빙과 다른 우빙이 맺혀 있는 것도 보았다. 홋카이도의 모든 겨울 풍경이 나에게 신기하고 흥미롭다.

♪다이아몬드 더스트(diamond dust) : 데사카가쵸에서 아침과 낮에 다이아몬드 더스트를 보았다. 세빙이란 말도 다이아몬드 더스트도 잘 몰라서 사전을 찾아 공부했다. 세빙의 발생 온도에 대해 영하 10도, 영하 15도 등 사전마다 약간 다르다. 나는 그냥 영하 10도 이하, 몹시 추울 때 발생한다고 암기했다. 다이아몬드 더스트란 "햇빛에 반짝 반

짝 빛나는 세빙(細氷). 한랭지에서 화창한 날, 기온 영하 15도 이하, 바람이 없고 습도 높을 때 공기 중의 수증기가 가는 얼음 세빙이 되어 떠돌아다니는 현상. 햇빛을 받아 금빛과 무지개빛으로 빛난다. 맑은 날 아침 등 기온이 영하 10도 이하의 상태 때 발생한다. 세빙을 수평 방향으로 최대 볼 수 있는 거리는 1km 이상이다. 인공적으로 만들 수도 있다."고 한다.

♪ 추위 대책 : 홋카이도 2월, 하늘은 맑은 날에도 바람은 아주 차갑다. 얼굴에 바람이 닿으면 '춥다'라는 말이 절로 반복된다. 저체온증 대비로 내의를 입고 발과 손에 워머를 목에 목도리, 머리에 니트 모자 등 완전 무장으로 다녀도 밖은 춥다. 나는 특히 오른손 엄지손가락이 가장 시려서 당장 동상에 걸릴 것 같다. 장갑을 끼었으나 매서운 추위에 장갑의 효과도 한계가 있다. 다음 겨울 여행에는 손난로나 보온주머니(핫팩)을 갖고 다녀야겠다. 방한 대비가 덜 되었으면 홋카이도 겨울에 순종하거나 순응하면 된다.

♪도동의 겨울 활화산 이오잔 : 가와유온천역에서 버스를 타고 굿샤로코 호수로 향하는 도중, 이오잔을 들릴 시간이 있다. 여름에 와 보았지만 신기해서 또 보고 싶어 견학하였다. 계절을 바꾸어 겨울의 이오잔 모습도 보고 싶었다. 이오잔은 가와유온천역 앞에서도 그 정상 주변의 분화구 모습이 크게 보인다. 카메라의 줌으로 당겨 이오잔 사진도 많이 찍었다. 버스에서 내려 차가운 공기 속의 겨울의 분위기 그대로 짙은 유황냄새와 함께 활화산의 포스를 더해 주었다. 유황 성분으로 바위도 노랗게 변한 것도 색다르고 연기가 무럭무럭 솟아오르며 부글부글 끓는 소리도 들린다.

데시카가쵸 관광정보 포털 사이트에 '지구의 심장소리가 솟아오르는 이오잔'이라고 소개되어 있다. 마슈코 호수에 이어 두 번째의 관광

명소로 꼽힌다고 한다. 나는 벌써부터 만약 가와유온천 근처에 갈 일이 있으면 역에서 3km 떨어져 있으니 걸어서라도 이오잔을 또 찾아가고 싶은 기분이다. 유황 냄새도 좋아하고 그 일대의 백산차 등 키 작은(저목식물) 철쭉계의 하얗게 만개한 모습도 보고 싶고 활화산을 느껴보고 싶은 호기심을 갖고 있다. 그러나 진짜 폭발하면 어쩌나 하는 걱정은 하지 않는다.

굿샤로코 호수의 전면 결빙의 아름다움은 호수 편에도 이미 적었지만, 호수의 겨울 모습도 참 볼 만하다. 자연의 신비로움은 계절에 아랑곳하지 않고 언제 어느 때고 자신 있게 보여 줄 준비가 되어 있는 듯했다. 센모혼센을 타고 구시로를 향할 때 이쯤이면 단초(두루미)가 우아한 자태로 있을 것이라고 말하려고 하는 데, 아들이 먼저 두루미를 보고 반가워서 "두루미다."라고 말하며 나에게 보라고 한다. 우리가 탄 기차가 통과하는 시간에 나와 있던 두루미 커플의 출현에 감사 인사를 전한다. '단초상, 아리가토. 나와 줘서 고마워요.' 또 조금 후에는 에조* 사슴이 선로 옆의 헐벗은 산에 외로이 한 마리 서 있었다. 이번에도 아들이 먼저 보았다. 야생의 두루미와 고니와 사슴 등을 홋카이도 겨울 여행에서 만난 것도 여행의 만족도를 높여준다. *에조 : 홋카이도의 옛 이름.

하코다테야마 산에서 보는 일본 3대 야경, 하코다테에 반한 아들

삿포로에서 특급 슈퍼 호쿠토 하코다테행을 타고 밤에 도착했다. 하코다테역에서 호텔까지 불과 5분의 짧은 거리도 보폭을 줄여 조심조심해서 걸으니 멀게 느껴졌다. 아사이치(아침시장) 부근의 도로는 하얀 밀가루를 뿌려놓은 듯하다. 그 위에 빨간 조명을 받아 은은한 모습이 우리가 본 하코다테의 첫 야경이었다. 일본의 3대 야경 중 하코다테야마 산에서 내려보는 야경은 이전부터 유명한 것이지만, 그 3대 야경을 보기 전에 하코다테역 주변의 아사이치의 겨울 야경도 뒤떨어지지 않았다. 아들은 그 이색적인 풍경에 심취된 듯 추운데도 삼각대를 꺼내어 설치하고 하코다테역 주변 야경 촬영에 몰두하고 있었다.

다음 날 아침은 가이드북의 하코다테 명소를 가까운 순서대로 걸어서 다녀보았다. 하코다테의 아침 시장에서 감자구이와 꼬치를 간식으로 먹고, 홋카이도와 혼슈를 오고 다닌 세이칸연락선 메모리얼 십을 들여다보기도 했다. 눈구두를 신지 않고 일상의 보통 구두를 신어 발이 차게 느껴지지만 어쩔 수 없다며 젖은 채 질퍽거리며 걸었다. 어떻게든 하코다테의 한 군데라도 더 많이 견학하려는 욕심이 가득했다.

모토마치 베이에리어 하코다테항의 오징어 어선 앞에서 오징어 배 뒤편에 붉은 벽돌의 창고가 늘어서 있는 쇼핑몰을 배경으로 넣어 사진을 찍으니 두 말 할 필요 없이 한눈에 "여기는 하코다테"라는 진풍경이다. 모토마치 주변의 해리스트 정교회와 히가시간지 절을 보면서 로프웨이로 하코다테야마 산에 올라가 그 유명한 하코다테의 간판 포스터에 사용되는 풍경을 감상했다. 내려오는 길에 하코다테의 3대 언덕 비탈길 중 하치만자카 앞에서 내 인물을 넣어 기념 촬영도 하고 하코다테 노면 전차도 타며 하코다테의 자유도보 관광을 마쳤다.

하코다테의 일본의 건축양식이 아닌, 이국적인 독특한 건물은 한눈에 러시아풍임이 느껴진다. '하리스토스 정교회'라는 곳인데 '하리스토스'가 무슨 말인지 몰라서 또 찾아본다. "'하코다테 정교회'는 1858년, 일본에서 최초의 러시아 영사관을 하코다테에 설치한 것에서 연유한다. 1859년 초대 러시아 영사는 현재의 교회 소재지에 러시아 영사관의 부지를 확보. 그 부속 성당으로 1860년, 일본에서 최초의 정교회 성당이 세워졌다.”고 한다.

다음은 ‘정교회 하리스토스 교회’가 무엇인지도 궁금했다. 해석은 “일본에서의 러시아 정교회의 호칭. 하리스토스는 그리스도의 러시아어 발음의 음사*임. 우리말은 ‘하리스토, 해리스트, 하리스트스’의 여러 가지로 검색된다. 어학 사전에는 “ハリストス ((러시아) Khristos, 하리스트스) (그리스 정교(正敎)에서) 그리스도.”로 ‘하리스트스’로 표기하고 있고, 일본정부관광국(JNTO)의 기사에는 ‘해리스트’로 표기되어 있다. 나는 외래어의 우리말 표기는 어느 것이 옳은지 잘 모른다. 조금의 차이가 있어도 의미를 알 수는 있지만, 고유명사의 표기가 여러 개인 것은 이해하기 어렵다. *음사: 어떤 언어의 음을 다른 언어로 비슷한 음을 갖는 글자로 표기하는 것

하코다테도 여행 방문지로 견학했다고 스스로 인증 혹은 인정하고, 다음 일정의 혼슈로 이동한다. 아들은 도쿄 오다이바 레인보브릿지 야경을 촬영하고 싶어 해서 오늘 중으로 도쿄에 도착해야 한다. 갈길이 멀지만 신칸센이 있는 한, 어디든 당일에 도착할 수 있다는 확신을 갖는다.

2016년 3월 홋카이도 신칸센 개통으로 특급 슈퍼 하쿠쵸는 사라졌지만, 그동안 이 특급 열차를 타고 세이칸 해저터널 54km를 몇 번이나 통과했는지 세어본다. 아오모리에서 하코다테로, 하코다테에서 아오모리로 홋카이도와 혼슈를 연결하는 해저터널을 25분 정도 걸려 지나갈 때는 어쩐지 무섭고 빨리 터널을 빠졌으면 좋겠다고 생각했다. 처음 해저 터널을 통과했던 2010년 1월의 열차 안에서는 무서움보다 그저 신났다. 세이칸터널의 모든 굴(갱,坑)을 전부 관통한 1985년 그 해에 태어난 나의 둘째 아들과 같이 일본 세이칸터널을 통과하여 일본 전국을 여행하게 되어 한층 기뻤다. 세이칸터널의 개통 영업은 1988년부터라고 확인했다.

홋카이도의 호수 56곳 탐방

산노누마

PART 4

홋카이도의 호수 56곳 탐방

1 일본의 호수 이름과 홋카이도 호수탐방 목록

1-1 일본 호수의 이름에 대해

위키피디아 일본어 버전의 자료에 따르면 "일본의 호수 이름은 지역성과 역사적 경위에 의해 다르며, "~코(湖 호수), ~이케(池 못), ~누마(沼 늪), ~가타(潟 석), ~우라(浦 포), ~후치(淵 연), ~카이(海 해), ~토, 토오(トー) 등이 있다."고 한다. 이 자료에 나오는 이름인 호수, 늪, 못 등의 차이에 대해 의문을 갖고 있던 차 '시레토코 반도의 호수*'의 9쪽에서 해답을 찾아 참고로 한글 번역하여 인용한다. *『知床の湖沼』伊藤正博, 共同文化社, 2011年

못(池) : 보통 호소(늪과 호수)보다 작은 것을 못이라고 한다. 강의 물을 끌어들여 양식, 관개, 상수 등에 사용하기 위해 인공적으로 만든 것.

늪(沼) : 일반적으로 수심 5m 이내로 수역의 중앙부까지 수초가 무성하고 진흙이 깊고 투명도가 낮다. 물의 유입과 유출이 없는 것을 늪이라 한다. 호수와의 구별은 명확하지 않다.

호수(湖) : 못이나 늪보다 크고 깊이가 5m 이상으로 수생식물이 생육할 수 없다. 강과 연결 되어 있어 호수 물의 흐름이 있고 천연의 호수를 말한다.

이상이 대략적인 정의의 차이이나 실제 사용에서는 위의 해석과 맞지 않은 것도 있으며 애매한 것이 많다. 그러나 어느 것이든 공통적인 사항은 "푹 파인 땅에 물이 고여 있는 것"이다. 아이누는 어느 것도 구별하지 않고, 오래 전부터 바다를 포함하여 '토 혹은 토오'라고 불렀다.

나의 홋카이도 탐방 호수 56 곳 중에는 '~코(湖)', '~누마(沼)', '~토 혹은 토오(トー)', '~이케(池)'의 이름은 있으나, '~가타(潟)', '~우라(浦)', '~후치(淵)', '~카이(海)'가 붙은 호수는 단 하나도 없다. 그러나 홋카이도 외의 일본 지역에서는 이러한 이름이 붙은 호수를 탐방한 적이 있다. 예를 들면 이시카와현의 가호쿠가타(河北潟), 이바라키현의 가스가미가우라(霞ヶ浦), 아이치현의 아부라가후지(油が淵), 시마네현의 나카우미(中海) 등이다. 또 홋카이도의 호수에 아이누어인 '토오(トー)' 혹은 '토(ト)'와 같은 이름이 남아 있음과 홋카이도 외 지역의 호수 이름에 '토오(トー)' 혹은 '토(ト)'가 없음은 당연하다고 생각한다.

우리나라 국어사전에는 "호수 : 땅이 우묵하게 파여 못이나 늪보다 깊고 넓게 물이 괴어 있는 곳"으로 해석되어 있다. 나의 호수탐방에서 호수의 정의는 위 해석 중 '…못이나 늪보다 깊고 넓게' 하는 부분을 생략하여 '땅이 우묵하게 파여 물이 괴어 있는 곳, 못이나 늪도 호수의 하나'라고 고쳐 기준으로 정했다. 찾아간 호수는 위키피디아의 천연호수 목록 홋카이도편과 일본국토지리원의 지형도에 표시된 것을 참고로 하였다.

또 일본어 표현으로는 '일본의 호수 명칭과 호칭'이라고 소개되어 있지만. 우리말로는 쉽고 간단하게 말해서 '이름'이다. 그 이름도 인터넷 자료에 나와 있는 것과 현지에서 부르는 말, 또는 도로 표지판에 적혀 있는 것이 조금씩 다른 곳이 보였다. 이러한 부분은 호수 각 편에 그 내용을 소개하였다.

호수를 뜻하는 어휘 '~누마', '~코,' '~토'의 구별 없이 복수로 불리는 것은 인터넷 자료마다 달라서 나는 어느 것이 가장 올바르고 정식 명칭인지 모른다. 나의 글에서는 인터넷 자료와 찍어온 사진 표지판과 가이드북을 찾아보고 나름대로 가장 많이 사용되는 듯한 것을 골랐지만 사실과 다를 수 있으며 솔직히 자신이 없다.

여행의 테마로서 호수 탐방을 좋아하니까 호수와 관련된 자료를 읽고 관련 어휘를 검색하는 것도 즐겁고 재미있는 작업이다. 나의 개인적인 학습 자료로 활용하기 위해 아래에 '호수'와 관련한 어휘 해석을 몇 개 옮겨 싣는다. '홋카이도 호수 탐방'이므로 일본어 자료에 기초하여 한글로 번역하였다.

☞こしょう【湖沼】호수와 늪. 육지에 둘러싸인 움푹 팬 땅에 생기는 정지된 수괴* 분석. 호소학에서는 깊고 연안 식물이 침입하지 않은 것을 호수, 얕고 침수 식물이 생육하는 것을 늪이라 한다. *수괴; 바다에서 수온, 염분, 색깔, 투명도 플랑크톤 분표 등이 비교적 균등한 물의 덩어리.

☞湖沼【こしょう】호소, 육지에 둘러싸인 정지 수괴 분석(큰 물덩어리)으로, 바다와는 직접 연결되어 있지 않은 것. 깊이와 식생에 따라 코(호수), 누마(늪), 소택으로, 형성된 원인으로는 침식, 폐색, 폭발, 구조 분지 또는 함몰에 의한 것으로, 또 호수의 염분 농도에 의해서 염

호, 기수호, 담수호로 분류된다.

☞호(湖: mizuumi, 영어 : lake)는 호소 중 비교적 큰 것으로 일반적으로 수심 5-10 m보다 깊은 것을 가리킨다. 민물과 바닷물이 섞인 기수호가 있는가 하면 충분히 큰 호수는 바다처럼 보이기도 하고 호수와 바다의 개념의 구분은 반드시 명확하지 않다. 카스피 해, 아랄 해처럼 분명히 호수인데 "바다"의 호칭이 붙는 사례도 있다.

☞'호소'란 주위, 주변이 육지로 둘러싸여, 일부 예외를 제외하고 바다와 직접 통하지 않는 정지한 물의 덩어리(수괴분석)이다. 호수 중 비교적 큰 것은 '~코' 비교적 적은 것은 '~이케' 혹은 '~누마'로 부르지만 제각기 정확한 정의는 없다.'

1-2 홋카이도 호수 탐방 목록

소야·오호츠크 지역(宗谷·オホーツクエリア, / Soya·Ohohtsuku Area)

  01. 구슈코(久種湖, Kushuko)

  02. 오누마(大沼, Ohnuma)

  03. 굿챠로코(クッチャロ湖, Kuccharoko)

  04. 사로마코(サロマ湖, Saromako)

  05. 노토로코(能取湖, Notoroko)

  06. 아바시리코(網走湖, Abashiriko)

  07. 모코토코(藻琴湖, Mokotoko)

  08. 도후쓰코(濤沸湖, Tohhutsuko)

  09. 니쿠루토(ニクル沼, Nikurutoh)

  10. 도쓰루토(涛釣沼, Totsurutoh)

  11. 시레도코고코(知床五湖, Shiretokogoko)

구시로·네무로 지역(釧路·根室エリア / Kushiro·Nemuro Area)

12. 마슈코(摩周湖, Mashuhko)

13. 굿샤로코(屈斜路湖, Kussharoko)

14. 아칸코(阿寒湖, Akanko)

15. 펜케토(ペンケトー, Penkettoh)

16. 폰토(ポント, Pontoh)

17. 긴무토(キンムトー, Kinmutoh)

18. 스이고코엔노이케(水郷公園の池, Suigohkohennoike)

19. 시라루토로코(シラルト口湖, Shirarutoroko)

20. 도로코(塘路湖, Tohroko)

21. 닷코부누마(達古武沼, Takkobunuma)

22. 하루토리코(春採湖, Harutoriko)

23. 효탄누마(ひょうたん沼, Hyohtannuma)

24. 준사이누마(じゅんさいぬま, Junsainuma)

25. 다로코(太郎湖, Tarohko)

26. 지로코(次郎湖, Jirohko)

27. 요츠쿠라누마(四ツ倉沼, Yotsukuranuma)

28. 니노누마(二の沼, Ninonuma)

29. 산노누마(三の沼, Sannonuma)

30. 욘노누마(四の沼, Yonnonuma)

31. 고노누마(五の沼, Gononuma)

32. 라우스코(羅臼湖, Rausuko)

33. 앗케시코(厚岸湖, Akkeshiko)

34. 후렌코(風連湖, Huhrenko)

35. 오다이토(尾岱沼, Odaitoh)

※28~31 라우스코 습원지대 호수군의 늪

도카치·히다카 지역(十勝·日高エリア / Tokachi·Hidaka Area)

36. 온네토(オンネトー, Onnettoh) 아쇼로 초 소재

37. 니시키누마(錦沼, Nishikinuma)

38. 쵸마토(チョマトー, Chomatoh)

39. 시카리베쓰코(然別湖, Shikaribetsuko)

40. 시노노메코(東雲湖 , Shinonomeko)

41. 고마도메코(駒止湖 , Komadomeko)

42. 호라카얀토(ホロカヤントー, Horokayantoh)

43. 오이카마나이토(オイカマナイトー, Oikamanaitoh)

44. 유도누마(湧洞沼, Yuhdohnuma)

45. 쵸부시코(長節湖, Chohbushiko)

46. 도요니코(豊似湖, Toyoniko)

이시카리·이부리·오시마지역(石狩·胆振·渡島エリア / Ishikari·Iburi·Oshima Area)

47. 모에레누마(モエレ沼, Moerenuma)

48. 페케렛토(ペケレット, Pekeretto)

49. 시코쓰코(支笏湖, Shikotsuko)

50. 우토나이코(ウトナイ湖, Utonaiko)

51. 포로토코(ポロト湖, Porotoko)

52. 굿타라코(倶多楽湖, Kuttarako)

53. 오유누마(大湯沼, Ohyunuma)

54. 도야코(洞爺湖, Tohyako)

55. 오누마(大沼, Ohnuma)

56. 쇼부이케(菖蒲池, Shohbuike)

2. 홋카이도 호수 탐방기

소야·오호츠크 지역(宗谷·オホ―ツクエリア, / Soya·Ohohtsuku Area)

01. 구슈코(久種湖, Kushuko)

▶ 꽃의 섬 레분토의 일본 최북단 자연 호수

레분토는 왓카나이에서 서쪽으로 61km 떨어진 섬이다. 큰 배 페리로 2시간 남짓 걸렸다. 왓카나이가 일본의 최북단 도시인데 그곳에서 다시 배로 2시간 이동했으니 어지간히 멀다. 구슈코 호수는 이섬의 북쪽에 있으므로 그야말로 일본 최북단의 천연 호수이다.

구슈코 옆으로 도로가 있어 버스 안에서도 그런대로 구슈코를 볼수 있지만, '최북단의 호수'이므로 정식으로 찾아갔다. 가후카 버스터미널에서 노선버스로 시립병원버스 정류소에 내려 느긋하게 호수 주위를 한 바퀴 산책하는데 1시간가량 소요되었다.

날씨는 안개와 비가 섞여 흐렸지만 우산은 쓰지 않아도 되었다. 홋카이도에서는 안개도 아니고 비도 아닌 것을 안개와 비라는 '지리(じり)' 라는 말을 쓴다고 한다. 호수의 수면은 회색이었지만 주변의 식물은 더할 수 없이 생기발랄한 모습. '최북단의 섬, 최북단의 호수'라는 큰 타이틀 앞에 모든 것은 어떻게 되어도 불만 없다. 이보다 더 나쁜 날씨이면 산책도 못했을 텐데,,, 얼마나 다행인가, 구슈코를 만나서 반갑고 산책할 수 있어 행운이었다. 볼 만한 식물들이 참으로 많다. 잠시도 스마트폰 카메라는 쉬지 않는다. 일본 최북단의 자연 호

수에 자생하는 꽃과 나무들과의 만남에 인사 나누고 그 모습을 담느라고 바쁘다. 일본 최북단의 섬, 구슈코 '최북단'을 붙여 말해보고 혼자서 좋아서 어쩔 줄 모르고 여러 번 강조한다.

레분토 섬의 바로 옆 리시리토 섬에도 반나절 코스로 둘러 볼 수 있었으면 좋았는데 날씨가 나빠 리시리토 섬 여행은 전면 수포로 돌아갔다. 리시리토 섬에는 인공 호수이지만 히메누마(姫沼)가 인기 관광지로 필수 코스라고 하니 꼭 보고 싶었는데 유감이다. 그런데 이제는 인공 호수에는 흥미가 줄어들어 시시하다. 만약 히메누마가 자연 호수라면 레분토에서 일정을 연기해서 무리해서라도 보러 갔을지 모른다.

구슈코의 강점은 최북단 자연 호수라는 점이고, 그보다 더 매력적인 것은 구슈코가 소재한 레분토 섬 전체이다. 에델바이스와 닮은 꽃인 왜솜다리가 자생하는 레분토, 그 꽃이 필 무렵에 맞추어 구슈코를 보러 갔다. 최북단의 자연호수와 섬 온천지에 유월의 꽃들이 다투어 피어있는 레분토, 그 황홀한 모습을 어떻게 내가 잊을 수 있겠는가. 일본 여행지에서 다시 가고 싶은 곳을 말한다면 지금 마음으로 1위인데 같은 1위에 라우스코 호수 등 여러 곳이 있다.

찾아간 날짜 : 2016년 6월 26일
찾아간 길 : 가후카버스터미널에서 노선버스로 50분 시립병원 버스정류소 하차 도보 3분

02. 오누마(大沼, Ohnuma)

▶ 최북단 도시 왓카나이시의 오누마 호수
왓카나이시의 오누마 호수는 하코다테 근처의 일본 신 3대 경치에

속한다는 오누마와 이름이 같다. 굿챠로코 호수도 오누마(大沼)와 고누마(小沼)의 두 호수로 이루어져 있고, '오누마'는 '큰 늪'이라는 뜻이니 어디든 오누마는 있을 수 있다.

하마톤베쓰 출발, 북오호츠크해를 따라 소야미사키를 경유하여 약 2시간 반 정도 걸려 왓카나이역에 도착하니 오후 4시경이었다. 또 욕심이 발동하여 서두르면 왓카나이 시내의 호수 한 군데 들를 수 있다고 판단, 숙소에 짐만 맡기고 시내버스를 탔다.

오누마에 가장 가까운 버스 정류장에 내렸지만 어느 길인지 알 수 없었다. 그 흔한 도로 표지판도 보이지 않고 걸어가 보아도 지나가는 사람과 차도 집도 없다. 도로에 내버려진 사람 같다. 이러다가 해가 져 버리면 어찌 하나 하는 걱정 속에도 호수 탐방 미션은 수행하고 만다는 의지가 더 강했다. 몇 번 왔다 갔다 하다 작은 간판 하나 찾았지만 방향 표시는 없다. 도대체 어느 쪽으로 가야 한다 말인가,,, 난감했다. 느낌으로 판단하고 조금 더 걸어보자며 갔는데 맞는 길이었다. 전방에 호수 같은 경치가 보이기에 안심이다. 겨우 호반에 도착하니 영업 종료한 가게처럼 이미 조류관찰소 등은 문을 닫았고 호숫가를 산책하기엔 돌아갈 시간이 촉박했다.

오누마의 호수를 바로 앞에서 보았다는 인증 사진 몇 장을 찍고 왔던 길을 돌아왔다. 오누마는 호수보다 그 길에서 만난 꽃이 인상에 깊고 기억에 남는다. 우리말 '광대수염'인데 일본어로 '오도리코소'가 몇 송이 피어 있었다. 전날 베니야원생화원에서도 플라워가이드의 설명 아래 광대수염을 보았다. 베니야의 꽃은 떨어지기 시작하여 촬영용으로 적합하지 못했는데 오누마의 꽃모습은 예쁘게 제대로 피어 있다. 호수보다 광대수염이 더 기억에 남는다.

찾아간 날짜 : 2016년 6월 25일
찾아간 길 : JR왓카나이역에서 노선버스로 25분, 도보로 20분이나 길을 몰라 많이 걸림

03. 굿챠로코(クッチャロ湖, Kuccharoko)

▶ 북오호츠크 해안의 베니아원생화원과 같이 견학한 굿챠로코 호수

굿차로코 호수에 가기 위해 아사히카와에서 특급 소야혼센호를 탔다. 차창 너머 전원 풍경 중 저 멀리 홋카이도의 지붕인 다이세쓰잔 산의 머리에 눈을 이고 있는 모습이 가히 장관이었다. 한 번도 가 본 적 없는 유럽 알프스 산들의 영상과 다이세쓰잔이 겹치며 나타난다. 다이세쓰잔의 이국적인 모습에 눈을 맡긴 채 기차는 달린다. 오토이넷푸에 하차, 기차 도착 시각에 맞추어 출발하는 버스로 바꾸어 하마톤베쓰로 이동, 예약한 민숙 도시카노야도에 여장을 풀고 도착하여 당일은 쉬었다. 이미 저녁 식사 시간이다.

베니야원생화원과 굿챠로코 호수는 처음이었다. 홋카이도의 미지의 곳으로 그려왔던 곳이다. 호반을 따라 자전거로 달리기도 하고 잠시 세워두고 상큼하게 하이킹하기도 했다. 굿챠로코 호수는 굿샤로코와 굿타라코와 어감이 비슷하지만 위치와 장소는 모두 다른 곳이다. 자료를 찾아 정리하면,

"굿챠로코 호수는 홋카이도 북부 소야종합진흥국 관내 에사시군 하마톤베쓰쵸의 기수호이다.(굿샤로코 호수는 데시카가쵸 소재, 굿타라코 호수는 노보리베쓰 소재). 굿챠로코 호수는 북서쪽의 고누마와 남동쪽의 오누마의 2개의 호수로 되어 있으며, "~코(호)"라고 이름이 붙은 호수 중에서 레분토 섬의 구슈코에 이어 일본에서 2번째 북쪽에 위치한다. 명칭의 유래는 아이누어의 kut-char(늪의 물이 흘러나오는 입구), 굿샤로코 호수와 같은 어원이다."고 한다.

굿차로코와 굿샤로코를 이야기하다 보니 생각난다. 우리나라의 홋카이도에 관한 지도 그림이었는데, '굿차로코' 위치에 '굿사로코'라 적

혀 있었다. '차'와 '사'는 우리말 글자도 발음도 비슷하다. 단순 오타이든 내용 착오이든 가이드북의 고유명사 특히 지명이 틀리면 여행자는 혼돈할지 모른다. 말을 바꾸어 다른 나라의 가이드북에 우리나라를 소개하는 지도가 있다고 하면 그곳에 '한강'을 '금강'이라고 표기하거나 '금강'의 위치에 '낙동강'이라고 적혀 있으면 사실과 전혀 다르다. 혹은 '촉석루'의 소재지를 잘못 타이핑하여 '진주'를 '전주로 오타되어 있다면 당연히 큰 오류 사항이 된다. 외국어로 '진주'와 '전주'는 구별하기 어렵다고 하더라도, 위치 상의 두 도시는 인접해 있지 않기 때문이다.

우리나라에서 출간된 일본에 관한 책을 읽다 보면 지명의 읽기와 지도 상의 위치 표시에 오류가 더러 보인다. 이미 출판된 책이라 어찌 할 수도 없고 크게 문제 삼지도 않지만 그래도 솔직히 마음에 걸린다. 적어도 재발행할 때는 수정되길 바라며 출판사에 몇 번 독자의 의견을 전하기도 했다. 저자는 저자대로 검토와 감수를 거쳐 출판하였음을 잘 알고 있어도 독자의 눈에는 오타, 탈자, 내용 오류 등이 쉽게 보인다. "완벽은 없다"며 나의 글도 신중하게 검토해야 한다. 글자는 말이나 소리처럼 사라지지 않으며 만들어진 후 수정하기도 어려우니 틀리지 않도록 유의하고 또 해야겠다. 이것은 글 쓰는 사람의 사명이다.

인쇄 전에 나의 글의 잘못을 확인하느라 했지만, 완전한 수정은 포기했다. 무엇보다 빨리 책으로 완성하고 싶은 마음이 앞서 미처 찾지 못한 잘못은 어쩔 수 없다며 검토를 마쳤다.

찾아간 날짜 : 2016년 6월 24일
찾아간 길 : JR소야혼센 오토이넷푸역에서 버스로 약 1시간 반 하마톤베쓰 도착,
다음 날 숙소출발 자전거로 주행

04. 사로마코(サロマ湖, Saromako)

▶ 일본 3대 호수의 하나, 크기 3번 째의 호수

사로마코 호수는 호수 탐방의 테마 여행 이전에 일본 3대 명물 기행 '일본 3대 호수'*의 항목으로 진작부터 나의 여행 예정지이었다. 이 큰 호수에 인접한 아바시리시를 들릴 기회가 있었지만 다른 관광을 우선으로 하다 보니 사로마코에의 접근은 뜻대로 잘 되지 않았다. 2015년 7월에는 처음부터 호수를 목표로 아바시리에 도착하여 하룻밤 묵고 출발했다. *일본 3대 호수: 비와코, 가스미가우라, 사로마코

전날 아바시리역내의 관광협회에서 사로마코 호수행 버스 시각표와 버스 승차할 정류소까지 안내 받아 확인했다. 그런데 당일 아침 일찍 무려 30분 전에 나와 기다렸는데 정작 버스를 보고도 뻔히 놓치는 실수를 저질렀다. 놓친 이유는 사로마코 호수에 가려면 도코로 버스 정류소에 내려서 환승을 해야 한다는 사실을 모르고 버스 앞면에 사로마코 호수의 행선지 표시가 없어서 아닌 줄 알았다. "기사에게 물어 보았으면 되는데,,, 아는 길도 물어 가면 되는데,,,"라고 후회했지만 이미 버스는 떠났다. 억울해서 자책과 반성을 되풀이하다가 괜찮다고 위로하며 이미 버스 시각이 맞지 않아 다음 날 일정 계획과 사로마코 호수탐방을 맞바꾸어 실행했다.

사로마코 호수는 거대하므로 나의 육안으로 볼 수 있는 것은 극히 일부분이다. 어렵게 온 곳인 만큼 점심도 먹고 산책도 하고 근처의 유적지에도 들리고 유익하게 보내려고 노력했다. 마음에 걸린다면 "호수 동쪽에 위치한 왓카원생화원은 홋카이도 유산으로, 바다와 호수를 가르는 사취는 길이 25km에 이르는 귀중한 식물의 보물 창고"라는 왓카원생화원에는 시간이 부족하여 들리지 못한 것이다. "호숫

가에는 경승지가 많고 낙조가 아름답다"는 표현은 사로마코 호수 외에 많은 호수의 광고 문구에서도 보았으므로 그리 아쉽지는 않다. 또지는 해, 낙조는 내가 볼 수 있는 상황은 절대 아니기도 하다.

사로마코 호수에서 가리비를 처음으로 양식했다는 가리비 양식 발상지의 석비와 갈매기의 공중을 날아오르는 모습과 해변에서 갈매기 커플들의 데이트하는 장면, 따돌림 받은 걸까 스스로 아웃사이더를 원한 것일까 나홀로 펄에 앉아 있는 갈매기도 보았다.

찾아간 날짜 : 2015년 7월 5일
찾아간 길 : 아바시리역에서 도코로행버스 종점 도코로버스정류소 환승 사로마사카우라 하차

05. 노토로코(能取湖, Notoroko)

▶ 덴토잔에서 내려 본 이후, 사로마행 버스 안에서 다시 만난 노토로코 호수

오호츠크유빙관 전망대에서 아바시리코 호수와 인접한 노토로코 호수의 원경을 처음으로 보았다. 호수보다 훨씬 높은 위치에서 두 호수를 내려다보면 마치 노토로코 호수와 아바시리코 호수는 친한 친구 혹은 사이좋은 이웃 같이 보인다.

2012년 7월 여름, 노토로코 호수의 원경을 본 후 3년이 지났다. 사로마코 호수행 버스는 1시간 이상 노토로코 호반을 끼고 달린다. 도중에 버스를 내려 노토로코 호반을 산책할 시간은 만들 수가 없는 일정이었다. 버스 운행 편수가 적어 도중에 내리면 아바시리 숙소에 돌아가는 편이 쉽지 않다. 노토로코 역시 아주 큰 호수이므로 걸어서 볼 수 있는 것도 지극히 일부분이니까 오히려 버스 안에서 더 많이 더 오래 볼 수 있어 다행이었다. 버스의 승객은 나 혼자이었고, 사진

만이라도 찍어야겠다고 마음먹고 호수 사진을 쉬지 않고 찍었다. 카메라 셔터 누르는 소리가 운전에 방해가 될까봐 조심하면서 이내 또 찍었다. 나중에 지도를 보니 호수의 절반 정도는 버스 안에서 감상한 셈이었다. 퉁퉁마디(함초)가 붉게 물드는 9월이면 그 일대에 붉은 양단을 깔아놓은 듯한 노토로코 호수의 광고 사진을 보았다. 나는 언제 한 번 볼 수 있을까.

> 찾아간 날짜 : 2012년 7월 27일, 2016년 2월 11일.
> 두 번은 덴토잔 전망대 위에서 2015년 7월 5일 달리는 버스 안
> 찾아간 길 : 아바시리역 버스정류소에서 오호츠크유빙관 전망대행 버스,
> 아바시리역 근처 버스정류소 도로코행 버스 종점 하차, 사로마코사카우라행 환승

06. 아바시리코(網走湖, Abashiriko)

▶ 카누 맹연습하던 여대생의 밝은 표정, 대화하며 산책한 아바시리코 호수

아바시리코 호수를 본 것은 노토로코 호수를 본 날짜와 장소가 두 번은 같다. 아바시리 시의 오호츠크유빙관 관람 후 덴토잔 전망대에서 두 호수를 한참 바라보았다. 가까이가 아닌 멀리서 본 호수의 모습이지만 장소가 높은 곳에서 호수의 전체를 보는 것 또한 각별하다. 처음에는 어느 쪽이 아바시리코 호수이며 어디서부터 노토리코 호수인지 구별이 되지 않았지만 지금은 어느 정도 알게 되었다.

두 번째 만남은 아바시리 도착한 당일 호텔에서 출발하여 호숫가를 따라 왕복 산책을 하였다. 그 때 아바시리 강을 따라 카누 연습을 하던 여대생과 도로를 걷던 나는 서로 눈이 마주쳐 누구 먼저라고 할 틈도 없이 서로 '곤니치와'라 말을 걸었다. 곧 있을 시합에 준비한다며 환하게 웃는 모습이 눈이 나쁜 나에게도 알 수 있을 정도로 밝았

다. 가와이이,,, 귀엽고 사랑스러웠다.

세 번째는 처음과 같이 덴토잔 전망대에서 겨울의 아바시리코 호수를 보았다. 겨울은 겨울대로 여름은 여름대로 자연의 경치는 격차 없이 다 멋있다. 같이 간 아들이 아바시리코 호수와 노토로코 호수가 잇닿아 있는 풍경이 마음에 들었는지 궁금하여 묻기에 아바시리코 호수와 노토리코 호수라고 자신 있게 대답했다.

> 찾아간 날짜 : 2012년 7월 27일, 2015년 7월 5일, 2016년 2월 11일
> 찾아간 길 : 아바시리역에서 걸어서 호반까지 왕복 산책, 덴토잔 전망대에서 원경 조망

07. 모코토코(藻琴湖, Mokotoko)

▶ 호숫가에 접근하는 길을 몰라 헤맸던 모코토코 호수

JR모코토역은 JR기타하마역에서 아바시리 쪽으로 한 구역 떨어져 있다. 호수 이름도 역 이름과 같이 모코토에다 호수의 '코'를 붙였다. 기타하마역은 일본의 기차가 정차하는 역 중에서 바다와 가장 가까운 역이라고 가이드북에서 읽은 적이 있다. 여기서의 바다는 바로 오호츠크 해. 센모혼센 혹은 센모센이라 부르는 보통 열차를 타면 오호츠크 해를 한없이 보고 달릴 수 있다. 모코토코 호수는 센모혼센 열차를 타고 기차 안에서 보았고 자연 호수임을 알게 되어 꼭 들러보고 싶다고 결정했기 때문에 기차와 관련 이야기를 하지 않을 수 없다.

모코토코는 위키피디아의 자연호수 목록에는 나와 있지 않다. 기차 안에서 보이는 호수 이름이 궁금하여 현지인에게 물어보고 저수지가 아닌 자연 호수라고 확인한 이상 그냥 넘어갈 수 없었다. 이보다 더 멀고 힘든 길도 일부러 찾아가는데 기차역 주변의 호수라면 나

에게 보너스로 주어지는 호수인 것 같아 고맙다.

모코토코 호수도 역에서 내려 쉽게 찾을 수 있는 호수인 줄 알았는데 의외로 그렇지 않았다. 호수의 안내 표지가 있는 곳도 보이지 않고 입구도 찾지 못해 짜증이 날 정도로 이리저리 돌아다녔다. 분명 호숫가인데 가까이에서도 제대로 보이지 않았다. 여러 번 시도하다 포기할까 하는데 마지막에 안내판을 보았고 그 길을 따라 호수의 수면이 보이는 곳으로 내려갔다. 금방 찾았다면 시간 낭비도 없고 편안한 감상이 되었을 텐데 고생하여 만난 모코토코 호수이어서 미워야 할텐데 그 반대로 밉지 않고 더 정이 간다.

여기는 오호츠크 해를 마주하는 홋카이도 아바시리, 기타하마, 모코토. 어느새 나는 이 세상의 바다 중에 오호츠크해와 많은 인연을 맺게 되었는지 참 묘하다. 그러나 싫지 않다. 노래편 소야미사키에서도 말했지만, 아직도 사할린에 대한 호기심이 있다. 왓카나이에서 소야 해협과 오호츠크 바다를 가르는 페리 노선이 재개된다면 일본에서 러시아로 여행하는 상상까지 해 본다.

찾아간 날짜 : 2015년 9월 23일
찾아간 길 : JR센모혼센으로 모코토역 하차 도보

08. 도후쓰코(濤沸湖, Tohhutsuko)

▶ 고시미즈원생화원과 마주보는 토후쓰코 호수

왕원추리꽃, 해당화, 갯병풍 등 온갖 꽃이 만발한 천연화원 고시미즈원생화원과 마주보는 토후쓰코 호수가 보인다. 7월인데 춥다. 온통 예쁜 꽃으로 눈이 즐거운데 기분도 좋은데 내가 준비해 온 여름옷은 홋카이도 현지에서는 하나도 맞지 않다. 여름 속의 추위도 예상하고 걸치는 윗옷도 준비했지만 겹쳐 입어도 추워서 못살겠다. '금강산도 식후경'이 아니라 겨울 코트라도 사 입고 꽃과 호수를 보아야겠다고 매점에 뛰어 들어가 아웃도어 윗옷을 사 입으니 조금 낫다.

도후쓰코 호수 역시 센모혼센의 열차 안에서 얼마든지 볼 수 있고 보이는 곳으로 기차 안의 관광객은 거의 다 사진을 찍는 것 같다. 나는 모처럼 왔으니까 호수의 가까이에 가보려고 했다. 하지만 관광협회의 안내원은 도후쓰코는 습원이므로 근처에 가도 접근하기 어렵고 오히려 원생화원에서 조금 떨어져 멀리서 보는 것이 좋다고 한다.

2016년 3월 4일 유빙을 보기 위해서 하마코시미즈역에서 내렸다. 내린 김에 도후쓰코 호수 근처에도 들렀다. 겨울이라 습지 식물은 시들고 호수 주변이 환하게 드러나 있는 도후쓰코 호숫가를 바라보며 차도의 인접한 보행도로를 따라 1시간가량 걸었다. 이제 도후쓰코 호수를 확실하게 견학했다고 할 수 있다. 열차 안에서가 아니고 멀리서도 아닌 호숫가를 걸었으니까.

찾아간 날짜 : 2015년 7월 5일
찾아간 길 : 아바시리에서 센모혼센으로 계절한정 임시역 겐세이카엔에서 하차
도보 3분

09. 니쿠루토(ニクル沼, Nikurutoh)

▶ 억새에 묻혀버려 작아져 버린 니쿠루토 호수

호수 탐방이 목적인 나는 지도에 호수 표시만 되어 있으면 그것만으로 찾아갈 가치가 충분하다. 호수의 크기와 모양새는 어떻게 되든 상관없고 새로운 호수를 만나는 것 자체만으로 즐거움의 시작이다.

호수 찾아가는 미션 수행에 또 설렌다. 모코토코 호수를 한 바퀴 둘러보고 모코토역에서 아바시리 출발 시레토코샤리 방면의 센모혼센 기차로 야무베츠에 하차하여 니쿠루토 호수와 도쓰루토 호수 2곳도 모코토코 호수와 같은 날 찾아갔다. 하루에 호수 탐방 3곳을 목표했으니 지금 생각하면 욕심이 과했다.

홋카이도 개척 당시의 니쿠루토는 제법 큰 호수이었다고 하나 내가 갔을 때는 초가을이라 니쿠루토는 갈대에 뒤덮여 극단적으로 호면은 줄어들어 마치 큰 웅덩이 수준이었다. 지금의 니쿠루토는 "호수는 소멸 중"이라는 표현이 더 어울린다. 근처 목장에서 오염된 물이 흘러들어와 부영양화된 것이 원인이라고 한다. 이전에 본 적 없으나 원래의 모습을 연상하려고 호수 주위의 멀리까지 두리번거려 보았으나 상상이 미치지 않았다. 모두 목장의 목초지와 같이 보였다.

니쿠루토 마주 보는 편의 큰 목장에는 젖소들이 제법 많이 방목되어 있다. 아무래도 소들은 사람을 보면 모여드는 습성이 있는 듯하다. 소들이 나를 보고 "누구?"하고 감시되는 듯한 기분이다. 나는 동물을 무서워하니까 다가가지 못하고 젖소와 많이 떨어진 장소에서 보았다.

니쿠루토의 크기는 작아졌지만, 호수 가는 길은 홋카이도 특유의 풍경으로 자동차도 사람도 만나지 않고 무공해 공기를 마시며 천천히 즐겼다. 트랙터 기계 농업, 목장, 사료용 감자가 군데군데 작은 언덕만큼 쌓여져 있었다. 그 후 2016년 3월 오호츠크해유빙 보러 하마코시미즈에 갔을 때, 기차 안에서 본 겨울의 니쿠루토 호수는 설원의 한 부분이 되어 하얗게 묻혀 있었다.

찾아간 날짜 : 2015년 9월 23일, 2016년 3월 4일 기차 안에서
찾아간 길 : 구시로 ↔ 아바시리 간의 보통 열차 센모혼센을 타고 야무베츠역에서 하차 도보

10. 도쓰루토(涛釣沼, Totsurutoh)

▶ 호반 접근을 허가하지 않는 도쓰루토 호수

니쿠루토 호수에서 도쓰루토 호수를 향해 목초지 옆길을 따라 이동하면 얼마가지 않아 도쓰루토 호수의 한 부분이 보이기 시작한다. 멀리서 볼 때는 샤리다케(1,547m) 산을 배경으로 호수의 수면도 잘 보였고 참으로 멋졌다. 원경으로 보기에는 성이 차지 않고 무엇보다 호숫가 가까이 접근하여 보고 싶어서 도전했다. 그런데 그냥 처음 멀리 조금 보였던 모습만으로 만족하고 그만 두었으면 더 좋았을 걸 하는 후회를 했다. 끝까지 노력하는 자세는 좋은 점이나 무리는 금물임이 더 중요하다고 통감했다. 포기할 것을 깔끔하게 포기하는 것도 나쁘지 않다는 기분과 그래도 마지막까지 최선을 다 했으니 그 의지가 가상하다며 자신을 격려했다. 어느 쪽으로 생각하는지는 내 자신의 선택이지만 나는 우유부단하여 양자택일의 순간에 참 많이 망설인다.

정말 힘들게 걸어서 호수 근처에 갔지만 주변이 방풍림 식목 같은 숲으로 둘러쳐져 있고 게다가 호수 근처엔 쇠뜨기 풀이 빽빽하고 땅은 습하여 호반 접근은 불가능했다. 그래도 좀 더 가까이접근하고 싶어서 정글탐방에 준하는 스릴과 긴장 속에 쇠뜨기 풀을 헤치며 벼랑을 내려갔다. 운동화에 진흙이 엉켜 붙고 벌써 벌레에 물려 가려운데도 참으며 호수의 물 근처로 전진 또 전진했다.

하지만 도저히 더 진행할 수 없는 지경에 이르렀다. 나의 접근을 허락해 주지 않는지 그렇지 않으면 인간의 접근을 금지하는지 푸념하며 포기했다. 숲에 가려서 사진 한 장도 제대로 찍을 수 없었다. 겨우 찍은 사진 두 장에 만족해야 했고, 도전이 실패로 끝난 허탈한 기분도 맛보았다. 굿샤로코 옆의 작은 호수 폰토에 갔을 때와 비슷한 경험을 했지만 그래도 폰트는 호수 수면을 볼 수 있어 기뻤는데 도쓰루코 호수는 그것도 없다. 호수탐방은 이처럼 사서 고생도 많지만, 이것도 또한 내가 좋아하는 호수탐방의 즐거운 일 중의 하나이고, 달성했을 때의 기쁨은 무엇과도 바꿀 수 없다.

도쓰루코 호수에게 "바이 바이, 사요나라"를 고하고 돌아서는데 자그마한 다람쥐가 나무 위에 귀엽게 앉아있었다. 일본어로 시마리스, 우리말은 만주다람쥐인지 모른다. 야생의 다람쥐를 직접 보다니 조금 기분이 나아졌다. 네무로의 후렌코 호수에 갔을 때와 마찬가지로 홋카이도만의 넓은 대지와 야생화, 확 트인 큰 도로, 목장. 내 가슴으로 발로 눈으로 북해도(일부러 홋카이도 대신 '북해도'라고 발음해 본다)를 체험하긴 딱 좋았다. 비록 호수의 물을 만져보러 호면에 접근하지 못했지만, 도쓰루코 호수를 만나기 위한 미션수행 만족도는 만점에 가깝다. 잘 참고 끝까지 잘 했다고 나 자신을 격려했다. 기차를 타고 돌아오기 전에 야무베쓰역내의 레스토랑에서 먹은 라면은 양이 많았지만 맛있어 다 먹었다.

찾아간 날짜 : 2015년 9월 23일
찾아간 길 : JR센모혼센의 야무베쓰역에서 도보. 꽤 멀고 고생함. 한 번으로 종료

11. 시레토코고코(知床五湖, Shiretokogoko)

▶ 세계자연유산 시레토코반도, 시레토코고코(시레토코 5호)의 1호 호수

시레토코료죠(시레토코 여정)의 노래비를 찾아 시레토코반도 우토로에 갔다. 아바시리 출발 첫 기차를 타고 시레토코샤리역에 내려 역앞의 버스터미널에서 오전 정기관광버스를 이용했다. 시레코고코 호

수 중 1호만 산책 가능하다고 하며, 2호부터 5호까지는 불곰이 빈번하게 출몰하기 때문에, 전문 가이드와 동행할 경우는 가능하다고 한다. 나는 관광버스 가이드를 따라 안내를 들으면서 1호까지 산책하였다.

이곳은 세계자연유산으로 지정받은 곳이니 나의 감상은 따로 적을 필요 없을 만큼 자연이 빼어나고, 내 눈에는 모두 예술품으로 보였다. 나무로 만든 고가도로 산책로를 걸으며 습원지대의 식물을 마음껏 구경하는 재미가 쏠쏠했다. 시레토코고고 호수에는 다시 가보고 싶은 곳으로 입력해 두었다.

시레토코토게 고개로 버스가 오르는 길에 야생의 에조사슴 즉 홋카이도 사슴이 보였다. 사슴이야 나라현 나라시의 그 유명한 나라공원의 사슴이나 히로시마 이쓰쿠시마의 사슴 등 많이 보았지만 시레토코의 야생사슴을 직접 보니 신기하고 기분이 좋다. 홋카이도 내에서도 세계자연유산인 시레토코의 첫 방문은 호수는 물론이고 그 외의 모든 것이 너무 좋았다.

시레토코고고의 '고코'는 다섯 개의 호수라는 뜻이며 1호에서 5호까지 이름이 붙어 있다. 다만 습지대에 있기 때문에 해빙기에는 수가 늘어난다고 한다. 시레토코 연산과 원시림을 수면에 비추는 풍경은 관광객의 마음을 사로잡는다는 인터넷 자료는 틀림없었다.

찾아간 날짜 : 2012년 7월 28일
찾아간 길 : 아바시리역에서 센모혼센으로 시레토코샤리역 하차, 시레토코정기관광버스 이용

구시로·네무로 지역(釧路·根室エリア / KushirovNemuro Area)

12. 마슈코(摩周湖, Mashuhko)

▶ 안개로 가려진 신비한 모습과 밝은 표정의 두 얼굴 마슈코 호수
  마슈다케 산행의 하루 일정이라면 더욱 좋은 트레킹코스

마슈코 호수는 홋카이도 동부 가와카미군 데시카가쵸 소재, 아칸
국립공원 내에 위치한다.

(1) 첫 만남. 여름 안개에 감추어진 마슈코 호수, 꼭 꼭 한 번 더, 한
번 다시 찾아가고 싶은 마슈코, 안개가 서서히 걷혀가며 조금씩 모습
을 보여주어 애가 타고 초조하게 만들었던 호수, 아무리 생각해도 마
슈코 호수는 신비롭다. 처음 다녀와서 블로그에 메모한 것 중에서.

2012년 7월 여름, 시레토코 1일 여행 후 다음 날 센모혼센을 타고
구시로습원으로 가는 길에 마슈역에 도중 하차했다. 그 곳에서 마슈
코, 굿샤로코, 아칸코 소위 도동(道東, 홋카이도 동쪽) 3대 호수 여행의 교
통 정보를 얻을 목적과 반나절의 마슈코 호수 견학을 위해서이다.

마슈역 앞의 계절 한정 에코버스로 마슈코 호수에 도착했을 때 유
난히 짙은 안개로 아무 것도 보이지 않았다. 정말 '기리노마슈코(안개
의 마슈코)' 노래 제목처럼 안개인가 하며 가까스로 걸으며, 이대로 아
무 것도 보지 못하고 호수의 안개만 체험하고 돌아가는 것은 아닌지
불안했다. 나와 같은 버스를 탄 도쿄에서 온 여행자도 두 번째인데
'또 안개'라며 딱하게 말했다. 제발 돌아갈 버스 시각 전에는 안개가
걷히길 도와달라며 시계를 자꾸 보았다. 10분이 1시간 같았다.

누구의 도움인지 무엇의 협조인지 서서히 안개가 비켜나면서 호

수의 수면을 아까운 듯이 살포시 드러내 보인다. 이 장면은 바로 '신비의 호수'의 서막이고 '신비로운 호수 드라마'의 프롤로그이다. 안개 때문에 어슴푸레하지만 마슈코 호수의 윤곽을 대충 보여주는데, 나의 호기심을 최대한 자극한다. 망원경을 지참하지 않은 것도 후회되고, 백두산 천지를 보면 경건한 마음이 솟아올라 꿇어앉고 싶었다 하던 지인의 말도 생각난다. 첫 대면의 나의 심정을 어떻게 말을 할 수가 없다. 백두산 천지는 실제 본 적이 없으니 알 리가 없는데, 지금 펼쳐지는 마슈코의 신비함을 천지와 끼워 맞추어 멋대로 상상하기도 하고 옆 사람과 감탄의 대화도 하며 주시했다.

내가 만약 백두산 천지를 먼저 보았다면 마슈코 호수가 처음이라도 덜 감동했을 것이다. 백두산 천지는 2015년 6월에 서파와 북파 두 코스에서 다 볼 수 있었다. 마슈코를 본 지 3년이 지난 시점에 천지를 보았지만, 이 감동은 마슈코 호수보다 컸다. 언제나 나의 최대 감동과 감탄, 감격은 갱신되고 만다. 최고, 최대라는 말은 그 때 뿐이다. 나의 감동 진실성은 믿을 수 없다. 하지만 '천지'를 보기 전에는 분명히 마슈코 호수는 베스트 오브 베스트 레이크이었다. 안개로 전부 가려진 모습과 안개가 걷혀 화사한 봄꽃 같은 마슈코를 견학하고 세상에 이런 호수를 다 보다니 믿어지지 않아 내 눈을 의심했다. 나는 다시 마슈코를 찾아오리라고 여러 번 다짐했다. (2012.07.29.)

(2) 백두산 천지를 보고 난 후 마슈코 호수와의 2번 째 만남은 견학 태도가 다소 불손했다고 반성함. 2번 째 방문은 구시로에서 피리카 정기관광버스를 타고 왔다. 안개 대신 확 개인 맑은 날씨 덕분에 선명하게 전체 모양을 숨기지 않고 보여주었는데, 나는 첫 감동의 기억을 회상하고 있었다. 역시 처음이 중요하고 첫 인상이 오래갔다. 더

구나 전날의 불면으로 부스스한 눈으로 호수를 보는 둥 마는 둥 가이드 설명을 듣는 둥 마는 둥 성의 없이 대했다. 같이 온 여행객들은 마슈코의 뚜렷한 자태에 안개가 없어 다행이라며 좋아하고 있었지만 나는 좀 시들하다. 천지도 보았고 첫 인상의 신비한 기억을 더 오래 갖고 싶었다.

버스 출발 시간이 되어 주차장으로 가다가 문득 한 가지 잊어버린 일이 생각나 다시 호수가 보이는 곳으로 뛰어갔다. 백두산 천지나 마슈코 호수나 신비한 호수 앞에서 소원을 빌면 이루어진다는 속설과 소문이 웬일인지 순간 떠오른다. 믿거나 말거나이지만, 염력의 효과는 나도 인정하고, 염원을 마슈코의 자연 신에게 간절히 빌면 이루어질지도 모른다는 기대 속에 3가지 소원을 빌었다.(2015. 07. 03.)

(3) 또 다시 마슈코 호수를 찾아오다, 이번엔 제3전망대에서 조망. 삼 세 번, 세 번째 만남. 마슈코 제3전망대에서 호수 쪽의 반대편으로 이오잔이 보인다. 유황의 냄새가 전해 오진 않지만 굿샤로코 호수 근처 유황산인 이오잔도 사스래나무도 다 백두산 천지 여행 때 보았던 것과 비슷하다. 백두산도 내 감각으로 상당히 북북인데 마슈코 호수의 위도는 백두산 보다 더 높다. 여하튼 북방지역이다.

제1전망대에서의 마슈코 호수는 2번 보았는데, 이번엔 장소를 바꾸어 제3전망대에서 보니 또 완전 다르다. 마슈다케 산이 더 가깝게 보이고 그 산의 분화구 절벽이 더 가까이 실감난다. 사스래나무 삼림과 호수의 환상적인 풍경에 넋을 잃을 정도이다. "스고이, 기레이, 뷰티풀,,, 멋지다, 와아,,," 알고 있는 온갖 단어를 동원해서 칭찬해도 부족하다. 9월 중순인데 단풍이 많이 든 나무도 보인다. 쇼팽이나 모차르트의 음악을 세 번 들었다고 이제 그만 됐다고 하지 않듯 마슈코호수를 세 번 보았다고 "이제 충분하다"라고 말할 일은 없을 예감이다. (2015.09.16.)

(4) 한 겨울의 화이트 마슈코 호수. 홋카이도 여행이 두 번째인 아들과 홋카이도 여행 여덟 번 째의 나는 겨울의 마슈코 호수를 보러 또 왔다. 나는 네 번 째 마슈코와의 만남이지만 하얀 옷으로 치장한 겨울 모습은 처음 보는 것처럼 새롭다. 여행 시 몸살이 나서 상태가 좋지 않아 유빙호노롯코호 관광열차를 타도 반응이 없던 아들이 마슈코 호수를 보자마자 아픈 곳도 달아난 듯 호수 사진을 찍고 멋있다고 감동해 주어 안내를 한 보람이 있고 기뻤다.(2016.02.12.)

(5) 비호로토게 언덕으로 가는 길에 또 만난 마슈코. 비호로토게는 마슈역 출발 에코버스를 타서 마슈코 버스 정류소에서 환승해야 한다. 다섯 번째의 만남은 마슈코 호수가 목적지가 아니었는데 비호로토게행 버스로 환승하기까지 마슈코 관람 시간이 들어있는 덕분에 또 만났다. 이래저래 마슈코 호수를 볼 수 있는 것은 좋은 일이다. (2016.08.13.)

(6) 마슈다케 산 등산 때는 여태 보던 곳과 완전 다른 위치에서 본 마슈코 호수이다. 마슈다케 산행을 위해 구입한 에코버스의 차표는 2일간 자유이용권이다. 편리한 에코버스로 비호로토게와 해발 857m의 마슈다케 정상에도 다녀왔다. 마슈다케 정상 왕복은 등산로 입구에서 총 7시간 정도 걸렸다. 동행자는 모두 6명이었다. 독일에서 온 대학생 린다와 초등학생 아들 두 명을 데리고 지바현에서 온 요코상과 박물학자*이며 곤충연구자인 마쓰모토상, 그리고 나이였다. 일

행은 모두 등산로 입구에서 만나 즐겁게 산행한 추억을 공유하고 있다. 마슈코국제동호회라도 만들면 좋겠다. 마슈다케 산 정상에서 마슈코는 볼 수 없었고 보이지 않았다. 안개 때문에 내려다보아도 아무것도 보이지 않고 뿌연 안개만이 가리고 있을 뿐이었지만, 산행 도중의 완만한 언덕과 분화구로 향하는 가파른 산길 자연 꽃밭에서 멀리 보이는 호수의 아름다움과 신비로움은 영원히 잊을 수 없는 장면이다. *박물학(博物學): 동물학, 식물학, 광물학, 지질학을 통틀어 이르는 말. 천연물 전체에 걸쳐 연구하는 학문.

마슈코 호수는 여섯 번이나 만난 특별한 호수인 만큼 나와는 인연이 있다. 자연의 경치를 내 마음대로 순번을 매기는 것은 말도 안 되지만 개인적인 취향 순으로 말한다면, 마슈코는 일본에서 최고의 멋진 호수가 아닐까 생각한다. 마슈코 호수와 마슈다케 산정까지의 하루 일정 트래킹 코스는 금상첨화이며 산행을 좋아하는 여행인에게 꼭 권하고 싶다. 기대가 너무 커서 실망했다는 일은 거의 없을 것이라 생각한다.(2016.08.14.)

찾아간 날짜 : 텍스트에 표시
찾아간 길 : 마슈역에서 에코버스(운행은 동계와 하계 한정)로 15분.
버스 하차 도보 1분.

13. 굿샤로코(屈斜路湖, Kussharoko)

▶ 모래를 파면 따뜻한 감촉 모래온천 굿샤로코 호수

굿샤로코 호수도 많이 동경했었다. 어느 여성 여행작가가 쓴 기행문에 굿샤로코 호반의 노천 온천에서의 저녁 시간을 보내는 문장을 읽으며 나는 언제 굿샤로코에 한 번 가 볼 수 있을까 했다. 그 때는 홋카이도가 아주 멀리 거리적으로나 심리적으로 나와는 동떨어져 있는 정말 미지의 대지이었다.

굿샤로코 호수의 첫 방문은 2015년 여름, 구시로에서 피리카관광버스를 타고 마슈코, 굿샤로코, 아칸코의 3개 호수 둘러보기의 당일 여행이었다. 굿샤로코의 인상은 조금 전 본 마슈코와는 완전 딴판이다. 깨끗하고 아름답기는 마슈코 호수와 같지만, 호수의 크기가 비교할 수 없을 정도로 크다. 호반에서 하루 묵고 자전거도 타고 호수를 즐기고 싶었지만 다음 날 계획을 변경하기가 쉽지 않았다. 나는 바삐 여기저기 돌아다니고 싶고 한 군데 여유 있게 있지 못하는 타입이다. 굿샤로코 호수는 이만하면 나의 호수탐방 기준으로 인정해도 좋을 만큼은 보았다.

호반의 스나유(모래온천)에서 모래를 조금만 파도 따뜻한 온천의 느낌이 난다. 따뜻한 모래를 손으로 만지며 족욕도 하며 온천에 들어간 기분도 느꼈고, 매점에서 나를 위한 선물도 샀다. 어디에 가도 나를 위한 오미야게(선물)구입에 조금도 인색하지 않다. 나를 위한 홋카이도 여행, 나를 위한 선물, 내가 나를 위하여 무엇을 하는 것은 바람직한 인생이다.

굿샤로코 호수를 처음 보고 2달 쯤 지나 다시 보고 싶어 찾았다. 아무래도 처음 관광버스로 짧은 시간 호수 한 번만 본 것은 흡족하지 못했고 도동(道東) 3대 호수는 다 매력 만점이라 정식으로 시간을 만들어 찾았다. 두 번 째는 굿샤로코 호반의 카페에서 느긋하게 차도 마시고 식사도 했다.

겨울 풍경의 굿샤로코 호수도 빠뜨릴 수 없다. 에코버스를 이용하여 고탄 버스 정류소에 내렸다. 여기는 '고탄'이라는 지명부터 아이누가 거주했던 마을을 연상하게 하고 근처에는 아이누민족자료관도 있었다. 굿샤로코 호반에는 매년 시베리아에서 찾아오는 겨울 손님인 백조인지 고니인지 새 이름은 정확히 모르지만 큰 무리가 떼를 지어 쉬고 있었다. 하얀 설경 속의 하얀 새들의 모습을 보러온 관광객도 꽤 많았다.

겨울은 춥고 황량하여 쓸쓸하고 어두울 것이라 예상했는데 그런 어두운 느낌은 하나도 없고 온통 눈으로 통일하여 순백의 청결함과 선명함만이 돋보여 청초하다는 말이 가장 잘 어울린다. 호수 물은 전부 얼어, 결빙하여 호숫가와 수면이 어디에 있는지 어디부터인지 구별하기 어려웠지만 경치는 너무 좋았다. 호반 노천탕은 무료로 입욕하고 있는 사람도 보였는데 나는 추워서 들어가지 않았다. 그런데 나중에 노천 온천욕이 마음에 남아 또 굿챠로코 호수에 가야겠다. 그저 홋카이도 여행 명분과 구실을 만든다.

그 다음 해 여름 8월에 비호로토게 언덕 위에서 내려 보는 굿샤로코 호수 가운데의 나카지마 섬과 육계사주*인 와코토 반도(和琴半島)의 원경 또한 어찌나 멋진지,,, 자연 호수는 언제 어디서 어디를 보더라도 걸출한 자연의 일부이다. *육계사주(陸繫沙洲): 〈지리〉 육지와 육지에 가까운 섬을 연결하게 된 사주(沙洲). 연안류가 운반한 토사가 퇴적하여 사취(沙嘴)의 성장을 촉진함에 따라 발달하게 된다. [비슷한 말] 톰볼로.

호반에서 조금 떨어진 굿샤로코 호수 주위 도로변에 토산품 가게가 몇 군데 나란히 있었다. 그 중의 한 목각품 가게를 들여다보니, "이랏샤이(어서 오세요)"라는 남성 목소리가 안쪽에서 들려왔다. 60세 후반으로 보이는 남성이 책상을 마주하고 진지한 표정으로 나무에 조각하고 있었다. 전시된 작품 중 '코로폭쿠루'라는 인형을 권해서 이것도 나를 위한 선물로 샀다. "어디서 왔어요?"라고 묻기에 "한국"이라고 대답하자 더욱 친절하게 밝은 미소를 띠고 가격도 조금 깎아 주었다. 어쩐지 아이누족의 마음을 접한 것 같았다. 그 때 산 목각인형은 내 방 책상 위에 장식해 두었는데 볼 때마다 굿샤로코 호수를 그리워한다.

소야 오호츠크 지역의 굿챠로코 호수 편에도 썼지만, 데시카가쵸의 굿샤로코 호수와 하마톤베쓰에 있는 굿챠로코 호수는 이름이 비슷하기에 혼동되기 쉽지만 완전히 별개이다. 다만 어원은 아이누어의 kut-char(늪의 물이 흘러나오는 뜻)로 똑같다.

찾아간 날짜와 길 : 2015년 7월 3일 아칸피리카정기관광버스, 2015년 9월 16일, 2016년 2월 27일, 8월 13일은 마슈역에서 에코버스로 마슈코 제1전망대 경유, 가와유온천역앞 버스정류소 하차, 마슈역앞(에키마에)행 환승, 스나유버스정류장, 혹은 고탄버스정류소 하차 도보 2분. 비호로토게에도 같은 에코버스로 가와유온천역앞(가와유온센에키마에)에서 비호로토게행 승차

14. 아칸코(阿寒湖, Akanko)

▶ 마리모탕에서 호수 온천욕을 즐기다, 아칸코 호수

둥근 해초 '마리모'* 서식지 아칸코, 따끈따끈한 온천욕의 아칸코 호수는 두 번 방문했다. 호수를 본 것은 전부 세 번이지만 방문은 2회이다. 처음은 마슈코 호수와 굿샤로코 호수 때와 같이 피리카정기관광버스로, 두 번째는 자유여행으로 찾아왔다. *마리모[毬藻]: [식물]녹조류의하나(푸른 빛이 나는 공 같은 모양의 해초, 홋카이도 아칸코 호수에 생식하는 것은 천연기념물.

피리카정기관광버스로 왔을 때는 점심시간을 포함하여 자유시간은 1시간 반 정도이었다. 밥도 먹어야 하고 커피도 마시고 싶고 마리모유람선도 타고 싶고 온갖 것 다 체험하고 싶은데 시간은 한정되어

있다. 일단 나의 사전엔 한 끼 거르기는 없다. 실생활도 한 끼를 뛰어 넘어 본 적은 진짜 없다.

자유시간이 되자마자 가이드가 소개해 준 유명한 메밀국수집에 들어가 메밀국수와 튀김을 주문하여 먹고, 호수의 상점가를 구경하며 걸었다. 그런데 자꾸만 온천의 포렴(노렌*)이 눈에 들어온다. 산책을 중단하고 잠시라도 온천욕을 하라는 말인가 보다라고 결정, '마리 모탕'상호의 온천에 들어갔다. 나 혼자 뿐이어서 독탕이었는데 이 온천,,, 물 온도부터 사로잡혀버린다. 아칸코에 와서 온천에 잠기는 호사스런 시간을 갖다니, 여행의 백미다. 온천욕을 하고 나니 그 효과가 금방 나타나 거울을 보니 내가 보아도 얼굴이 좋아졌고 기운이 넘친다. 아칸코 호수를 보는 것은 수박 겉핥기이고 나는 온천욕에 대만족하였다. 아칸코의 다른 것은 하나도 못했다. 아쉬우면 또 오면 되니까 아쉬워말자. *포렴: 술집이나 복덕방의 문에 간판처럼 늘인 베 조각. 상점 입구의 처마 끝이나 점두에 치는 (상호가 든) 막; 포렴(布簾).

두 번째는 9월에 본격적인 호수 탐방으로 홋카이도에 왔을 때 아칸코 호수도 정식으로 방문했다. 자유여행이니 이제 유람선도 탈 수 있고 체재 시간도 내 마음대로 할 수 있다. 먼저 호반 산책을 하면서 진흙이 끓는 모습인 봇케도 보고 비지터센터도 견학하고 차도 마셨다. 세 번 째는 아칸코 호수 주변의 작은 호수 탐방 때 아칸코 호수의 끝자락 일부분만 보았는데 근사했다.

찾아간 날짜 : 2015년 7월 3일과 9월 20일, 2016년 8월 12일
찾아간 길 : 구시로출발 피리카정기관광버스, 마슈역에서 아칸코 호수행 버스

15. 펜케토(ペンケトー, Penkettoh)

▶ 아이누어의 '위의 호수'에 유래하는 펜케토 호수

펜케토 호수는 달리는 버스 안에서 두 번, 승용차를 내려서 한 번 보았으니 총 세 번이나 볼 수 있었다. 처음 볼 때 평생 한 번 밖에 못 볼 줄 알았는데,,, 인생은 모를 일이다.

홋카이도 모양과 닮았다는 펜케토는 멀리서 본 모습이 너무 신기하고 멋져 나의 노트북 바탕화면으로 지정할 정도로 좋았다. 인터넷에는 주로 펜케토라고 소개되어 있지만 어떤 곳은 펜케토라고 적혀 있는 곳도 보았다. 하지만 피리카정기관광버스의 가이드도 '펜케토'라고 하고 현지인들도 '펜케토'라고 말하는 것을 들었으니 나는 '펜케토'라고 부른다.

차 안에서 멀리라도 볼 수 있는 호수는 펜케토이며, 판케토는 아칸 횡단도로에서는 숲에 가려 거의 보이지 않았다. 판케토를 조감*할 수 있는 곳은 오아칸다케 산 높은 곳에 등산한다면 가능한 것 같다. 판케토 자료에는 조감 사진이 간판으로 나와 있다. 나는 판케토 호수는 평생 조감하지 못해도 펜케토 호수는 3번이나 만났으니 마슈코 호수와 같이 인연이 있다고 간주한다. *조감(鳥瞰) : 새가 높은 하늘에서 아래를 내려다보는 것처럼 전체를 한눈으로 관찰함.

찍어온 사진은 2015년 7월 피리카관광버스 안에서 찍은 사진이 훨씬 더 잘 나왔다. 여름철만 운행하는 아칸코행 노선버스 안에서도 열심히 찍었는데 전부 실패, 세 번째는 승용차에서 내려서 찍었으므로 더 멋진 사진을 기대했는데 날씨가 흐려서 큰 차이는 없다. 하지만 모든 사진 그런대로 만족한다. 펜케토 호수에 대한 자료 중 나의 학습을 위해 어휘 정리도 해 두자.

- 펜케토 : 아이누어의 펜, 케 (위의, 호수)에 유래
- 판케토 : 아이누어의 판, 케 (아래의, 호수)에 유래

찾아간 날짜 : 2015년 7월 3일, 9월 20일. 2016년 6월 19일
찾아간 길 : 피리카정기관광버스내, 여름시즌만 운행하는 아칸코행 노선버스내,
자가용 동승

16. 폰토(ポント, Pontoh)

▶ 굿샤로코 호수에 인접하는 작은 늪, 데시카가쵸 현지인도 모르는 폰토

일본 호수 중 6위 크기의 굉장히 큰 굿샤로코 호수 옆의 작은 호수 폰토는 굿샤로코 호반의 고탄에서 와코토 반도 쪽으로 향해서 1시간 정도 걸어가면 도로 옆 숲속에 꼭꼭 숨어 있었다. 폰토를 향하는 길은 처음에는 평평한 도로를 따라 가벼운 마음으로 여기저기 피어있는 가을꽃인 묏쩡의다리와 삼잎방망이를 스마트폰에 담으며 걸어갔다.

폰토는 마쓰모토상이 소개와 안내해 주었다. 그의 이야기에 따르면 지도에 있는 폰토라는 지명에서, 아이누어 '폰'은 '작은' 뜻이며 '토'는 늪이므로 작은 호수를 연상하고 굿샤로코 호수 근처의 좁은 길을 걸으며 찾았다고 한다. "홋카이도 호수 탐방에 아이누어 공부는 빠뜨릴 수 없다"고 마츠마토상은 말했다. 실제 굿샤로코 호반에서 생활하고 있는 현지 주민에게 폰토를 물어보아도 "폰토? 호수? 모릅니다."고 했다. 그러나 작은 호수가 굿샤로코 호수 근처에 있다고 들은 이상 호수탐방을 좋아하는 나는 그대로 지나갈 수가 없었다. 현지 주민도 모르는 호수라면 더욱 가보고 싶은 호기심 때문이다.

길 안내를 도와준 마쓰모토상도 한 번 밖에 온 적이 없고, 게다가

길은 여름의 무성한 풀에 덮여 길을 잘못 들어 다소 고생했지만 어떻게든 목적지까지 간다고 도전하여 도착했다. 길을 몰라 헤매고 힘들어 하는 어려움이 호수를 찾아 만났을 때에 감동으로 변하는 것은 언제나 신기하다. 폰토는 인터넷 검색을 해도 검색자료가 전혀 나타나지 않는 이름 없는 숨은 호수인 것 같다. 그러므로 폰토는 비밀스런 호수의 '비호' 혹은 신비스런 호수의 '비호' 목록에 포함되어도 무난할 것 같다.

찾아간 날짜 : 2015년 9월 16일
찾아간 길 : 굿샤로코 호반에서 도보 1시간

17. 긴무토(キンムトー, Kinmutoh, 沼湯)

▶ 산속의 임도를 따라 편도 2시간, 굿샤로칼데라 속에 잠자는 긴무토 호수

긴무토는 위키피디아 일본어 버전의 일본의 천연 호수 목록에는 등재되어 있지 않지만, 홋카이도 동부 데시카가쵸 주민들 사이에는 다 알려져 있다고 한다. 호수 탐방을 위해 JR센모혼센의 가와유온천역에 하차하니 큰 주변 안내 지도에 찾기 쉽게 표시되어 있다. 도보로 편도 2시간 걸렸다. 자작나무와 가문비나무 등이 울창한 숲길을 걷고 또 걸어도 좀처럼 목적지 호수는 나오지 않아 조금 지루했다. 생각보다 멀었다. 차량 출입이 전혀 안 되는 임도인가 생각했는데 가끔 차량이 지나가기에 "아, 자가용 차가 있으면 훨씬 수월하게 접근할 수 있겠구나."하며 부러워했다. 하지만 이내 나의 형편과 현실을 인지한다. 내 발로 걸어서 스스로 호수를 찾아가는 길이 설레임과 기쁨의 과정임을 나에게 되풀이하여 들려주며 걸었다.

원시림과 인공 식림이 혼합한 것인지 나무가 너무 너무 많아 숲길까지 어둡고 무서워 무엇이 나타날 것 같다. 홋카이도 호수 탐방 때는 불곰(큰곰) 출현의 대책으로 방울을 가방에 매고 딸랑거리며 걷긴 한다. "구마상(불곰님), 나 지나갈 때까지 나타나지 말아주세요." 하며 기도할 때도 있다. 그러다가 이내 그 두려움을 잊어버리고 태연히 걷는다. 나의 호수탐방이 종료되지 않는 한 이런 모험을 감수할 수밖에 없다. 인간은 원래 스릴을 즐기는 심리도 있다니까 나 역시 스릴을 즐기는 것이라고 생각하니 편하다. 깊은 산 속의 아름다운 '남몰래 잠자는 호수 긴무토'를 탐방할 수 있었던 것도 앞서 소개한 마쓰모토 상에게 네이처가이드 역할을 부탁하여 승낙해 준 덕분으로 실행되었다. 나 혼자서 감행하긴 어려운 곳이다.

긴무토 호수도 나의 특별한 호수 명단에 추가했다. 호수 입구의 안내판에 적힌 글을 우리말 번역으로 소개한다.

'아칸국립공원 긴무토 호수 안내도'

긴무토는 마슈코 호수와 굿샤로코 호수의 중간에 위치하고 굿샤로 칼데라의 중심 부근에 있습니다. 이 호수는 주로 근처의 빗물이나 눈 녹은 물이 고여 생긴 것입니다.

이 주변은 숲에 둘러싸여 아주 고요한 곳입니다. 새소리, 에조 사슴의 발자국이 많고 동물들의 휴식처로 되어 있습니다. 때로는, 딱따구리의 우는 소리와 부리로 나무를 쪼는 소리가 숲에 울려 퍼집니다. 긴무토 주변의 다양한 소리에 귀 기울여 보시면 어떨까요?

200m정도 떨어진 곳에 제2 이오잔(유황산)이라는 증기 가스를 뿜어내는 활동을 하는 "봇케(진흙 화산)"를 볼 수 있습니다. 이 주변은 지열이 높고 겨울에도 눈이 쌓이지 않습니다. 귀뚜라미과의 알락방울벌레가 일 년 내내 울고 있습니다.

불곰(큰곰), 말벌에 주의하십시오. 쓰레기는 버리지 말고 가지고 돌아갑시다. 필드

어느 블로그에서 "가와유에코뮤지움센터에서 산책로가 정비되어
있다, 이오잔 옆을 통과하는 편도 약 7km의 루트, 도보 약 2시간 야
생동물이 많이 서식하고 있으며, 임도 입산에는 삼림관리국의 허가
가 필요하다"라는 기사도 보았지만, 내가 간 코스는 다른 길인가 보
다. 허가를 받지 않고 다녀왔으니까. 긴무토란 아이누어로 '산 위에
있는 신비로운 늪'이라고 한다. 긴무토 가는 길의 도중에 제2이오잔
의 봇케도 보았다. 봇케는 아칸코 호수의 물가 가까이에서도 본 적이
있다. 진흙이 부글부글 끓어오르는 모습을 바로 눈앞에서 보니 재미
있고 신기하여 자꾸 보았다.

> 찾아간 날짜와 길 : 2015년 9월 17일, JR 가와유온센역에서 도보로 왕복 4시간
> 이상 소요. 1회 방문으로 종료

18. 스이고코엔노이케(水郷公園の池, Suigohkohennoike)

▶ 데시카가쵸 수향공원 연못도 하적호

마슈코 호수를 보고 마슈역으로 돌아오는 길에 미치노에키* 휴게
소에 들렀다. 이 근처에 도도하고 당당하게 흐르는 구시로강 위로 만
들어진 다리 '난다로오바시'를 건너면 스이고코엔 수향 공원으로 연
결된다고 한다. 이 공원의 연못도 인공적인 손질이 가미되어도 원래
는 구시로강의 하적호*의 일종이라고 들었다. 주변 환경을 보아도 충
분히 납득하고 동감했고, 현지인의 설명이 틀릴 리도 없다. 나는 자
연 호수 방문지가 하나 더 많아질수록 실적이 올라가는 것 같이 기분

이 좋으니까 당장 호수 명단에 입적했다. *미치노에키(道の駅): 각 지자체와
도로 관리자가 제휴하여 설치하고 국토교통성에 의하여 등록된 주차장, 휴게 시설 *하적
호 (河跡湖) 침식 작용으로 하천이 흐르던 자리에 생긴 호수. 보통 좁고 길며 구부러진 모
양.

찾아간 날짜 : 2015년 9월 21일
찾아간 길 : 마슈역에서 도보 20분. 미치노에키 휴게소에서 도보 2분

19. 시라루토로코(シラルトロ湖, Shirarutoroko)

▶ 센모혼센 철로 옆의 시라루토로코

호수의 명칭이 '시라루토로코', '시라루토로누마'의 두 가지로 불리
는 것은 알고 있다. 어느 것이 정식 표준 명칭인지는 확인하지 못했
다. 반드시 확인하거나 밝힐 이유는 없지만 궁금하기는 하다. 내가
가장 많이 참고하는 위키피디아 일본어 버전에는 시라루토로코라
검색하면 '시라루토로코에서 전송' 하며 '시라루토로누마'로 연결된
다. 호수의 소재지인 시베챠관광협회 홈페이지 자료는 '시라루토로
코'로 나온다.

앞서 '일본의 호수 명칭'에도 소개했지만, '호수'와 '늪'의 차이는 호
면의 넓이와 물의 깊이에 따른 것 같다. 갈대 등의 식물이 호면에 자
라고 있고, 수련이나 연꽃 등의 수초가 호면에 떠 있으면 늪이라고
하는 것 같다. 일본에서는 일설로 전설의 동물 갓파*나 요괴가 살고
있는 것이 '늪'이라고도 들었다. *갓파か っぱ[河童] 1.물 속에 산다는 어린애 모
양을 한 상상의 동물.(=동의어川太郎)

이러한 예는 홋카이도의 호수 이름에 몇 개 더 있지만, 코(湖)나 누

마(沼)나 아이누어는 '토(ト一)'로 같은 호수의 뜻이고, 나의 호수탐방에는 어느 것이나 같은 호수로 보니 상관은 없다. 그러나 호수의 타이틀로서 부를 때는 어느 쪽이 좋은지 망설여진다.

센모혼센 열차 안에서도 시라루토로 호수가 보이므로 지나칠 때마다 즐겨본다. 직접 방문했을 때는 나무 소개를 해 둔 명찰을 유심히 읽으며, 산책로를 일주하고 삼림욕을 즐겼다. 산책로 끝에는 전망대가 있어 올라가 호수와 구시로 습원을 조감할 수 있었다. 돌아가는 길에 '쉬어가는 곳 가야누마'라는 펜션이 있고 1층에는 식사를 할 수 있는 레스토랑이 있어 식사와 커피를 생각했는데 영업 준비 중이었다.

찾아간 날짜 : 2015년 9월 24일
찾아간 길 : JR홋카이도 센모혼센 가야누마 하차 도보 20-30분

20. 도로코(塘路湖, Tohroko)

▶ 계절한정 운행의 관광증기열차(SL) 속에서도 볼 수 있는 도로코 호수

하루에 구시로의 하루토리코, 닷코부코의 2개의 호수 방문으로 끝내면 좋았을 것을,,, 호수 하나 더 하는 욕심에 도로코까지 일정으로 잡아 무리하여 힘들었다. 호수 마니아, 호수 과다애호가의 병적 과욕이 체력적인 피로와 감성적 피로까지 가져왔다. 그러나 끝까지 방문했다.

도로코 호수 앞서 닷코부누마 호수가 크게 마음에 들어서 그런지 도로코 호수에는 미약한 반응을 보여 미안했다. 기차 안에서만 보았던 것보다 가까이에서 도로코 호숫가의 물에 손도 적셔보고 산책로

를 따라 걷고 하였으니 미션 수행은 그런대로 잘 한 편이다.

찾아간 날짜 : 2015년 9월 22일, 2016년 2월 10일(차창)
찾아간 길 : JR센모혼센 도로역 하차 도보 20분 정도

21. 닷코부누마(達古武沼, Takkobunuma)

▶ 구시로습원의 두루미 서식지 다코부누마 호수

닷코부누마 호수는 이전 인터넷 자료에는 '닷코부누마'이었는데 지금은 '닷코부누마에서 전송'이라는 메시지가 뜨면서 '닷코부코'로 연결된다.

구시로의 하루토리코 호수를 오전에 둘러보고, 오후에는 구시로 출발 시즌 한정 관광증기기관열차인 '노롯코 트레인'으로 닷코부누마에 갔다. 노롯코관광증기열차는 두 번째 승차. 처음 이 증기 열차를 탔을 때는 기차 안의 안내멘트를 동영상으로 찍고 차창 밖의 구시로습원도 처음 보는 풍경이라 신선하여 몰두하여 즐겁게 감상했다.

그런데 이번 닷코부누마 호수 탐방을 위해 이동할 때의 노롯코호 관광열차와 구시로습원 관람도 처음의 감동만큼 내 마음이 뛰진 않았다. 감성이 무디어진 것도 있고 그 사이 기차 안에서 여러 번 본 것이 어느 새 일상처럼 평범하게 변해가는 탓일 것이다. 그보다 더 큰 이유는 나는 지금 관광열차와 광대한 습원보다 새로운 호수를 만나러 간다는 사실에 집중하고 있었기 때문이다.

닷코부누마는 실제 만나 보니 기대 이상으로 근사했다. 호수의 모습이랄까 분위기랄까 여하튼 전체적으로 안정된 틀 속에 아름다운 호수 풍경의 전형적인 장면을 보여주었다. 수면과 하늘의 구름을 번

갈아 바라보며 호수 기슭의 한 쪽에서 구시로역에서 사 온 도시락을 먹으며 호수 감상과 미션 수행의 만족을 느꼈다. 그런데 30분 후부터 벌레에 물렸는지 가렵기 시작하여 혼났다. 호수 탐방 시에는 벌레 퇴치 대책도 생각해야 하는데 준비성 소홀로 인해 내 피부를 며칠 동안 고생시켰다. 앞으로 호수에 갈 땐 무조건 피부를 가리는 복장으로 벌레 퇴치 약품 등을 챙겨야 한다.

다른 자료에서 찾은 도움말도 학습 차원에서 기록해 보고자 한다.

"시라루토로코 호수, 도로코 호수, 닷코부누마는 바다에서 멀리 떨어져 있지만 해적호이다. 일본의 조몬 시대(약 7000년 전)에 태평양이 크게 항만으로 들어온 시기가 있으며, 구시로 습원 일대는 내만*과 같은 큰 호수이었다. 이 세 호수는이 내만의 같은 호수 자취이다. 센모혼센의 도야라는 역이 있는데, 아이누어 '도=호수', '야=두렁'에 유래하는 지명에서 닷코부누마라는 이름이 붙여졌고(도야코의 어원도 마찬가지), 아이누 민족이 남긴 지명이 이 구시로 습원에 있던 오랜 호수의 존재를 전하고 있다."고 한다. *내만(內灣) : [지리]내만 후미진 만.

찾아간 날짜 : 2015년 9월 22일
찾아간 길 : JR홋카이도 센모혼센 호소오카역 하차 걸어서 20-30분

22. 하루토리코(春採湖, Harutoriko)

▶ 구시로 시내의 시민공원, 초가을의 하루토리코 호수

홋카이도의 9월 여행은 딱 한 번 있다. 홋카이도의 여름은 짧고 가을은 순식간에 지나간다고 들은 기억이 있어 9월도 약간 춥고 쌀쌀할 줄 알았는데 전혀 그렇지 않았다. 구시로를 방문한 날은 덥지도

춥지도 않은 전형적인 가을 날씨로 야외 나들이에 최적이었다. 좋은 날씨 속에 구시로의 하루토리코를 찾았다. 구시로역에서 시내버스로 25분 정도 걸리는 거리이다. 호수는 크게 마음에 들어 할 만큼의 특출한 면은 없다. 그냥 호수이다. 호수이면 된다. 원래 내가 방문하는 취지도 호수에게 뭘 꼭 기대하는 것도 아니다. 자연호수라는 명목만으로 내가 찾아갈 뚜렷한 명목이 된다. 호수 전체를 다 돌아보기에는 1시간 30분 이상 걸릴 크기이므로 다 볼 시간은 없었다. 오후엔 다른 호수 하나 더 볼 계획이고 호수 한 바퀴 다 산책하기에는 크기도 크다.

구시로!! 홋카이도 동쪽의 중심도시, 이전에 일본 최고의 어획고를 자랑하던 도시, 지금은 홋카이도는 삿포로 중심 도시 외는 어디든 많이 쇠퇴한 느낌이다. 구시로 중심 거리를 걸어서 지나간 적이 있는데 상점이 적고 왕래하는 사람도 적었다. 이전의 구시로 중심 거리를 내가 본 적이 없어 제대로 알 리가 없지만,,,

찾아간 날짜 : 2015년 9월 22일
찾아간 길 : 구시로역앞 버스터미널에서 노선버스 25분

23. 효탄누마(ひょうたん沼, Hyohtannuma)

▶ 아칸코 주변의 조롱박 이름을 가진 비경 효탄누마 호수

효탄누마 호수가 어디 있는지 몰랐다. 처음 듣는 호수 이름이다. 이름의 효탄(瓢箪)은 우리말 '(식물) 호리병박' '표주박'에 해당하니 조롱박 같은 형태의 작은 호수를 연상했다.

아칸코 호수 주변의 10개 정도의 다른 호수를 소개해 준 사람은 데

시카가쵸에서 온천 민박 '마코(摩湖)'를 경영하는 오카자와상이다. 오카자와상은 폰토와 긴무토 호수를 안내해 준 마쓰모토상의 지인으로 20대에 자전거로 일본 전국을 여행하는 도중, 완전히 홋카이도의 마슈코 호수에 반하여, 고향 도쿄 생활을 접고 홋카이도 데시카가쵸로 이주해 왔다고 들었다.

그는 지금까지 600회 이상 마슈코 호수를 다녀왔으며 지금도 매일 마슈코의 상황을 체크하고 있다고 한다. 숙박 손님이 원하면 마슈코 호수까지 안내하는 열성적인 마슈코 호수 마니아이다. 그도 호수 여행을 좋아하여 홋카이도의 많은 호수에 관해 자세하게 알고 있다. 나는 아들과 여행할 때 '마코'에서 연박한 적이 있다. 민박이라 비싸지 않고 식사도 좋고 온천도 좋아서 가격대비 만족도가 아주 높은 곳으로 자유 여행자에게 자신 있게 추천할 수 있는 숙소이다.

오카자와상 부부가 아바시리군 쓰베쓰의 구린소마츠리(일본앵초과 구린소꽃축제)를 보러 가는 길에 효탄누마, 준사이누마, 온네토, 니시키누마를 들릴 예정이므로 같이 가자고 초대해 주었다. 언제나 버스와 기차와 도보로만 다니던 나에게 처음으로 승용차로 호수탐방을 할 수 있는 기회를 제공해 주었다. 소중하고 귀한 호의에 감사하며 기뻐서 그 날의 날짜도 외우고 있다.(2016년 6월 19일)

효탄누마를 다녀와서 '일본국토지리원 5만분의 1 지도'를 보고 위치를 확인했다. 다녀오고 나니 비로소 효탄누마가 크게 보이고 무엇보다 반갑다. 효탄누마 호수는 이전에 가 본 경험자이며 승용차가 아니면 알 수도 없고 갈 수 없는 곳인 것 같다. 이 날 마쓰모토상도 동행해 주었다.

홋카이도 동부의 유월은 신록의 계절, 반짝이는 신록의 나무 잎사귀를 보며 효탄누마에 도착하니 몇 몇 차량이 주차해 있다. 모두 낡

시꾼인 것 같고, 이 일대는 낚시터로서 인기 있는 장소 같았다. 주변 어디나 삼림이 깊고 풍부하여 경치는 어디에도 뒤떨어지지 않는다. 입구에서 조금만 탐색해도 정적의 숲속에서 곰이나 사슴 같은 동물이 뛰어나오는 것이 아닌가 긴장했다. 하지만 일행이 있으니 안심하고 호수 탐방을 즐겼다. 적막 속의 효탄누마. 원생의 수풀에 덮여 크게 이름 없는 효탄누마는 유월의 연두색과 선선한 바람과 깨끗한 물과 야생의 호흡을 느낄 수 있는 살아 숨쉬는 자연과의 만남이었다. 새로운 비경의 세계로 안내해 준 오카자와상 부부에게 진심으로 감사의 인사를 전한다.

찾아간 날짜 : 2016년 6월 19일
찾아간 길 : 승용차 동승, 데시카가쵸에서 아칸횡단도로. 아칸코 방면으로 1시간 남짓

24. 쥰사이누마(じゅんさいぬま, Junsainuma)

▶ 오아칸다케 산 남쪽 기슭, 아칸횡단도로변의 임도 속의 쥰사이누마 호수

내가 여기에 적는 쥰사이누마 호수는 아칸코 호수 주변의 작은 호수. 같은 이름의 다른 호수는 하코다테 근처의 일본 3대 신경치의 하나인 오누마 호수 근처에도 있다. 쥰사이의 우리말은 '(식물) 순채, 순나물로 수련과의 여러해살이 수초, 물 속에 사는 식물'로 나온다. 호수의 이름은 여름에 늪 호면에 쥰사이(순채) 식물이 무성하게 자라 있어 붙은 이름이라 한다.

효탄누마와 마찬가지로 오카자와상 부부가 안내해 주었다. 효탄누마에서 조금 내려가 아칸횡단도로 주차장에 차를 세우고 좁은 숲길로 걸어가면 그리 멀지 않은 곳에 있었다. 호수에의 접근은 간단하

고 편했다. 임도를 따라 조금 걸어가는 도중 조릿대나무숲을 헤치고 지나 습한 곳을 지나야 하니 여기도 장화를 준비해 오면 호수 접근에 좋았겠다. 오카자와상은 오아칸다케의 산 모습이 호면에 비친다고 말하는데 그 모습까지는 감상할 수 없었지만 새로운 호수와의 만남만으로 기쁘고 만족했다.

준사이누마 가는 길의 임도 입구부터 나를 반겨준 꽃은 봉우리인지 꽃이 핀 것인지도 모르고 이름도 알 리가 없었다. 나중에 도감 등을 통해 알게 되었는데 일본어는 '오레이진소' 우리말은 '선투구꽃' 혹은 '선오돌또기'로 불리는 것 같다. 준사이누마와 선투구꽃은 같은 폴더에 넣어 저장해 두었다.

찾아간 날짜 : 2016년 6월 19일
찾아간 길 : 효탄누마와 같음

25. 다로코(太郎湖, Tarohko)

▶ 계곡의 물 흐르는 소리에 압도되며 만난 다로코 호수

다로코 호수와 지로코 호수도 아칸코 호수군의 하나이다. 오아칸다케(1370.5m) 산기슭의 원시림에 둘러싸인 작은 호수로 대중교통 이용도 가능하고 버스 정류소에서 그렇게 멀지 않아 부담 없이 찾을 수 있었다. 오아칸다케 등산로 입구인 다키구치버스정류소 근처에서 아칸코 호반을 지나 다로코로 향하는데 큰 호수 아칸코도 한참 볼 수 있었다. 이전에 아칸코 호수를 보았을 때와는 전혀 다른 방향과 각도에서 감상할 수 있어 새로운 느낌이었다. 특히 마리모크루즈의 유람선이 유유히 아칸코 호수를 두루 돌아다니는 모습이 아주 낭만적이

고 멋져 보였다. 다로코와 지로코 호수를 찾은 덕분에 아칸코 호수의 다른 면도 감상할 수 있었다.

다로코 호수에 수월하게 접근할 수 있었으므로 조금 더 난이도가 높은 길을 걷고 싶었지만 그렇다고 내가 오아칸다케 정상을 목표로 등산한다는 것은 불가능하지 않은가 알아차렸다. 그냥 새로운 호수 2곳과의 만남에 만족하자. 다로코와 지로코 호수 탐방을 끝내고 처음의 버스정류소에서 돌아갈 버스를 기다리는데 30대 초반의 젊은 등산객이 땀투성이로 뛰어왔다. 아침 7시부터 7시간 걸려 오아칸다케 산의 정상까지 다녀오는데 많이 힘들었다고 하는데, 내 눈엔 힘들어 보이는 기색보다 정상 정복의 만족감에 즐거워하는 표정이 가득 넘치는 것 같았다.

찾아간 날짜 : 2016년 6월 19일
찾아간 길 : 아칸코행 버스 종점 하차, 도보로 1시간 20분, 아칸코 종점 앞의 다키 구치버스정류장에 내리는 노선버스라면 30분 이내 도착

26. 지로코(次郞湖 , Jirohko)

▶ 호주에서 온 부부와 일본어로 호수 탐방에 관한 수다를 나누다

다로코와 지로코 호수는 소재지와 이름으로 보아 형제 같은 호수이지만, 다로코는 계곡과 가깝고 큰 아칸코 호수의 수로 쪽 일부로 되어 있다. 그래서 그런지 다로코 호수 주변은 큰 물소리로 시원하기도 하지만 긴장되기도 하였다. 지로코 호수는 다로코 호수에서 10분 더 산길을 올라간 곳에 있어 그런지 큰 물소리도 없고 아주 조용하다. 개인적으로는 지로코 호수 쪽을 안심하고 볼 수 있었고, 한 눈에 다 들어오는 아담한 크기로 아름답고 차분한 느낌이었다. 지로코 호

수의 탐방 기념으로 호숫가의 미나리과 식물을 모델로 사진을 찍었다.

　지로코 호반에서 네모난 돌에 걸터앉아 준비해 간 도시락을 먹고 있으니 동양인은 아닌 것 같은 두 사람이 내려 왔다. 지로코 호숫가에는 산길에서 다시 내리막으로 2분 정도 내려와야 한다. 그들은 서양인이 맞았고 온화한 표정과 웃음으로 "하이, 곤니치와." 라고 말을 걸며 내 근처에 왔다. 호주에서 왔다는 부부는 오사카에서 영어과 원어민 강사로 5년 동안 일한 적이 있다며 영어는 한 마디도 섞지 않고 전부 일본어로 말해 주었다. 나는 수다를 좋아하지만 영어로 대화한다면 상대방과 인사만으로 끝났을 것이다. 상대방이 일본어로 말하니 일본어로 응대하며 대화 내용도 풍부해졌다. 시드니에서 온 오스트레일리아인과 한국인 나는 일본어를 매개로 의사소통하면서 서로의 관심 분야에 관한 대화가 가능했다. 그들도 렌터카로 홋카이도 호수탐방 여행 중이라고 했다.

찾아간 날짜 : 2016년 6월 19일
찾아간 길 : 다로코와 같음

27. 요쓰쿠라누마(四ツ倉沼, Yotsukuranuma)

▶ 라우스 시가지에서 멀지 않은 에이레이잔 등산로 도중의 멋진 호수

　요쓰쿠라누마 호수는 시레토코 라우스의 버스터미널에 도착하여 호텔의 마중 차량이 나오기 전에 다녀왔다. 버스터미널에서 1시간 이내의 비교적 간단히 찾을 수 있는 위치에 있다. 접근성이 좋아 라우스에 또 갈 일이 있으면 재방문을 할 수 있는 곳이며, 호수에게 꼭

다시 한 번은 찾아온다고 약속했다.

　나는 다음 날의 라우스코 호수 탐방이 최대 관심사이었으므로 요쓰쿠라누마는 라우스에 온 김에 가보고 싶은 정도로 생각했다. 그런데 상상을 초과하는 아름다움으로 내 마음을 통째로 뺏기고 말았다. 앞서 닷코부누마도 기대 보다 좋았다고 했는데, 요쓰쿠라누마는 그때 기분 보다 더 상위이다. 산 속에 있다는 것부터 부가 가치로 점수가 높아지고 실제 아담하고 예쁘다.

　요쓰쿠라누마는 에이레이잔(521.4m) 산의 등산로 입구부터 20분 정도면 도착한다. 내가 좋아하는 사스래나무 숲이 처음부터 끝까지 널렸다. 호수 찾아 가는 길의 모든 것이 나의 기호품이 집합한 것 같다. 산길을 올라가는 도중에 나의 발아래 웬 장소에 맞지 않는 옅은 보랏빛 꽃이 보인다. 원예식물인 디키탈리스가 산까지 출장 나와 피어 있고 "날 보아달라"고 신호를 보내왔다. 홋카이도 호수와 함께 야생화도 좋아하니까 들꽃 공부를 조금 시작하였는데, 야생의 꽃이 가정집 단독주택 뜰에 피어 있는 경우도 있고, 원예용 식물이 산이나 바닷가에 자라고 있는 장면도 보았다. 홋카이도에서는 식물의 야생과 원예, 엄격히 구별하기 어렵지 않나 싶다. 요쓰쿠라누마 가는 길의 디키탈리스는 정말 홋카이도 민가 정원에 많이 가꾸고 있는 꽃으로 생각했는데, 산 속에서 만나다니 기념 촬영은 필수이다.

　요쓰쿠라누마는 찾아갈 가치가 충분하다. 구시로에서 3시간 남짓 버스로 라우스에 도착하자마자 가방을 맡아 준 버스회사 직원에게 인사하고 선크림도 바르지 않고 나선 길이었다. 그 날따라 모처럼 홋카이도 더위에 얼굴이 따끈하고 등산로 입구부터 얼마간 경사가 심해 다소 힘들었지만, 눈 아래 펼쳐지는 라우스 시가지의 전경이 보일 즈음이면 고생은 이미 다 잊어버린다.

아기자기한 느낌, 귀엽고 예뻐서 아끼는 물건처럼 소중하게 대했던 호수이다. 라우스 시내에서 왕복 2시간이면 들릴 수 있으므로 접근성도 좋고 경관도 뛰어난 요츠쿠라누마 호수를 추천한다.

찾아간 날짜 : 2016년 8월 8일
찾아간 길 : 버스 1주일 프리패스이용 구시로- 나카시베쓰- 시베쓰- 라우스도착
3시간 이상, 라우스버스터미널 아래 라우스중학교 위의 등산로에서 편도 25분

라우스코 습원의 늪과 호수

〈28-32〉의 라우스코 습원에 산재하는 니노누마, 산노누마, 욘노누마, 고노누마, 라우스코 호수는 묶어서 하나의 호수로 볼 수도 있지만, 각자의 호수마다 개성이 있고, 독립하여 아름다워서 같이 묶을 수가 없다. 나는 다섯 개의 호수를 모두 개별 번호를 붙였다. 다섯 개의 호수 하나하나에 성의를 갖고 마주 대했으며, 주어진 시간 내에 많은 것을 관찰하려고 노력했다.

방문 전에는 시레토코라우스비지터센터 홈페이지의 라우스코 습원지대에 관한 기사를 읽으며 나도 무사히 다녀올 수 있을까 반신반의했다.

"세계 자연 유산(Shiretoko World Heritage)에 등록된 시레토코 산중에, "홋카이도 최후의 비경"으로 불린 바로 비경 중의 비경이 있는 것을 알고 계시나요? 바로 라우스코 호수입니다. 치엔베쓰코다케 산기슭에 물을 가득히 채우는 시레토코반도 최대의 호수 라우스코, 라우스코 습원 식물의 색깔, 동물들의 소리, 산봉우리가 비치는 호수의 수면,,, 소요 시간은 편도 약 1시간 30분정도, 거리는 편도 약 3km입니다. 탐방 장비는 장화 착용을 권합니다. 화장실은 설치되어 있지 않으니 휴대 화장실 부스를 사용하시기 바랍니다."

방문 후에도 이전에 읽은 위의 페이지를 읽으면 나의 추억을 곁들여 흐뭇하게 회상할 수 있어 한층 즐겁다.

〈코스 개요〉를 다시 읽어 보았다.

"라우스코 호수 입구에서 4개의 늪을 통과하여 라우스코 호수에 이르는 코스입니다. 사스래나무, 분비나무의 혼합 숲 사이에 여기저기 흩어져 있는 습원과 설원에는 초여름에는 친구루마(Geum pentapetalum)와 황새풀 꽃밭, 또 가을에는 풀 단풍이 펼쳐져 계절마다 다른 표정을 즐길 수 있습니다.

라우스코 습원지대의 보행로는 산악 지대에 있으며, 가벼운 등산에 따르는 장비와 경험, 체력이 필요합니다. 산책로 등의 시설은 최소한 밖에 정비하고 있지 않아 많은 인원에 의한 이용을 설정하고 있지 않습니다. 라우스코 호수의 자연 조건 및 규정을 보다 더 이해하시려면 사전에 저희 방문객 센터 등에 들러주십시오. 또 가이드 투어에 참여함으로써 보다 안전하게 라우스코 보도를 이용하여 라우스코 호수의 아름다움을 보다 잘 이해할 수 있습니다. 그래서 가이드 투어의 이용을 권장합니다."

하나 같이 새록새록 새롭게 떠오른다. 라우스코 습원지대의 호수를 트래킹한다면 비지터센터의 안내 자료를 끝까지 읽어보는 것이 정말 필요하고 크게 도움 된다.

찾아간 날짜 : 2016년 8월 10일
찾아간 길 : 라우스 시내에서 우토로행 버스, 라우스코 입구 하차, 도보 왕복 3시간 반

28. 니노누마(二の沼, Ninonuma)

▶ 작은 황새풀의 군락, 가장 먼저 만나는 니노누마 호수

라우스코 버스정류소에 하차하여 도로 옆의 등산로로 내려와 라우스코 호수로 향한다. 등산로에는 약 15cm 정도의 물이 고여서 마치 물이 그득한 논 속을 걷는 것 같다. 호텔에서 장화를 빌려 신고 와서 다행이었다. 작고 나지막한 고개를 넘자 니노누마가 가장 먼저 보이기 시작했다. 그 사이 라우스다케(1,661m)* 산을 배후로 등지고 가지만, 고개를 조금만 돌리면 산의 정상은 나를 쫓아오듯 따라오듯 줄곧 가까이에 보인다. 체력과 의지 부족으로 산행과는 거리가 먼 나에게 일본의, 홋카이도의, 시레토코의 라우스다케의 웅장한 모습은 등산에의 유혹을 강하게 호소했다. 기가 막히게 아름답다. 산을 좋아하는 사람은 누구라도 등산하고 싶어할 만한 산이다. *라우스다케(羅臼岳) 산은 홋카이도 북동부, 시레토코 반도에 있는 산.

나는 라우스코 호수를 탐방하러 왔는지 라우스다케를 보러 왔는지 갈팡질팡한다. 두 군데에 정신이 팔려 어느 것 하나 놓치고 싶지 않아 바쁘다, 이리 보고 저리 보고 앞을 보았다 뒤를 보았다 했다. 라우스다케 산의 중턱을 굵게 선을 그은 듯 걸쳐진 구름은 자연만의 연출이고 전시품이다. 라우스코 호수를 향한 첫 입구부터 수려한 시레토코만의 경관에 입을 다물 수가 없었다, 니노누마에 도착하기 전부터,,, 니노누마 호면 가까이의 습지에 황새풀이 곳곳에 피어 있다. 정말 황새 모습이 연상되는 꽃이다. 호수 물은 눈 녹은 물과 빗물이 고인 것이며, 물의 양은 많아지기도 하고 적어지기도 한다는데, 내가 보았을 때는 나의 탐방 호수로서 인정할 만큼 고여 있었다.

29. 산노누마(三の沼, Sannonuma)

▶ 라우스다케의 거꾸로 비친 모습이 돋보이는 산노누마 호수

라우스코 호수를 만나려면 정해진 보행길로 걸으며 4개의 늪을 거친다. 조금 전 니노누마로부터 병꽃나무의 좀댕강나무가 피어 있는 작은 계곡을 따라 조금 올라가면 다음은 '산노누마'. 가 나타난다. 라우스코 습원지대는 해발 700m 위치이며, 장화 신고 걸어야 하는 곳이다. 산노누마까지는 라우스코 입구 버스 정류소에서 30분 정도 걸어온 것 같다. 산노누마는 시레토코반도 자연을 홍보하는 그림엽서 모델로 선택되었다는 사실을 몰라도, 알고 보면 한 눈에 그런 기분이 드는 곳이었다. 라우스다케의 웅장 용감한 모습이 호면에 거꾸로 비치는 모습이 가장 예쁜 곳이라 그림엽서로 판매되고 있음은 다녀와서 들었다. 나의 호수 사진 중에서도 나도 모르게 자꾸 찾게 되고 잠시 후 또 보고 싶어지는 산노누마의 절경이다.

산노누마에는 전망대가 있는데, 습원을 지키기 위해 앞이 철망으로 되어 있고 해빙 되면 설치하고 늦가을에 철거한다고 한다. 그 전망대에 서서 안전하게 산노누마를 눈이 시리도록 바라보았고, 그 자리를 떠나 그 다음 코스로 이동하면서도 자꾸 돌아보았을 만큼 우아했다.

30. 욘노누마(四の沼, Yonnonuma)

▶ 수생 다년초 조름나물이 물 위에 얼굴을 내밀고 노는 욘노누마 호수

시레토코 연산, 산 위의 습원지대, 여기에 지금 내가 와 있다. 꿈만 같은 정경 속의 이 좋은 기분을 어디에 비할까. 어제 라우스코 호수

트래킹 코스를 예정하고 있었는데, 비가 오고 바람이 불어 날씨가 궂어 포기했다. 오늘 아침은 호텔에서 라우스다케 방향으로 무지개가 뜬 것을 보며 "날씨가 좋아지겠다. 다행이다"고 말하며 출발했다.

그래도 니노누마를 통과할 때까지는 구름이 하늘을 가리고 있어 날씨 걱정을 완전 떨치지 못했는데 산노누마를 지나 욘노누마에 도착했을 때는 화사한 봄날과 같이 햇살이 나타나주었다. 햇볕이 따뜻하게 비쳐주며 욘노누마의 호수 물은 불어나 얌전하게 찰랑거리고 있다. 그 물 속에 잎을 뻗고 얼굴을 내민 조름나물은 욘노누마의 주민 혹은 주인인 것 같다. 주로 북반구 한냉지의 습지에 분포한다는 조름나물은 나에게는 뉴페이스(새 얼굴)이었다. 옆에는 옥잠화도 확 피기 전 터질 듯 봉우리를 맺었고, 나무로 만든 보도는 자연 소재이니까 인공이 가해져도 자연의 일부처럼 전혀 위화감이 없고 잘 어울린다. 욘노누마도 "못잊어 못잊어 그리워 그리워서"의 대상이 되었다.

31. 고노누마(五の沼, Gononuma)

▶ 늪 중에서는 가장 큰 고노누마, 라우스코 직전의 고노누마 호수

욘노누마에서 고노누마로 가는 습원 지대도 무척 아름답다. 나의 눈으로 본 시레토코의 자연은 아름답지 않은 곳은 한 군데도 없다. 아름다운 것은 기본이고 사실이다. 내가 지어낸 말도 아니고 객관성이 부족하지도 않다고 자신 있게 말한다. 세계자연유산이 그냥 이름뿐인 자연유산이 아니고 선정될 충분한 요건을 갖추고 있었다.

고노누마가 보이기 시작하는 산책로 길가에는 미역취속 노란 꽃들이 곳곳에 정렬하여 인사하고 있다. 작년 9월, 홋카이도 여기저기

에서 미역취속 식물을 보았을 때는 모두 같은 것인 줄 알았다. 나중에 식물도감을 보며 조금 공부하니 다 다르다. 고노누마 호수에서 본 미역취속 식물은 산미역취 꽃이라고 구별할 수 있게 되었다. 일본어 '아키노키린소'는 '미역취'이고, 일본어 '세이타카아와다치소'는 '양미역취', '산미역취'의 일본어는 '미야마아키노키린소'이다.

라우스코 호수의 직전에 있는 고노누마까지 왔으니 드디어 곧 라우스코 호수도 나타날 것이다. "만나고 싶은 사람을 만나러 천리만리 먼 길을 왔습니다. 라우스코님,,, 속으로 야호,,, 하며 작은 소리로 환성을 질러보았다. 고노누마를 통과할 때 약간 높은 곳으로 올라가 나뭇가지를 손으로 잡고 구부려 통과해야만 하는 곳도 있었다. 지금까지 통과한 늪 중에서 가장 크다고 한다. 물론 라우스코 호수군의 최대 호수는 라우스코이지만,,,

32. 라우스코(羅臼湖, Rausuko)

▶ 시레토코반도에서 최대의 자연 호수 라우스코

시레토코 반도에 존재하는 크고 작은 호수는 60개를 넘고, 그 중에서 가장 큰 자연호수는 라우스코 호수이다. 관광지로 이름 높아 방문객이 가장 많은 곳은 시레토코고코(시레토코5호)이며, 그 다음은 라우스코 호수라고 소개되어 있다.

장화를 신고 작은 개울 속을 걸으며, 라우스다케 산에 걸린 구름의 모습을 뒤돌아보며, 습원의 식생* 보호를 위해 설치된 목도*를 조심스럽게 90분가량 걸어서 도착했다. 시레토코반도 최대의 호수 라우스코를 만나기 위해… '지금 만나러 갑니다.'에서 '지금 만나러 왔습니다.' 일본어 표현법으로는 '지금 만나고 있습니다.'이다. 이 라우스코 호수 방문의 소원을 이룬 나는 마음이 벅차올라 잠시 안정이 되지 않았다. 라우스코라는 이름표가 붙은 전망대에서 장화도 벗고 배낭도 내리고 나무 바닥에 편안히 앉았다. **식생(植生): 어떤 일정한 장소에서 모여 사는 특유한 식물의 집단*목도[木道]습지대를 걷기 위해 널빤지를 건너질러 만든 좁은 길.

만나기 어려운 사람을 만났으니 편안하게 천천히 만나야지 하는 기분으로 마음의 자세를 가다듬었다. 라우스코를 바라보며 나에게 이제 홋카이도 호수기행문 쓰기를 시작해도 좋다고 허락했다. 라우스코 호수까지 보았는데 무엇이 문제인가,,, 홋카이도의 모든 호수를 다 보고 기행문을 써 본다고? 그것은 불가능한 일이고 기행문 쓰기보다 더 어려운 일이다, 그 때까지 살아 있을 지도 모르는데,,, 라우스코 습원의 호수, 오늘 본 것만 적어도 홋카이도 호수 기행문집으로 충분하다며 의욕을 불어넣었다.

라우스코 호수, 시레토코반도, 내가 호수 탐방이란 주제를 부여하고 여행을 했으니 라우스코 호수와 같은 빼어난 자연을 만날 수 있었다. 또 내가 한 일을 내가 칭찬하고 자랑한다. 하나 더 바라는 것이 있다면 이 라우스코 습원지대에 3년 이내에 다시 찾아와 처음 보다 여유롭게 여기의 고산식물과 대화하며 데이트하는 것이다.

33. 앗케시코(厚岸湖, Akkeshiko)

▶ 일본 동쪽 끝으로 가는 열차 안에서 본 앗케시코 호수

앗케시코 호수는 구시로에서 네무로로 향하는 하나사키센의 기차 안에서만 보았다. 앗케시역에 내려 호숫가 산책이나 여기 특산인 굴

요리 식사 한 끼라도 하고 싶지만, 후렌코 호수가 우선이라 통과할 수밖에 없는 일정이었다. 나의 시야에 들어온 물이 찰랑거리는 장소가 바다인지 호수인지 모호하게 보일 때도 있지만, 전체적으로 습원을 낀 앗케시 호수임은 알 수 있었다.

기차를 타고 한참이나 달려도 호수는 계속 이어져 나타났다. 앗케시코 호수는 습원지대이므로 도후쓰코 호수와 마찬가지로 호반 가까이에 접근자체가 불가능하고 호수의 수면 보다 약간 높은 위치에 있는 철도의 위를 달리는 기차 안에서 보는 것이 조망하기 훨씬 좋다고 한다.

찾아간 날짜 : 2015년 7월 7일
본 곳 : 구시로에서 네무로로 향하는 하나사키센 안에서

34. 후렌코(風連湖, Huhrenko)

▶북국의 동쪽 여름 야생화와 대화하며, 역에서 왕복 도보 4시간의 후렌코 호수

후렌코 호수는 내가 가 본 적이 없는 네무로 지역에 있는 호수라는 이유만으로 도전해 보고 싶은 곳이었다. 호수탐방 전에는 앞서 이야기했지만 홋카이도 가장 동쪽역인 히가시네무로역에 내려서, 홋카이도 아니 일본의 가장 동단, 동쪽 땅을 밟아보는 것이 목적이었다면, 호수 탐방을 시작하니 무엇보다 호수가 우선이므로 후렌코 호수를 먼저 다녀오기로 했다.

후렌코는 거대한 호수이므로 어느 방면으로 접속하는 게 좋은지 문의하니 미치노에키 휴게소가 있는 '스완 44 네무로'를 권해 주었다. 버스 등의 교통편도 있지만 재팬레일패스가 있는 한, 열차를 이용하

는 습관대로 기차를 타고 갔다.

하나세키센의 벳토가역에 내려 역 근처의 주민에게 후렌코 가는 길을 확인하고 걷기 시작했다. 길은 포장되어 걷기 좋고 알기 쉬웠으나 좀처럼 목적지가 나타나지 않는다. 걸어도 걸어도 또 길이 연속될 뿐 '스완 44 네무로' 표지판은 나타날 생각을 않는다. 더 늦은 이유도 있다. 지평선이 보이는 대지의 도로변에 여름 야생화가 어찌나 많이 피었는지 그 들꽃 관찰도 겸해서 걸으니 당연히 더 많은 시간이 필요했다.

미나리과 식물은 종류가 너무 많아서 식물도감을 보아도 그게 그것인 것 같다. 내가 찍어 온 미나리과 꽃들의 정확한 이름은 모르지만 후렌코 호수 탐방 시에 원대로 만난 후렌코 호수 추억의 꽃이다. 그러고 보니 JR홋카이도의 차내 잡지의 표지에도 이 꽃이 등장해 있던 기억도 난다. 1시간 반 이상 내 두 발로 후렌코에 도전해 찾아갈 때, 나는 진정 홋카이도 대지를 내 온 몸으로 체험하였다. 사람 한 사람 없고 지나가는 차도 없고 목장의 목초와 도로변의 지천으로 핀 들꽃, 적막한 무드가 나를 응대해 주었다. 나는 걷고 싶었던 홋카이도 길을 비로소 실컷 걷고 있다는 실감에 한없이 기뻤고 즐겼다.

키가 크고 작은 수많은 야생화 도열은 마치 그곳을 찾은 낯선 방문객인 나에게 환영을 담은 많은 꽃다발을 통째로 안겨주는 듯 반가운 선물이었다. 미나리과 키 큰 식물들 왜우산풀, 안젤리카 등을 내 평생에 가장 많이 본 날이다. 꽃들과의 만남, 대화, 이것은 내가 호수 여행 중 가장 만나길 원하는 목록이다. 후렌코 호수는 그런 면에서 대성공한 미션 수행이었다.

후렌코 호수에 도착했다. 스완 44네무로 휴게소에는 관광버스에서 내린 단체 여행객으로 붐비고 커피 하나 시켜 마시는 데도 기다렸다.

호수는 나만 좋아하는 곳이 아니라 정말 관광지 자원이다. 다시 방문하기 쉽지 않은 후렌코 호수 모습을 내 눈 속에 넣으려고 보고 또 보고 했다. 기차 편수가 많지 않은 점을 염두에 두면서 호수 방문 인증 촬영도 끝내고 시간 계산을 하며 왔던 길을 다시 되돌아 왔다.

찾아간 날짜 : 2015년 7월 7일
찾아간 길 : 구시로역에서 하나사키센네무로 방면으로 벳토가역에서 하차. 왕복 도보 4시간

35. 오다이토(尾岱沼, Odaitoh)

▶ 노쓰케반도, 노쓰케만과 오다이토

'尾岱沼'라는 한자를 처음 보았을 때 지명일까 호수 이름일까 궁금했다. 여하튼 고유명사인 것 같은데 제대로 읽을 수 없었다. 일본어 한자 읽기의 한계를 느끼며 의미를 마음대로 유추해 보았는데 일단 '늪 소(沼)'가 붙어 있어 늪이나 호수 이름인 줄 알았다. 인터넷 검색을 해 보니 다음과 같이 나와있다. *오다이토 尾岱沼(おだいとう)는 홋카이도 동부, 베쓰카이쵸 노쓰케만(野付湾)에 임한 어항 지역. 또 노쓰케자키 곶에 둘러싸인 노쓰케 만을 가리키는 경우도 있다. 11월 중반에 마을의 남쪽, 하쿠초다이(백조대) 인근 해안에 큰고니의 대 무리가 날아온다. 노쓰케자키 곶에는 분비나무가 말라 서있는 풍경이 기이한 경관을 이루는 도도와라(トドワラ)가 있으며, 오다이토항과 도도와라 사이는 여름철에 관광선을 운행한다.

위 설명을 내 나름대로 알기 쉽게 정리했다. 오다이토란 "어항에서 어촌, 노쓰케만이면 바다, 즉 어촌의 한 지명이며 노쓰케반도 안쪽의 바다를 가르킨다'. 그러니까 호수는 아니다. 바다이다.

나의 호수 탐방 명부에 '오다이토'를 넣게 된 사연은 나의 기행문

문학관 견학 와타나베 쥰이치편에도 밝혀 두었다. 일본의 저명한 문학 작가가 '오다이토'가 호수가 아닌 줄 알지만 작가의 주관적인 생각으로 호수로 간주하고 호수기행문에 넣은 점, 나는 충분히 공감했다. 그리고 그것을 참고하여 나의 호수탐방 목록에 '오다이토'를 추가했다. 와타나베 쥰이치의 '호수 기행문' 중고책을 주문하여 구입하였다. 그 서두를 인용 소개한다.

와타나베 쥰이치의 『호수 기행 』* p.39-48에서

오다이토(Odaitoh)는 정식으로는 호수가 아니다. 지도를 보면 알 수 있듯이 이 호수는 남동쪽의 가장 끝부분에서 오호츠크 해와 접하고 있다. 여기서부터 바닷물이 흘러들어오므로 진정한 담수호라고 말하기는 어렵다. 그러나 오다이토를 보고 있는 한 바다라고 도저히 생각되지 않는다.

호수의 수면은 항상 물결이 잔잔하며 한없이 조용하다. 참으로 오다이토는 슬플 정도로 넓고 크게, 끝없다. 이 호수를 보면 호수 전체가 지구의 둥글한 받침대로 솟아오르고 있는 것 같은 착각에 사로잡힌다. "창궁"*이라는 말이 있다. "궁"은 하늘의 뜻이지만 여기에선 하늘도 다시 지평선과 합해서 모두 활처럼 휘어 있는 것이다. *창궁(蒼穹) : [같은 말] 창천(蒼天)(1. 맑고 푸른 하늘).

구월에 들어가면 이 일대는 이미 가을로, 냉랭한 바람 아래 호수에 잔물결이 인다. 하지만 거대한 호수는 더 이상 거칠어지지 않는다. *尾岱沼, 渡辺淳一, みずうみ紀行 p.39-48

나의 호수 기행에 오다이토를 구시로·네무로 지역의 마지막 순서로 넣게 되어 정말 다행이고 기쁘게 생각한다. 오다이토를 호수로 기대했다가 막상 호수가 아니어서 실망했다가 호수면 좋았는데 하는 아쉬움이 떠나지 않았다. 삿포로의 와타나베쥰이치기념문학관에서 그의 호수 수필집인 '미즈우미기코(호수 기행)'를 발견하고, 그 책에서 힌트를 얻어 나도 오다이토에 대해 쓰게 되어 다행으로 생각하며, 오다이토와 나와의 인연을 다시 생각해 본다.

이 세상의 모든 일에는 그냥 한 순간 왔다 떠나는 것이 있는가 하면 어떻게든 인연으로 남기도 한다. 오다이토만의 유람선(베쓰카이관광선)을 타고 본 몇 마리의 점박이물범들도 나와 만날 운명, 사주, 인연이 있었기에 그 날 그 시간에 그들의 모습을 볼 수 있었으리라.

오다이토와 관련된 지명 등을 조사하여 학습 메모해 둔다. 노쓰케반도(野付半島)는 길이 26km, 일본 최대의 사취(사시砂嘴). 대부분이 모래언덕(사구), 초원과 습지원이며 도도와라, 나라와라의 거칠고 메마른(황량한) 풍경과 원생 화원의 아름다운 풍경이 혼재하는 특이한 경관이 매력. 오다이토의 이름의 유래는 아이누어 『오타쿠・에토』 모래의 곳, 오다이토는 작지만 환경이 좋아 많은 어획량이 있는 항구 도시, 도화새우잡이 삼각 돛의 우타세부네(打瀬舟)는 풍물시로 유명하다고 한다.

> 찾아간 날짜 : 2016년 8월 11일
> 찾아간 길 : 시베쓰에서 버스. 노쓰케반도 버스정류소 하차. 도도와라부근에 있는 선착장까지 산책로를 걸어서 유람선 승선하여 오다이토항에서 하선. 버스 1주일 간 프리패스 이용권

도카치·히다카 지역(十勝·日高エリア / Tokachi·Hidaka Area)

36. 온네토(オンネトー, Onnettoh) 도카치 아쇼로쵸 소재

▶ 호면에 비치는 메아칸다케와 아칸후지 산을 상상하며

온네토 호수는 먼저 다녀온 몇 명의 지인들에게 여러 번 추천 받은 곳이다. 위키피디아 일본어 버전에도 '홋카이도 3대 비호*의 하나'로 소개하고 있어 상당히 기대해 왔다. 아칸코 호수에서 멀지 않다는 사실도 알고 있지만 온네토까지 둘러보기는 쉽지 않았다. *홋카이도 3대 비호에 관해서는 호수편 40. 시노노메코 호수 참조

온네토 호수에 가기 전에 호수에 관해 조금 학습하였다. 온네토는 홋카이도 아쇼로쵸 동부 아칸국립공원 내에 있다. 이름은 아이누어로 "늙은 늪" 혹은 "큰 늪"의 의미이며 오코탄페코 호수, 시노노메코 호수와 함께 '홋카이도 3대 비호'의 하나. 메아칸다케의 분화에 의해 서쪽 기슭의 강이 막혀 생긴 폐색호. 호수의 물은 산성으로 어류는 살 수 없지만, 에조도롱뇽과 가재가 서식한다고 한다. 호수의 수면은 시시각각 색깔을 바꾸는 데서 고시키누마(오색늪)의 별명도 있다.

드디어 내가 온네토에 갈 수 있게 된 것은 앞서 소개한 효탄누마, 쥰사이누마에 들린 그 날이었다. 데시카가쵸 민박 '마코'의 오카자와 상 부부가 승용차로 데리고 가 준 덕분이다. 대중교통은 다니지 않아 승용차를 사용하지 않으면 절대 접근할 수 없는 많은 호수를 하루 만에 탐방했다. 그 날의 코스를 순서대로 정리하면, 아칸횡단도로 길가에 차를 세워 펜케토 호수를 전망한 후 효탄누마, 온네토, 니시키누마, 쥰사이누마 순서로 견학했다. 그리고 1시간 이상 떨어진 아바시리군 쓰베쓰의 일본앵초 꽃축제까지 다녀왔다. 하루에 무려 5개의

호수와 꽃축제를 견학한 대행운의 날이었다.

그런데 기대한 온네토에 도착했을 때 그 곳은 구름이 잔뜩 끼여 호수 관람에는 썩 좋은 날씨가 아니었다. 더구나 온네토 호면의 가장 아름다운 모습은 물결이 잔잔할 때 메아칸다케 산과 아칸후지 산의 두 모습이 비치는 것이라는데, 호면에 비치기는커녕 바로 앞의 산 모습도 뿌옇게 가려 잘 보이지 않는다.

나는 온네토 호수를 본 것만으로 감지덕지한데 오카자와상은 안타까워하고 미안해한다. "온네토는 정말 멋진 호수인데 오늘은 그 모습이 아니라 유감입니다. 다음에 다시 또 옵시다."라며 애석해 한다. 나도 아름다운 온네토를 볼 수 없어 다소 실망한 것은 사실이다. 기대가 너무 컸나 보다. 아무래도 지인들이 적극 추천한 비호 온네토와의 재회는 좋은 날 다시 시도해 보아야겠다.

아칸국립공원 온네토는 아칸코 호수와 가까운 곳에 위치하지만 소재지는 도카치 아쇼로쵸이다. 그래서 나의 호수탐방 명부 도카치·히다카 지역으로 첫 번째 순서가 되었다. 홋카이도에는 이 온네토 외에 같은 이름을 가진 호수가 두 군데 더 있다고 소개되어 있다. 두 곳 다 네무로반도의 호수인데 하나는 한자로 '溫根沼(おんねとう) 온네토'이고, 다른 하나는 네무로 중부의 '온네누마 혹은 온네토(オンネ沼, おんねとう)'이다. 아직 가 본 적은 없다. 온네토라는 호수는 지역 이름을 앞에 붙이지 않으면 어느 온네토인지 구별하기 어렵다.

'온네토'라는 호수의 이름이 화제가 되어 홋카이도 현지인과 대화하는 중 다음과 같은 이야기를 들었다. "온네토라는 호수 이름의 유래는 모두 아이누어이다. 수렵 민족인 홋카이도의 원주민 아이누는 땅에 고유 이름을 달지 않았다. 그들이 붙인 지명은 생활 혹은 수렵이나 어업에 필요한 표시에 불과하다. 그러나 나중에 침입해 들어온

와진(和人, 일본인)은 아이누인으로부터 들은 지명을 그대로 한자에 끼어 맞추어 고유의 지명으로 만들었다. 그래서 홋카이도 내에는 발음이 같은 지명이 많다. "라고 했다. 참고로 새겨들었다.

찾아간 날짜 : 2015년 6월 19일
찾아간 길 : 승용차 동승, 아침 일찍 데시카가 출발, 아칸횡단도로를 경유하여 아칸코 호반을 지나 아쇼로고개를 넘어 온네토 호반에 도착

37. 니시키누마(錦沼, Nishikinuma)

▶ 불가사의한 호수, 정말 색다른 니시키누마

니시키누마 호수는 온네토 호수를 향하는 도로 근처에 조용하고 쓸쓸하게 비켜 있었다. 이 호수를 만나기 전까지는 효탄누마와 준사이누마처럼 이름을 들은 적도 없고 기사를 본 적도 없고 완전 무지, 미지의 상태이었다. 가르쳐 준 사람은 앞서 이야기한 오카자와상 부부이다. 많은 사람들은 유명한 온네토에 감동하여, 그 옆의 니시키누마는 모르고 그냥 지나치는 것은 아닐까 의아했다. 안내 표지판에 분명히 '니시키누마'라 쓰여 있고 나의 기준으로도 분명히 틀림없는 호수이었다. 앞으로 이 이색적인 니시키누마 호수가 더 유명해지길 바란다.

니시키누마의 자료를 찾아보아도 별 다른 것을 찾지 못했다. 앞서 나온 긴무토와 마찬가지로 내가 찍은 사진의 문장을 타이핑하고 한글로 번역하는 것이 가장 간단하고 정확하다. 니시키누마의 간판은 작아서 관심 없으면 그냥 지나치기도 쉽다. 갈철광이 퇴적되어 오렌지 색 물이 숲에 흐르고 있다는 불가사의한 늪, 신기하고 신비하다. 찾아가는 길도 간단하고 일반 호수와는 완전 다른 재미있고 흥미로

운 호수이다. 내가 갔을 때는 하얀 꽃의 백산차가 가득 피어 있고, 발밑 습지에는 잎이 큰 식물인 물파초가 많이 자라고 있어 가까이에서 볼 수 있었다. 자연 호수에 관심과 흥미가 있는 여행인에게 강력하게 추천하고 싶은 곳이다.

니시키누마(錦沼)

"이 호수는 주위 200m의 작은 늪이지만 못의 밑바닥과 주위가 갈색 철광의 퇴적지로 독특한(오렌지) 색깔의 물을 띠고 있으므로, "니시키누마"로 불린다. 원시림의 짙은 초록색을 오렌지색의 물에 비추고 봄부터 여름에 걸쳐 만병초(석남화)에 둘러싸여, 가을에는 노란 잎으로 물들어 특이한 경치로 알려져 있다."

찾아간 날짜 : 2015년 6월 19일
찾아간 길 : 효탄누마, 쥰사이누마, 온네토와 같은 날 오카자와상의 승용차로 방문

38. 쵸마토(チョマトー, Chomatoh)

▶ 이전의 모습은 사라지고, 불쌍한 쵸마토 호수

오비히로를 거점으로 하는 호수 탐방은 8월 중순이었다. 미리 교통편과 숙소 예약을 해 두었으므로 날씨가 썩 좋지 않을 분위기이었지만 일단 진행하기로 했다. 나는 예약을 한 이상 취소나 연기를 거의 하지 않는다. 그대로 실행하는 것이 원칙이다. 이 점은 장점도 되지만 융통성 부족으로 단점도 된다.

오비히로에 도착한 당일 견학할 수 있는 호수는 쵸마토* 한 군데뿐이다. 다른 곳은 아침 일찍 버스를 타고 이동해야 한다. 오비히로역 내 관광협회에 들러 쵸마토의 위치를 물었다. 안내해 준 여성의 표

정은 일부러 호수 견학을 하러 갈만큼의 장소는 아닌 것 같은 느낌이 들었다. 여하튼 "쿄마토는 매립되었다."는 부분은 분명히 귀에 들렸다. 그러나 위키피디아 일본어 버전 '일본의 자연 호수' 페이지에는 등재되어 있다. *쿄마토: 오비히로시 니시 15조에 있는 늪이다. 아이누 민족의 성지(聖地)로 이름의 유래는 아이누어의 "'치. 호마 (해를 입다의 뜻)"와 '늪'을 의미하는 "토"이다. 쿄마토누마라고도 한다.

버스를 내려 호수 근처에 온 것 같은데 잘 보이지 않아 잘못 내렸나 하는 생각도 했다. 관광협회에서 안내받은 방향으로 걸으며, 지나칠 뻔한 신사* 앞 안내 지도를 보지 않았다면 쿄마토를 찾는데 더 많은 시간이 걸렸을 것이다. 그 장소는 쿄마토신사이었고, 경내에 들어가니 왼 편에 작은 연못이 보인다. 쿄마토는 다른 곳에 있는 줄 알았는데 그 작은 연못이 쿄마토이었다. *신사(神社) : 일본에서 왕실의 조상이나 고유의 신앙 대상인 신 또는 국가에 공로가 큰 사람을 신으로 모신 사당. 일본어 발음은 '진쟈'

신사의 설립 유래에 쿄마토가 이전에 커다란 하적호(河跡湖 `三日月湖)이었는데 도로의 직선화 공사로 늪의 3분의 2가 매립되었다는 내용이 있었다. 그럼 3분의 1 크기가 지금 상태라면 커다란 하적호의 표현과도 맞지 않는 것 같다. 지금 상태는 그야말로 자취, 흔적만 남은 것으로 보인다.

쿄마토는 교토에서 묵은 적 있는 소규모 료칸(여관)의 툇마루 앞 연못 크기만 하다. 이전의 모습을 다 잃어버린 영락함에 불쌍하게 보이는 것도 내 마음의 상태에 따른 것이리라. 문득 루쉰(魯迅)의 '고향'의 한 구절이 생각난다. 고향을 오랜 만에 찾았을 때 고향의 모습은 변함없는데 고향이 초라하고 안 되어 보이는 것은 작가의 마음에 의한 것일 뿐이라는,,,

오비히로역으로 돌아가기 위해 내렸던 버스 정류장 앞으로 돌아왔다. 버스 올 시간이 남아 편의점에서 커피를 사 밖으로 나와 보니 근처에 쵸마토보다 훨씬 큰 늪이 보인다. 아마 이곳도 이전의 쵸마토의 일부분이지 않을까 생각하지만 맞는지 틀리는지는 확인하지 못했다.

찾아간 날짜 : 2015년 8월 16일
찾아간 길 : 오비히로역에서 노선버스로 15분. 하차 버스정류소에서 걸어서 5분

39. 시카리베쓰코(然別湖, Shikaribetsuko)

▶ 바람굴*을 보여준 시카리베쓰코 호수

쵸마토 호수를 견학한 다음 날은 시카리베쓰코 호수 차례이었지만 태풍으로 하루 연기되었다. 오비히로 도착 3일 째 아침, 버스가 정상 운행으로 돌아온 덕분에 시카리베쓰코행은 제시간에 출발했다. 오늘은 시카리베쓰코 호수를 비롯 시노노메코, 고마도메코의 3군데 호수를 하루 만에 다 둘러볼 계획인데 잘 진행되기를 자신을 향해 응원했다. *바람굴 : 〈지리〉 [같은 말] 풍혈(風穴)(산기슭이나 시냇가 같은 곳에서 여름이면 서늘한 바람이 늘 불어 나오는 구멍이나 바위틈). '바람구멍'으로 순화.

나에게 오비히로는 낯선 도시이며 시카리베쓰코 방면도 초행이다. 차창 밖 전원 풍경도 즐기며 깜박깜박 졸기도 하는 사이에 버스는 90분을 달려 목적지에 도착했다. 먼저 자연센터에 들러 시노노메코 가는 길과 소요 시간을 문의하고 여러 정보를 얻었다.

일단 시카리베쓰코 호수는 해발 810m의 높은 산 속의 산중 호수라는 점에서 기대가 컸다. 도착 당일 호반에는 방문객이 많지 않은 듯했다. 아마 전날의 태풍의 영향과 나의 도착 시간대가 이르기 때문일까 추측했다. 시카리베쓰 호반을 따라 시노노메코 호수를 우선으로

향하는 도중에 보트 놀이를 하는 커플은 참 행복하게 보였다. 나도 시카리베쓰코 호수 하나만의 여행이라면 천천히 유람선도 타고 호반의 노천 족욕도 했을 텐데,,, 세 개의 호수를 다 보려는 욕심쟁이 플랜이면 그럴 여유는 없었다.

시카리베쓰코 호수에 대한 인터넷 자료를 다시 찾아 읽으며 나의 여행을 회상한다. 여행하기 전에는 아무리 읽어도 실감이 나지 않았는데, '백문이 불여일견', 이것은 진리이다. 나의 기행문에 '백 번 보는 것 보다 한 번,,,'의 표현을 몇 번 더 하게 된다. 여행을 다녀온 후에는 관련 자료의 전부 혹은 일부가 나의 여행이야기로 생각된다는 말도 이미 했지만 또 같은 말인 줄 알면서도 되풀이한다.

시카리베쓰코는 도카치관내 시카오이쵸 북부 다이세쓰잔* 국립공원 내에 있는 호수. 홋카이도 호수에서는 가장 높은 곳(해발 810m)에 위치하며 겨울 동안은 결빙한다고 한다. 고대 화산의 분화구 함몰에 의해서 생성된 칼데라 호수. 혹은 화산 폭발로 생긴 강이 가로막혀서 생성된 화산성 폐색호라고도 전해진다. *다이세쓰잔(大雪山) 산은 홋카이도 중앙부에 솟아오른 화산군의 명칭.

겨울에는 시카리베쓰코 호수 빙상 고탄 축제가 개최되어 얼음 노천탕 등이 관광객의 인기를 끈다는 기사를 책에서 읽은 적이 있어 가보고 싶다. 시카리베쓰코 호수 주변에는 시노노메코 호수와 고마도메코 호수라는 두 개의 작은 호수가 있는데 모두 다녀왔다. 시노노메코 호수와 코마도메코 호수 부근은 빙하시대의 살아남은 새앙토끼 서식 지역이라고 하는데 에리모 도요니코 호수에도 새앙토끼가 남아 있다는 안내표지판을 보았다.

찾아간 날짜 : 2015년 8월 18일
찾아간 길 : 오비히로역앞 버스터미널에서 시카리베쓰코행 버스로 90분. 종점 시카리베쓰 호반 버스정류소에서 도보 1분

40. 시노노메코(東雲湖 , Shinonomeko)

▶ '홋카이도 3대 비호', 조만간 소멸할 가능성이 있는 시노노메코 호수

시노노메코 호수에 가기 전부터 얼마나 자료를 읽었는지 모른다. 읽고 또 읽고 거의 외우다시피 했다. 미지의 시노노메코 호수는 소멸할 가능성이 있는 '홋카이도 3대 비호의 하나'라는 사실에 흥미와 관심은 극도에 달했다. 홋카이도 3대 비호는 앞서 이야기한 온네토 호수도 있고 신치토세공항에서 가까운 오코탄페코 호수도 알고 있지만, 최우선 방문을 시노노메코 호수로 마음에 두고 있었다. 마치 내일이면 없어질 것 같아 마음이 급했다. 빨리 만나러 가자, 찾아가자는 기분이었다.

그런데 여기서 '비호'라는 단어에 대한 수다부터 시작하면, '비호'란 '숨겨진 호수' '알려지지 않은 호수' '비밀스러운 호수' '신비한 호수'의 뜻으로 대충 알고 있다. 짐작은 하지만 한자어가 아닌 보다 쉬운 우리말이나 순수 한글을 찾기 위해 검색을 해 보았더니 의외로 '검색어가 없습니다.'고 표시된다. 사전에서 한자 비(秘)와 호수 호(湖)의 '비호'는 찾지 못했다. 나는 명사로서 사전에 등록되어 있는 줄 알았는데 국어사전에도 일본어 사전에도 나오지 않는다. 약어라도 사전 해석은 되어 있다고 생각했는데 '비호(秘湖)'가 없다니 이상하다. 그러나 생활회화에서 호수 이야기로 '3대 비호'라 말하면 거의 다 통한다.

'홋카이도 3대 비호'인 시노노메코 호수를 아칸국립공원 온네토 호수에 이어 드디어 만났다. 보았다. 시노노메코 호수를 만나러 간 날은 장화를 신고 갔어야 했다. 방문한 전날의 태풍의 영향으로 시카리베쓰코 호반을 따라 정비한 폭좁은 산책로는 작은 개울이 되어 물이 졸졸 흐르고 있었다. 물 속을 걷는 재미도 잠시라면 재미있고 참을

만하지만 1시간 이상 계속되니 양말과 신발이 무거워져 걷기가 꽤 힘들었다. 맨발로 걸어보아도 바닥에 무엇이 있는지 모르고 다치면 큰일이라 위험하다. 어렵게 왔는데 도중 포기하는 것은 있을 수 없고 참고 물 속을 걸었다. 산길 산책로가 물이 넘치는 개울로 변하지만 않았다면 시노노메코 가는 길은 그다지 힘들지 않았을 것이다. 줄곧 시카리베쓰코 호반을 끼고 호수의 잔물결과 저 멀리의 1,000미터 급 이상의 높은 산을 바라보는 순간, 순간의 시간이 힐링의 시간으로 느껴졌다.

시노노메코 호수 가는 길에 바람굴을 많이 만났다. 바람굴은 조금 으스스하고 꺼림칙하지만 가까이 다가가면 차갑고 신기했다. 이 바람굴 아래 '영구동토층'이 있다고 한다. '영구동토층'이란 영원히 얼어 있는 지층이라는 뜻이겠지. 한자어 '풍혈' 보다 우리말 '바람굴'이 알기 쉽고 어감도 훨씬 좋다. 바람굴 안이 궁금했지만 겁이 나서 차마 들여다보지 못했다.

바람굴에서 작은 동물이 뛰어나올 것 같은 공포를 느끼며 시노노메코 호수를 향해 한참 걸었다. 점점 시카리베쓰코 호반에서 멀어져 다시 작은 개울을 따라 산 위로 올라가니 사할린가문비나무 숲속에 시노노메코 호수가 어렴풋이 보이기 시작했다. 시노노메코 호수 주변에는 이끼가 낀 바위가 수없이 쌓여있고 용담꽃과 백산차가 그 신비로움을 감싸듯 많이 피어있었다. 나는 그 장면을 보는 순간 "시노노메코는 홋카이도 3대 비호임에 이의 없습니다. 동의합니다."고 외치고 싶었다. 다시 찾아가고 싶은 호수 중 하나로 오늘 처음 방문만으로 종료하지 않는다고 호수를 향해 다짐했다. 시노노메코 호수 자료를 읽고 복습해 보았다.

"시노노메코 호수는 홋카이도 가미시호로쵸에 있는 자연 호수이

다. 히가시코누마(동쪽의 작은 늪)라고도 불린다. 일본의 비경 100선의 하나로, 시코쓰코 호수 부근의 오코탄페 호수, 아칸의 온네토와 함께 홋카이도 3대 비호에 꼽힌다. 홋카이도 3대 비호 중에서는 유일하게 직접 연락도로가 없는 호수이다. 다이세쓰잔국립공원 내에 있으며, 시카리베쓰코 호수의 동쪽에 위치한다. 얼룩조릿대 언덕과 갈레장*에 둘러싸인 주위 0.8km 정도의 작은 호수이다. 호수 내에는 갈대가 자라고 있다. 호수와 이어지는 강이 없어 마른 갈대가 바닥에 쌓이면서 결과적으로 수위가 낮아지고 있다. 앞으로 비교적 단기간에 소멸할 가능성이 있다. *ガレ((프랑스) goulet, 굴레).부서진 돌들이 쌓여서 생긴 비탈진 곳.

전망지 부근 갈레장은 새앙토끼 서식지로 암벽 구멍을 둥지로 하고 있다. 부근은 고산 식물의 보물 창고로 풀산떨나무, 백산차 등을 볼 수 있다. 최근에는 구시로의 슌쿠시타카라코 호수, 기타미의 치미켓푸 호수와 시노노메코 호수를 3대 비호로 꼽는 경우도 있다고 한다.

찾아간 날짜 : 2015년 8월 18일
찾아간 길 : 시카리베쓰코 호반에서 편도 도보 80분

41. 고마도메코(駒止湖, Komadomeko)

▶ 호수 탐방인을 위한 선물 같은 고마도메코 호수

고마도메코 호수는 오비히로역앞에서 시카리베쓰코 호수행 버스를 타고 약 80분 지난 후, 이제 곧 종점에 도착할 쯤에 시야에 들어왔다. 처음은 달리는 버스 안에서 보았고, 같은 날 두 번째는 호수에 가장 가까운 도로 위에서 비스듬히 내려 보았다. 홋카이도 호수 탐방에서 덤으로 받은 선물과 같은 예쁜 호수이다. 마치 내가 갖고 싶었던 것을 맞추어 선물해 준 것처럼 기쁘게 생각하고 고마운 호수이다.

고마도메코는 위키피디아 일본어 버전의 '일본의 호수목록'에 등록되어 있지만 '이 항목은 작성 중'으로 기사는 한 줄도 없다. 나는 이 페이지에서 고마도메코 호수의 존재를 알게 되었지만, 호수에 대한 정보는 시카오이관광협회 홈페이지에서 읽었다. 그 내용을 참고로 나의 방문 경험을 정리해 본다. 어디까지나 나의 관심사만 인용하며 마이 스타일이다.

고마도메코 호수는 시카리베쓰코 호수 남서쪽에 있는 작은 호수. 시카리베쓰코 버스 정류소에서 고마도메코 호수 표시가 있는 곳까지 40분가량 걸어갔다. 자동차가 다니는 도로변이었는데 호수는 도로 아래에 있으므로 위에서 아래로 내려 보았다. 호숫가에 접근 가능할까 살펴보았지만 비탈을 따라 접근하기는 위험해 보여 시도하지 않았다. 시카리베쓰코의 자연센터의 직원 설명에 따르면 도로 마주보는 쪽의 산길로 걸어서 호수 근처에 갈 수도 있으나 호면 접근은 어디에서든 불가능하고, 전체적인 호수의 경치는 도로 위에서 보는 것이 훨씬 뛰어나다고 했다.

고마도메코 호수를 만나기 전에 내 마음대로 이미지했던 호수 모습과 실제 실물은 완전 달랐다. 아주 평범한 호수일 것 같은 선입견은 빗나가고, 고마도메코의 자태는 차분하고 아름답고 품격 높았다. 보고 있으면 나의 마음도 온화해지고 좋지 않은 마음도 고마도메코 호수에 의해 정화되어 좋은 마음으로 바꾸어지는 것 같았다.

주변 암벽은 새앙토끼의 서식지라는데 나는 동물에는 전혀 무지하고 예사로 본다. 새앙토끼는 앞에서 말했듯이 빙하시대의 살아남은 희소(희귀)동물로 지정되어, 어느 지역에서도 소중하게 보호되고 있다는 기사를 보았다. 나는 동물 대신 호수 주변의 꽃과 나무에 더 관심이 많고 관찰하는 편이다. 고마도메코 호수는 주위 800m로 화구의 자취가 호수가 되었다고 하며, 호수 물은 주변의 어떤 개울과 강으로 유입과 유출하는 곳도 없는 데 연중 수위가 바뀌지 않는다고 한다. 주변에 인공적인 어떠한 시설이 없어 더욱 자연 호수로서의 감상 가치가 높다고 느꼈다.

고마도메코 호수는 아이누어로 옷치시토이며, 의미는 "여성의 흐느낌 소리가 울리는 늪"이라는 전설을 소개한 안내판도 보았다. 나는 호수의 각종 전설에 흥미가 없고 자연의 현재 모습을 보는 것이 관심사이다. '고마도메코'는 큰 호수 시카리베쓰코 부근 서쪽의 작은 호수로서 '니시코누마'라는 별명도 잘 어울린다. 시노노메코는 히가시코누마, 즉 동쪽의 작은 호수, 고마도메코는 서쪽의 작은 호수, 두 작은 호수는 서로 대조를 이루며 제각기 멋으로 매력이 넘친다.

찾아간 날짜 : 2015년 8월 18일
찾아간 길 : 시카리베쓰코 버스 정류소에서 도보로 40분 정도

〈42-45〉 홋카이도 동쪽 태평양, 도카치 해안의 호수군

일본 지도책을 보는 것은 나의 취미생활이며 생활 습관의 하나이다. 홋카이도를 좋아하니까 최근에는 홋카이도 전역 지도만 보게 된다. 지도를 보면 태평양 연안에도 오호츠크 연안의 호수처럼 해적호가 연달아 몇 개나 표시되어 있다. 나는 남쪽에서 북쪽으로 호로카얀토, 오이카마나이토, 유도누마, 쵸부시코 순서로 호수 4곳을 탐방했다. 그런데 홋카이도 도카치평야의 태평양연안과 마주보는 호수를

탐방하는데 이용할 수 있는 대중교통편이 없다는 정보는 아직도 여전하다. 나는 이곳의 호수를 찾아갈 수 있는 방법은 무엇일까, 어떻게 가야 하는가 하는 숙제를 쭉 안고 있었다.

여러 번 조사해 보아도 나의 사정과 일정에 맞는 방법은 없는 것 같았다. 그런데 나의 욕망이란 하지 말라고 하면 더 하고 싶고, 못하면 더 갈망하여 도전해 보고 싶어진다. 대중교통은 다이키쵸에서 버스를 타고 반세이온천까지 가서, 그 근처 숙소에 묵어도 그 다음 코스에의 접속이 어렵다. 승용차가 있으면 4군데 호수를 하루 만에 다 돌아볼 수 있는데,,, 그렇다면 택시를 알아보자는 아이디어는 뒤늦게 떠올랐고, 예약을 시도했지만 쉽지 않았다. 그 이유는 일본의 오봉(일본 추석) 기간이라 이미 예약이 되어 있다든가 예약은 가능하지만 작은 마을의 1대 밖에 없는 택시를 5시간 이상 대절하면 주민의 요청에 응할 수 없어서 안 된다는 등 모두 납득할 만했다. 몇 군데 택시회사와 전화 끝에 겨우 이케다역앞의 와인택시회사와 교섭하여 대절을 예약하였다.

시카리베쓰코 호수 외 3군데 호수 견학을 끝낸 오비히로역앞 JR INN에서 묵은 다음 날, 기차로 이케다역으로 가서 예약한 와인택시의 기사님을 만나 인사했다. 드디어 실행불가능 지역으로 반쯤 포기했던 태평양 연안의 호수를 만나러 갈 수 있었다. 택시 안에서 두루미가 날아가는 모습도 보았고 홋카이도 도카치 평야의 드넓은 크기를 실감했다. 그런데 나의 딱한 사정을 모르는 하늘은 처음부터 끝까지 짙은 흐림의 날씨를 잠시라도 맑음으로 바꾸어 주지 않았다. 도카치 해안 호수 견학에 조금이라도 날이 개여 주길 바랐지만 아니었다. 흐리고 안개가 잔뜩 낀 시야. 호수 4곳을 직접 다녀온 것은 사진으로 확인되지만, 나는 꿈에서 본 것인지 환시인지 호수 그들의 모습은 잔

영인지 희미한 옛 그림자인지 확실하지 않다. 기행문을 쓰려고 해도 가장 쓰기 어려워 미루고 미룬 4군데 호수이다.

태평양 연안의 호수를 똑똑하게 견학하지 못해서 애석하지만, 홋카이도 자연은 어디든 아름다웠다. 내가 사는 곳과 다른 북방계 자연이니까 새롭고 흥미롭다. 하기야 이전에는 야자수가 즐비한 남국을 동경하여 야자수를 보러 가까운 규슈에도 드나들었다. 이제는 야자수보다는 사스래나무, 자작나무, 분비나무에 익숙하여 이런 나무에 더 정이 간다. 홋카이도 습원지대를 보면 마음이 편해진다. 같은 곳을 여러 번 여행하다 보면 나도 모르게 여행지에 친숙하여 마치 현지인으로 동화된 것 같은 착각도 할 때가 있다.

찾아간 날짜 : 2016년 8월 19일
찾아간 길 : 오비히로 이케다와인택시를 4시간 대절 호수 돌아보기

42. 호라카얀토(ホロカヤントー, Horokayantoh)

▶ 아이누 민족*의 움집 유적지 근처의 기수호

와인택시로 첫 번째 찾아간 곳은 기수호인 호로카얀토 호수인데, 부근은 짙은 안개로 택시 기사님도 목적지를 찾는데 고생하였다. 택시를 숲의 한 쪽에 주차해 두고 바닷가의 언덕지대(해안단구) 위를 약간 어두침침한 신갈나무 숲을 빠져나와 확 트인 초원지대를 걸어 벼랑 끝부분에서 내려다보았다. 호로카얀토 호수는 바로 앞 태평양과의 사이에 좁고 긴 모래섬(사주) 이 곡선의 한 줄처럼 구부려져 구별되어 있는 모습이 뿌옇지만 시야에 보였다. *아이누 민족 : 일본 홋카이도와 사할린에 사는 한 종족. 유럽 인종의 한 분파에 황색 인종의 피가 섞인 종족이었으나, 일본

인과의 혼혈로 본래의 인종적 특성과 고유의 문화를 점차 잃어 가고 있다.

호라카얀토, 아이누어이겠지만 어쩐지 러시아어 같기도 하다. 이름의 유래는 아이누어의 '되돌아 올라오는 호수'라는 뜻이라는데, 이 말은 태평양의 파도가 물러났다 다시 호수로 들어온다는 뜻인지 정확한 의미는 잘 모른다.

호수 옆 언덕지대에는 이전 아이누 민족이 살던 구덩식 집터(수혈식 주거지)의 복원된 유적이 있다는 안내표지판을 보았지만 그 당시는 자세히 읽어 볼 마음이 들지 않았다. 흐린 날씨에 마음이 불편했고 암담한 분위기에 옛 유적지까지 읽으면 오싹해질 것 같았다. 날씨가 맑은 날 다시 보지 않는 한 호로카얀토에 대한 기억은 어둡다. 다음 호수로 이동하기 전에 그 근처의 유명한 반세이온천*에서 온천욕을 했더라면 기분 전환이 되었을지 모른다. *반세이온천(晩成温泉) : 오비히로시 남동쪽에 위치한 다이키쵸 반세이공동욕장. 태평양 연안에 위치, 1980년에 발견된 온천. 근처에 오이카마나이토 호수와 호로카얀토 호수가 있다.

43. 오이카마나이토(オイカマナイトー, Oikamanaitoh)

▶ 안개 속 호숫가에 부처꽃이 피어 있던 호수

오이카마나이토 호숫가 근처에 주차를 할 수 있었고 바로 앞 호수 물을 만질 수 있는 거리까지 접근 가능했다. 어렵게 온 장소이니 호수 물에 손을 적셔 보았다. 여전히 날씨는 흐린 상태로 시야는 불과 3m미터 이내이었다. 오늘 호수탐방은 아무래도 석연치 않았다. 끝까지 호수 탐방이 잘 될까 아닐까 걱정했다. 그나마 내가 서 있는 오른 편 습지에 부처꽃이 가득 피어 있어 마음이 다소 밝아졌고 섭섭한 마음도 덜하다. 호수 찾는 길에 만나는 꽃들은 귀에 익숙한 음악이 흐르는 카페에서 주문한 따뜻한 커피와 같이 기분 좋은 것이다.

내내 뿌옇게 잔뜩 긴 안개에 앞이 잘 보이지 않았다. 택시는 달리지만 내심 불안하여 무사히 일정을 마칠 수 있을지 방정스런 마음을 억누르지만 쉽사리 없어지지 않았다.

오이카마나이토는 한자로 '生花畓沼'라고 적혀 있으면 전혀 읽을 수 없었고, 토가 달려 있어도 발음하기가 어려웠다. 호수 이름 중 가장 외우기 어려워 지금도 외우지 못하고 있다. 오이카마나이토, 오이카이나이누마, 오이카마나이토,,, 여러 수 번 되풀이해 본다. 도대체 아이누어에서 유래한 말에 한자 전용(転用)은 왜 필요할까. 히라가나, 가타카나 표기라면 읽기라도 하겠지만 고유명사 특히 홋카이도의 아이누어 유래인 지명 등은 한자만으로만 쓰여 있으면 난감할 때가 많다.

44. 유도누마(湧洞沼, Yuhdohnuma)

▶ 언젠가 호반야생식물군락을 볼 수 있기를 소원함

유도누마 호반을 드라이브하는 도중에 두세 번 내려 사진을 찍었다. 와인택시 기사님의 특별 추천 장소이다. 택시가 한참 달렸으니 유도누마는 도카치해안 호수 중 가장 크다는 사실을 어림잡을 수 있었다. 태평양과 마주보는 해변 도로변에 주차를 하고 호수를 바라보았는데 바다 색깔의 파랑은 온데간데없고 온통 무채색이다. 날씨는 약간 심술을 부리는 것 같고 전체적으로 무겁고 처지는 하루이었다.

날씨 탓만 해서 미안하지만 여기까지 오게 된 나의 노력을 생각하면 억울하고 약간 분하기도 했다. 오비히로에 온 겸 발을 뻗혀 태평양 연안의 호수도 같이 다 볼 셈으로 욕심을 부린 것도 반성했다. 즐겁게 대하고 싶은 초대면의 자연 호수 앞에 시무룩한 표정은 매너 위반이라고 자신에게 주의도 주었다. 호수가 날 부른 것도 아니고, 내가 보고 싶어 자발적으로 기꺼이 내 발로 찾아왔고 또 무사히 만났으니 다행이라고 나를 달랬다.

유도누마는 도카치 해안 호수 중에서 최대 호수. 호수와 바다를 사이에 둔 모래톱이 이어지고 도로 양쪽에 원생화원이 펼쳐진다고 하는데 다음 방문 때에는 원생화원의 꽃들이 만발할 때에 맞추어 가고 싶다. 하지만 호수 접근의 공공교통은 존재하지 않아서 실행 여부는 알 수 없다. 유도누마 호수는 일반인에게 재첩 채집이 허가된 곳이라고 한다.

45. 쵸부시코(長節湖, Chohbushiko)

▶ 한 줄로 간격을 두고 재첩을 채취하는 쵸부시코 호수

쵸부시코와 태평양이 마주보는 곳에서 파도소리를 들었다. 파도가 거세게 큰 소리를 내며 밀려오는 모습이 보일 정도로 바다와 가까운 위치이다. 캠프장에는 사람들이 왔다 갔다 한다. 차량도 제법 많이 주차해 있다.

홋카이도에 와서 해당화는 원도 없이 본다. 어릴 때 국민가수 이미자의 '섬마을 선생님'이라는 인기 높은 전통가요에 '♬해당화 피고 지는 섬마을에..♬'를 들을 때는 해당화가 어떤 꽃인지 본 적이 없었다. 가사를 보아 바닷가에 피는 해안 식물인가 무슨 색깔인가,,, 궁금했지만 그걸로 끝났다.

홋카이도 뿐 아니라 일본여행 중에 해당화는 참 많이 보았다. 처음 볼 때는 좋아라고 호들갑을 떨었는데 지금은 흔한 꽃으로 사진도 잘

찍지 않는다. 바닷가가 아닌 곳에도 많다. 삿포로의 오도리공원에도 보았고 하코다테, 구시로, 레분토 등 홋카이도 어디에서든 만났고 혼슈 동북 지방에도 쉽게 만날 수 있는 흔한 꽃같이 생각되었다.

물이 빠진 호수의 펄에는 한 줄로 사이사이 간격을 두고 한 사람씩 재첩을 캐는데 몰두하고 있다. 도로 변에는 해당화가 피어있으나 끝물인지 아주 싱싱한 모습은 아니었다. 파도 소리도 경쾌하지도 않고 무섭고 꽃들도 지쳐있게 보이니 이 모든 것이 날씨로 인한 내 감정의 변덕이라고 생각했다. 유감이다. 맑게 갠 좋은 날씨이었다면, 홋카이도 동쪽에서 보는 태평양의 광활한 모습에 감동하며, 파도의 자연 소리를 오케스트라의 힘찬 연주라고 비유할 만한데,,, 날씨와 인간의 생활, 감정의 연관이 오늘따라 불협화음 같다. 도카치 해안의 호수 둘러보기는 쵸부시코의 태평양해변에 피어있던 해당화의 영상과 함께 무사히 끝냈다. 해당화는 이 코스에서 나의 추억을 연상할 수 있는 관련어가 되었다.

마지막으로 4시간에 걸쳐 도카치해안 호수를 안내와 나의 주문에도 잘 응대해 주신 이케다와인택시의 다무라상에게 진심으로 감사드린다.

46. 도요니코(豊似湖, Toyoniko)

▶ 맑은 날씨 속에 호수 한 바퀴 산책한 산 속의 비경 도요니코 호수

에리모쵸의 도요니코 호수는 외딴 곳에 위치하지만 승용차만 있으면 비교적 간단하게 갈 수 있다. 자동차 통행이 가능한 산길을 주차장까지 올라가면, 도요니코 호반까지는 걸어서 몇 분이면 도착한다. 주차장 안내표지를 따라 침엽수림 속의 바위가 많은 산길을 오르면

단 몇 분만에 믿을 수 없을 만큼 아름다운 호수가 눈앞에 나타난다. 단 삿포로 출발의 경우는 에리모까지 거리가 꽤 멀다.

나의 경우는 오비히로에서 노선버스로 끝없이 넓은 도카치평야를 횡단하여 히로오를 향하여 출발, 히로오의 예약한 호텔을 거점으로 에리모미사키(에리모곶)와 도요니코 호수 여행을 2박 3일 코스로 계획했다. 처음에는 히로오 첫 출발의 버스로 메구로 마을까지 가서, 그곳에서 왕복 도보를 계획했는데 이럴 경우 숙소로 돌아갈 버스 편이 보장되지 않아 여러 가지 궁리 끝에 갈 때는 택시로 호텔로 돌아올 때는 버스로 결정했다. 호텔에 돌아오기 위한 도요니코 호수 출발 메구로버스 정류소까지의 편도 10km를 걷는데 3시간 반이나 걸렸다. 이른 새벽에 출발하지 않는 한 나에게 도요니코 호수 견학의 왕복 도보는 애초에 당치도 않는다.

나는 이전부터 도요니코 호수 탐방을 간절히 원하고 있었다. 그 덕분에 걸음하기 어려운 에리모미사키까지 여행할 수 있었다. 인터넷 검색에서 호텔 소개 사이트를 보고 예약한 히로오의 무라카미여관은 가정집 반찬과 같이 정겹고 맛있는 아침 식사와 넓은 방과 편안한 잠자리는 여행 후에도 긴 여운으로 남아 있다. 또 도요니코 호수의 주차장까지 깔끔한 복장으로 손님에 대한 친절하고 따뜻한 마음으로 안전하게 운전해 준 개인택시(하이야*) 사장이자 운전자인 기무라 상의 인품은 도요니코 호수만큼 아름답게 기억하고 있다. 에리모 일대 여행은 처음부터 종료까지 원만하게 진행되어 모든 면에서 만족하며 감사했다. *하이야 : 일본어 영어 조어로 영업소, 차고 등을 거점으로 이용객의 요청에 따라 배차하는 자동차를 말함.

렌트카 운전 여행자에게는 에리모미사키와 도요니코 호수도 꼭 추천하고 싶은 곳이다. 도보여행자에게도 가능한 곳이다. 내가 다녀온 곳이라면 누구라도 다녀올 수 있다.

에리모미사키와 도요니코 호수를 여행하고 히로오역앞 버스정류소에서 2시간 반 정도 걸려 오비히로로 이동했다. 버스 차창으로 도카치 평야를 느긋하게 구경했다. 내가 좋아하는 미나리과 키가 큰 식물 안젤리카속 하얀 꽃들이 나를 전송해 주는 듯이 버스 따라 나타났다 쉬었다 또 나타나 주었다.

버스 승객 일행 중 중국인 관광객이 여행 가이드북을 들고 행복(幸福駅 고후쿠에키) 역에 내린다. 오래 전에 읽은 일본 여행 책에 '행복역'과 '애국역'이 있다더니 그곳이 홋카이도 지금 내가 탄 버스가 지나가는 도로 가까이에 있었다. 지금은 열차가 다니지 않는 구 히로오센의 자취임을 이제 알았다. 구 히로오센 철도는 승객 감소로 적자운행이 되어 폐지되었지만, 오비히로역에서는 '애국역(愛国駅)에서 행복역(幸福駅行き)으로 가는 차표'는 기념으로 아직도 판매하고 있는 것 같았다. 나도 어딘가의 행복역에 하차하기 위해 '애국역에서 행복역행(愛の国から幸せへ)기차표'를 구입해 둘 걸 그랬나 하는 생각도 해 본다. 일본어 읽기는 애국은 '아이코쿠', 행복은 '고후쿠'인데 그냥 한글 독음으로 적어 보았다. 또 여기서의 '아이코쿠'란 나라를 사랑하는 뜻보다 '사랑의 나라'라는 뜻으로 '사랑의 나라에서 행복으로'로 해석해 본다.

토요니코 호수는 홋카이도 히다카산맥에리모국정공원내의 유일한 자연 호수이다. 해발 260-270m에 위치하고 주위는 약 1km. 직접 유입 · 유출 하천은 없는 내륙호*(内陸湖)이다. 현지인들은 호수의 형상이 말의 발굽을 닮아서 바테이코(馬蹄湖)라고도 말하고 하트 모양을 하고 있어 하트 레이크로도 불린다. 삿포로에 있는 이시야제과의 텔레비전 시엠(CM)에서 하트 모양의 호수로 알려지게 되었다. 깊은 삼림 지대에 둘러싸였으며 호수의 주변에는 새앙토끼가 살고 있다고 한다. 에리모미사키로 통하는 오곤도로*(黃金道路 황금도로)에서 산길 따라 차로 접근이 가능하다. *내륙호(內陸湖) 〈지리〉 내륙에 있으며, 바다로 흘러 나가지 아니하는 호수. 건조 지역에 있는 것이 보통이며, 증발이 심하여 염분을 많이 포함하고 있다. 사해, 카스피 해, 아랄 해 따위가 있다. *오곤도로(황금도로)의 명칭은 에리모의 쇼야 히로오초 간의 33.5km의 해안도로. 황금을 깔아놓을 정도로 건설에 막대한 비용을 투자하여, 절벽을 절개하고 뚫어 난공사 끝에 개통한 도로에서 유래했다고 한다.

찾아간 날짜 : 2016년 7월 20일
찾아간 길 : 오비히로출발 히로오행 버스로 종점 하차. 히로오에서 택시, 버스, 도보 혼합

이시카리·이부리·오시마지역(石狩·胆振·渡島エリア / Ishikari·Iburi·Oshima Area)

47. 모에레누마(モエレ沼, Moerenuma)

▶ 삿포로 모에레공원의 모에레누마 호수

홋카이도의 중심도시(종주도시*) 삿포로, 현대적이고 세련된 도회지인 삿포로는 일본인의 도시조사 결과에서 매년 매력의 도시 상위를 차지한다고 한다. 우리나라의 일본 여행객들에게도 "일본 어느 도시를 여행하고 싶은가." 하는 조사에서 도쿄 다음의 2위에 선정되었다고 하는 기사를 어디선가 읽은 적이 있다. *종주 도시(宗主都市)(국토계획학) 특정지역에 인구가 집중하는 인구내파(人口內破) 현상으로 인해 나타나게 되는 하나의 중심적인 거대도시를 말한다.

나는 일본의 도시 중 오랫동안 후쿠오카를 가장 좋아한다고 외고 다니다 이제는 삿포로를 가장 좋아한다고 변덕을 부린다. 삿포로 마니아는 아니지만 삿포로 빅팬이다. 홋카이도의 대자연을 보는 것도

좋아하고, 삿포로의 반듯한 거리에 늘어선 빌딩의 도심을 구경하며 산책하는 것도 즐긴다. 이곳 삿포로에도 모에레누마와 페케렛토의 천연 호수가 있다니 당연히 내가 찾아갈 대상이다.

방문하기 전에 "모에레누마 호수는 삿포로시 동구 모에레누마 공원에 있는 호수로서 이시카리 저지대에 남은 도요히라강 혹은 이시카리강의 하적호이다. 명칭은 아이누어의 '모이레, 펫(흐름이 느린 강)'에서 유래한다고 한다."는 기본 정보를 읽어 보았다.

모에레누마를 보았을 때 이와 닮은 다른 호수를 떠올렸다. 아이치현 유일한 자연 호수인 아부라가후치와 비슷하다. '하적호'라는 형성요인이 같아서 비슷하게 보이는지 모른다. 모에레누마 방문의 다른 특별한 느낌은 생각나지 않는다. 나의 호수 탐방 예정지를 찾아보았다는 미션 수행의 성취감, 홀가분함만으로 충분하다. 삿포로에 온 김에 모에레누마를 보았거나 모에레누마를 보러 삿포로에 왔거나 나는 어느 쪽도 다 좋다.

당일은 모에레누마와 페케렛토의 두 군데 견학 예정이라 서둘렀다. 모에레 공원도 둘러보고 싶었지만 마음의 여유가 없고 천둥과 비가 예상된다는 일기예보도 걱정이 되었다. 세계적인 조각가 이사무 노구치의 유작이 되었다는 모에레 공원. 기행문을 쓰면서 20세기를 대표하는 이사무 노구치와 모에레 공원과의 관련된 기사를 찾아 읽어 보았다. 기자의 질문에 대한 노구치의 대답을 명언으로 기억한다. 노구치는 "인간이 훼손한 땅을 예술(아트)로 다시 살리는 것, 그것이 나의 일입니다."라며 모에레 공원의 정비계획에 참가를 희망했다고 한다.

찾아간 날짜 : 2015년 9월 27일
찾아간 길 : 지하철과 노선 버스

48. 페케렛토(ペケレット, Pekeretto)

▶ 입장료가 필요한 천연 호수 페케렛토

나의 기행문에 이 호수는 '페케렛토'라고 적었다. '코(湖)'나 '누마(沼)'를 빼고 '페케렛토'라 하였는데 인터넷 자료를 보면 페게렛토코로 검색된다. 인터넷 일본의 사전 항목에서 '페케렛토, 페케렛토코, 페케렛토누마'의 3가지를 검색해 보았으나, 모두 이 검색어로는 '일치하는 정보는 찾지 못했습니다.' 로 나온다. 나는 사전 항목의 소개를 알고 싶었고, 사전 아닌 웹 문서 전체 페이지에서는 '페케렛토코'라는 기사는 나타난다.

호수의 명칭은' 페케렛토코' 혹은 '페케렛토누마'라고 불리지만, '페케렛토'는 아이누어에서 유래하여 '페케레'는 '밝다' '토'는 '늪' 혹은 '호수'의 의미이므로 한국어의 '역전앞'과 같이 '전'과 '앞'의 같은 말이 중복되어 버린다. '오이카마나이토'를 '오이카마나이누마'라고 부르는 것은 '호수'혹은 '늪'의 중복이 없어 옳다. 하지만 '페케렛토'는 '페케렛토' 만으로 충분한데, '페케레토코' 혹은 '페케렛토누마'라고 부르는 것은 적합하지 않고 잘못되었다고 지적하는 의견도 들었다.

나도 이 의견에 동감하였다. 인터넷 자료에 '페케렛토코'로 확인했고 역앞의 주변 안내지도에도 '페케렛토코'라고 표시되어 있음도 보았다. 하지만 나는 기행문의 호수 이름으로 '페케렛토'를 선택했다. 호칭의 중복은 페케렛토뿐만 아니라 포로토코도 같은 경우이지만 포로토는 포로토코로 인터넷 자료를 따랐다. 홋카이도의 호수 이름은 아이누어 유래가 많고, 여러 가지로 불리고 있는 경우는 나는 어느 것이 정확한지 모른다. 호수 이름에 '토-'와 '누마' '코'를 혼합하여 부르고 있는 정도로 이해하고, 보다 상세한 공부는 다음으로 미룬다.

페케렛토에는 기차를 타고 갔다. 가는 길은 삿포로역내의 관광협회에서 가르쳐 준 대로 JR 삿쇼센 애칭 학원도시선인 가쿠엔토시센을 타고 20분 정도 걸리는 다쿠호쿠역(拓北駅)에 내렸다. 역앞 주변 안내 지도의 페케렛토 호수를 사진을 찍어 참고하며 한참 찾았는데 목적지 주변에 와도 보이지 않는다. 호수가 어디에 숨었는지 나오지 않는다. 호수 근처에 와서 호수를 찾지 못해 애를 먹는 일은 비단 오늘만의 일이 아니지만 너무 힘들었다.

길을 찾는 도중 저 편에 어떤 건물이 보여 물으러 들어가니 입구에 페케렛토호원이란 간판이 있다. 그곳이 호수에 들어갈 수 있는 레스토랑 입구이었다. 페케렛토는 이 건물 안에 있어 밖에서는 수풀로 조성된 높은 울타리(벽)에 가려 보이지 않았다. 그래서 어디 숨어 있는지 보이지 않고 찾을 수 없다는 느낌이 들었던 것이다. 페케렛토는 천연 호수이나 이 일대의 토지를 소유한 택시회사가 관리하는 레스토랑 정원의 일부로서, 로비에서 음료수가 딸린 입장료를 지불해야 볼 수 있는 곳이다. 잘 관리된 산책로를 따라 호반 한 바퀴 걷는 도중 이시카리강의 큰 울림 강물의 자연 소리는 폭이 넓은 강의 규모와 주변 숲과 조화를 이루고 있다고 느꼈다.

찾아간 날짜 : 2015년 9월 27일
찾아간 길 : 삿포로역 삿쇼센 다쿠호쿠역 하차 도보 1시간 정도

49. 시코쓰코(支笏湖, Shikotsuko)

▶ 눈과 얼음의 빙도제(氷涛祭) 시코쓰코 호수
겨울의 시코쓰코 호수, 차디찬 풍경이지만 매혹적이다. 나무는 전

부 헐벗고, 호수 수면은 짙은 파랑이다. 겨울 북해도이니 추운 것은 당연하다. 흰 눈과 얼음은 보기에도 추워 보여 접근하기가 두렵다. 바다 같이 넓은 호수, 하늘은 맑고 푸르다. 하얀 눈으로 만든 인위적 작품들이 자연 속에서 자연과 서로 잘 융합되어 있다.

겨울이 아니고서는 느껴볼 수 없는 분위기, 무지 춥다, 손이 얼어 사진 찍기도 어려웠다. 호수와의 만남 퍼포먼스로 호수 물을 만져 보고 싶지만, 오늘 같이 살을 에는 추위 속에서는 손을 담가보는 것은 어림도 없다. 여름에는 얼마나 멋질까, 산책도 가능할 것이고,,, 그러나 나는 여기의 얼음과 눈의 축전인 빙도제를 보러 왔으니까 지금 계절에 불만을 말해서는 안 된다. 추위도 참아야 한다.

버터감자, 튀김 메밀국수를 먹고 방문객센터 자료관에 들러 호수에 관한 영상 자료를 보았다. 일본의 자료관은 어디든 내방객의 수요에 충실하게 대응하고 있다. 자료관의 실내는 훈훈하여 바깥의 맹추위를 금방 잊어버린다. 추위 속의 겨울호수는 쓸쓸하기 그지없지만 기품있고 도도하다. 호수 전체를 둘러보지 못했지만 빙도제*가 열리는 장소와 상점가에서 꽤 시간을 보냈다. *빙도제: 빙도를 소재로 한 축제. 빙도 : 바람과 파도. 바람이 불어 파도가 이는 것, 또는 그 파도, 풍랑

여러 자료를 읽고 시코쓰코 호수에 대해 정리해 본다. 시코쓰코 호수는 홋카이도 치토세 서부에 있는 일본 3대 칼데라호의 하나. 담수호로 시코쓰도야국립공원에 속한다. 일본의 부동호(不凍湖) 중에서는 최북단의 호수이며, 아키다현의 다자와코 호수에 이어 일본 제2의 수심을 자랑한다. 시코쓰의 유래는 아이누어의 시 코쓰(큰 웅덩이) 라는 치토세강의 옛 이름이라고 한다.

찾아간 날짜 : 2013년 2월 12일
찾아간 길 : 삿포로역에서 기차로 치토세역 하차, 치토세버스터미널에서 노선 버스

50. 우토나이코(ウトナイ湖, Utonaiko)

▶ 야생동물 보호구인 우토나이코 호수

우토나이코 호수는 도마코마이역에서 노선버스로 찾아갔다. 호숫가를 따라 산책하며 9월 하순의 식물 모습을 관찰하였다. 여기는 조류관찰 명소, 우토나이코 자기소개의 내용에도 온통 조류보호구역이나 야생동물보호구임을 자랑하고 있었다. 들새를 좋아하는 동호인들에게 상당히 인기 있는 곳이라 생각했다. 나는 아무래도 동물보다 식물계이다. 호숫가에 에조용담꽃이 참 많이 피어있다. 어쩌나 반가운지 찰칵 찰칵 찰칵 여러 번 찍었다. 청보라빛 용담 꽃밭을 보니 우토나이코 호수에 온 보람이 있다.

다녀온 후 복습으로 적어 본다. "우토나이코 호수는 홋카이도 중앙 남부 도마코마이시 북동부에 있는 해적호이며 담수호이다. 우토나이코, 우토나이누마라고 부른다. 철새의 중계지가 되고 있으며 250종 이상의 조류가 확인되고 있다고 한다. 우토나이코 호수 주변은 이미 20세기 후반부터 건조화가 현저했다. 호수의 평균 수위는 차츰 낮아져 생태계의 변화가 가속되고 있으며 면적은 점차 축소하고 있는데 호수 물의 유입량보다 유출량이 약간 많기 때문이라고 한다." 이러한 호수의 기본 정보도 읽고 또 읽는다.

찾아간 날짜 : 2015년 9월 25일
찾아간 길 : 도마코마이역앞 노선버스로 우토나이코 버스정류소 하차 도보

51. 포로토코(ポロト湖, Porotoko)

▶ 시라오이 아이누민족박물관 옆의 포로토코

홋카이도 여행을 마치고 혼슈로 이동하기 전날 밤, 포로토코 호수를 들리지 않고 그냥 떠나기가 아까워 한 번 다녀온 길을 다시 한 번 더 갔다. 조금 더 일찍 포로토코 호수의 위치가 기차역에서 도보로 다녀올 수 있는 거리임을 알았으면 좋았는데,,, 뒤늦게 알았다. 정보 검색을 한다고 했는데 더 상세하게 하지 않은 게 잘못이다. JR 홋카이도 특급 차내 잡지에 실린 홋카이도 지도를 보았을 때 포로토코 호수는 역과 상당히 떨어져 표시되어 있었다. 하나의 자료에만 의존했고 다른 자료를 참고로 확인하지 않고 내 감각으로 잘못된 판단을 한 본보기이다.

출발할 때부터 비가 내렸지만 도중에 개어주길 기대하며 다시 노보리베쓰로 향했다. 이틀 전에 굿타라코 호수도 추적추적 내리는 비로 제대로 견학이 되지 않아 미련이 남아 있고, 포로토코 호수도 보기 위해 노보리베쓰에 또 갔다. 노보리베쓰역에 내려 버스로 바꾸어 타고 노보리베쓰온천가에 도착하였지만 굿타라코 호수를 산위 전망대에서의 관람은 역시 가능하지 않았다. 날씨는 더 흐려져 있고 실망했지만 어쩔 수 없다며 굿타라코 호수는 포기하고 포로토코 호수로 급하게 이동했다.

포로토코 호수를 가기 위해 노보리베쓰역에서 보통 열차로 가까운 시라오이역에서 내렸다. 역에서 내려 그다지 멀지 않았지만, 끝까지 비는 오락가락하며 방문객인 나에게 편의를 제공해 주지 않았다. 철도 건널목을 건너자 포로토코 호수가 보이기 시작했다. 그 옆에 아이누민족박물관 간판도 보일 무렵 이제야 비는 조금 그쳤다. 인간의 뇌는 정말로 신비하다. 한 번 본 것은 세월이 많이 흘렀는데도 기억을 재생시킨다. 분명히 여기는 1999년 2월, 삿포로 → 노보리베쓰온천 → 도마무리조트 → 도야코 호수 → 오타루→ 죠잔케이온천 → 삿포로 6일 여행 때 들린 곳이다. 홋카이도 첫 여행 때 나는 일행의 여행 플래너*와 가이드 등 여행사 스태프*역할이었다. *플래너 : 기획자 *스태프 : 담당자

18년 전 큰 연어를 높은 장대의 빨래줄 같은 데 말리고 있던 장면이 떠올랐다. 꽁꽁 얼어붙은 곳이 호수인지 강인지도 몰랐던 곳이 바로 지금 내가 목적지로 찾아온 포로토코 호수이었다. 다시 이곳을 찾아온 이유는 가보지 않은 곳이라면 새로운 호수를 하나 더 견학하고 싶은 마음과 만약 가 본 곳이라면 과거의 추억을 회상하고 내 기억 속에 존재하는 그 장소가 맞는지 현장을 확인하고 싶었기 때문이었다.

2016년 9월에 만난 포로토코는 두 번 째 재회였는데 평온하고 예쁜 인상이었다. 아이누민족박물관 쪽으로도 가 보았는데 썰렁하여 휴업인지 영업 중인지조차 모를 정도이었다. 포로토 호수 주변은 약간 달라졌어도 이전의 택시 기사님의 가이드로 찾아와 아이누민족의 전통 무용을 보았을 당시의 모습이 완전히 사라지지 않아서 좋았다.

포로토코 호수는 시라오이의 관광지이며, 근처에 아이누민족의 마을인 포로토 고탄과 포로토 온천이 있다. 포로토코 방문 기념 온천욕은 시간 부족으로 생략했다. 오늘 중 하코다테를 거쳐 혼슈 아오모리에 도착해야 했다.

찾아간 날짜 : 1999년 2월 25일, 2015년 9월 28일
찾아간 길 : 노보리베쓰온천가에서 택시, 노보리베쓰역에서 시라오이역 하차 도보 10분

52. 굿타라코(俱多樂湖, Kuttarako)

▶ 비가 와서 유감 굿타라코 호수

굿타라코 호수 방문일은 비가 많이 내렸다. 비가 오니 으슬으슬 춥고 도보로 찾아갈 길도 아니고 택시로 돌아보는 것이 정답이다. 굿타라코 드라이브웨이를 따라 호수가 보이는 도로에 주차하고, 나는 호반에 걸어내려와 우산을 비스듬히 쓰고 호수 전체의 모습을 보며 사진을 찍었다. 비오는 날의 산 속의 호수를 찾은 나는 정해진 일정을 미룰 수 없는 사정이라 감행했지만, 그리 유쾌하지 않았다. 날씨만 좋았으면 굿타라코 호수도 높이 평가될 경관인데 아까웠다. 그보다 이 호수만은 산 위에서 내려 보고 싶었는데 처음도 두 번째도 다 실현되지 못했다. 굿타라코 호수도 언젠가 다시 찾아가야 직성이 풀릴 것 같다.

곰을 사육하는 목장의 입장권을 구입하여 들어가면 굿타라코 호수를 산 위에서 관람할 수 있는 전망대가 있지만, 비싼 입장료를 지불하고 들어가도 날씨가 나쁘면 보이지 않는다고 하여 아쉽지만 포기했다. 공중 촬영의 굿타라코 사진은 마슈코 호수와 비슷해 보여 꼭 보고 싶었다. 또 홋카이도 대표 온천 지역인 노보리베쓰온천에 와서 온천욕보다 굿타라코 호수에만 집착한 게 조금 후회되었다. 당일치기 온천이라도 하고 올 걸,,,

굿타라코 호수에 대한 학습 정리도 해 두면, 홋카이도 시라오이군 시라오이쵸에 있는 칼데라호로 이름은 아이누어의 쿳타루·우시·토(호장근*이 군생하는 호수)에서 유래한다고 한다. 노보리베쓰 온천 동쪽 약 2km 위치에 있다. 시코쓰도야국립공원에 속하며 기상청의 상시 관측 화산(활화산) 굿타라화산의 일부이다. 주위 약 8km의 둥근 호수로 유입·유출하는 강이 없으며 수질은 매우 좋으며 투명도는 마슈코 호수에 이어 2위로 꼽힌다. 겨울은 전면 결빙하기도 하고 3월 중순부터 하순까지 호수의 수면은 동결한 상태가 된다고 한다. *호장근 : 여뀌과의 식물(Fallopia japonica)

찾아간 날짜 : 2015년 9월 26일
찾아간 길 : 노보리베쓰역에서 택시

53. 오유누마(大湯沼, Ohyunuma)

▶ 노보리베쓰온천의 열탕 호수

굿타라코 호수를 거쳐 다음은 오유누마를 보았다. 조망 장소는 택시 기사님이 추천해 준 곳이니 오유누마의 뷰포인트일 것이다. 화구 흔적 같아 보이는 움푹 파인 둥근 찻잔 같은 바닥에서 온천의 부글부글 끓어오르는 뜨거운 김과 연기가 뭉게뭉게 피어오르고 있다.

오유누마는 폭발 화구의 흔적으로 주위 약 1km의 표주박형의 늪 바닥에서 약 130℃의 유황 샘이 격렬하게 분출하여, 표면의 온도도 약 40℃~50℃로 회흑색이라 한다. 예전에는 바닥에 퇴적하는 "유황"을 채취한 곳이라고 들었다. 굿타라코 호수는 비 때문에 유감이었는데, 오유누마에 도착했을 때는 날씨가 흐림으로 바뀌었기에 더 신기하고 멋진 광경으로 보이는 것 같다. 온천 증기의 굉장한 모습과 함께 활화산의 분위기를 느꼈다.

찾아간 날짜 : 2015년 9월 26일
찾아간 길 : 노보리베쓰역에서 택시

54. 도야코(洞爺湖, Tohyako)

▶ 에조후지(요테이잔) 산의 협찬으로 더욱 더 아름다운 도야코 호수

2015년 5월에 만난 홋카이도 호수는 도야코 호수와 오누마 호수 2 곳이다. 하코다테 출발 특급 첫 기차를 타고 오누마공원역에 내려 오누마 호수를 본 후, 오후에 도야코 호수에 도착했다. 두 호수는 특급 열차로 1시간 30분 남짓, 130km 떨어져 있는데, 두 호수가 마치 쌍벽을 이루는 듯 제각기 뛰어난 경관에 감탄사를 연발했다.

앞서 소개한 포로토코 호수 첫 여행 때에 도야코 호수에도 들렀다. 그 때는 한 겨울이라 호숫가는 눈이 쌓여 걷기 어려웠고 관광객은 우리들 일행뿐이었다. 유명한 관광지인 도야코 호반에 왔지만 살을 에는 추위 속에 할 수 있는 일은 사진 몇 장만 찍은 일이다. 아무리 추워도 기념 촬영(인증 샷, 그 당시 말로는 증명사진)은 해야 한다며 호수 이름이 적힌 간판 옆에 섰지만, 이런 추위 속에 호수를 더 보고 싶어 하는 사람은 아무도 없었다.

두 번째의 도야코 호수는 겨울이 아닌 신록의 5월이라 그런지 마치 첫 방문과 같이 신선하고 설   다. 나는 도야코 호수의 명성을 들은 적도 없는 것 같이 만족했다. 오전 오누마의 경치에 그렇게 감탄을 하고 오후에는 감탄할 힘도 남아 있지 않은 것 같은데 자꾸 감탄하고 감동했다. 오누마 호수와 우열을 가리지 못할 정도로 도야코 호수도 아름다웠다.

에조후지(홋카이도의 후지산)라고도 불리는 요테이잔* 산도 도야코 호수의 경치를 돋보이게 하는데 크게 한 몫 한다. 유람선 안에서 도야코 호수에 대한 스토리를 들으며 요테이잔 산의 특이한 모습에 도취한 한 때도 뒤로 하고 삿포로행 기차를 탔다. *요테이잔(羊蹄山): 홋카이도

시리베시 남부에 있는 해발 1,898m의 성층 화산이다. 일본 100 명산에 선정되어 있다.

나는 미지의 호수를 우선으로 찾아다니고 싶으니까 도야코 호수의 세 번째 방문은 당분간 계획하지 않는다. 그렇지만 삿포로 근교 여행을 계획하는 여행자에게 도야코 호수도 일정에 포함시키면 후회하지 않을 것이라고 추천하고 싶다.

도야코 호수에 대해 암기한 것을 적어본다. 호수는 홋카이도 남서부에 위치한다. 빈영양호*이며 직경 약 10km의 원형에 가까운 칼데라호수이다. 칼데라 호수로서는 굿샤로코, 시코쓰 호수에 이어 일본에서 세 번째 크기이다. 주변이 시코쓰토야국립공원으로 지정되어 있고 "일본 지오파크" 및 "세계 지오파크"에 등록되어 있으며, "일본의 백경." "새 일본 여행지 100선" "아름다운 일본의 걷고 싶은 길 500선"에도 선정된 홋카이도 유수의 관광지라고 한다. *빈영양호(貧營養湖) 〈지리〉 물속의 영양 염류 농도가 낮아서 생물 생산력이 낮은 호수. 수심이 깊고 맑으며, 저수지 또는 관광지로 이용한다.

도야코 호수와 시코쓰 호수를 다녀와서 일본정부관광국(JNTO)의 기사를 읽어 보았다. 자료 열람(2017년 3월) 후 궁금한 점이 있다.

"도야호 : 겨울에도 결빙되는 일이 없으며, 일본에서도 최북단의 부동호로 일년내내,,,

시코쓰호 : 홋카이도 남서부 지토세시의 서부에 있는 시코쓰 호수는,,, 겨울에는 결빙하는 일이 없어 부동호의 북한계로 알려져 있다."

위 기사 중 도야코 호수의 "일본에서도 최북단의 부동호"와 시코쓰호수의 "부동호의 북한계"와는 무엇이 어떻게 다른지 궁금하다. 일본의 인터넷 여러 사이트를 찾아보아도 도야코 호수에 관해 '부동호로서 최북단 호수'라는 내용은 찾지 못했다. 그러나 시코쓰코 호수 자료에는 '일본 최북의 부동호'라고 탑재되어 있었다. "도야코 호수 -일본에서 최북단의 부동호"와 "시코쓰 호수 -부동호의 북한계"는 표현은 다르지만 나의 배경지식으로는 같은 내용인 것 같다. 일본의 가장 북쪽에 위치하는 얼지 않는 호수(부동호)는 어느 쪽인지 자꾸 궁금하다. 내 생각은 '최북단의 부동항'이라면 도야코 호수 보다 시코쓰 호수가 더 북쪽이니까 시코쓰 호수라고 생각한다.

나의 기행문에 혼자 하소연하지 말고 일본정부관광국에 문의하여 답변을 듣고 싶지만 내키지 않는다. 절대적으로 알고 싶다면 스스로 연구조사하면 된다. 공공기관의 홈페이지 기사는 어느 사이트보다 검증된 것으로 믿고 싶은데, 간혹 오타와 내용 오류로 의심되는 부분도 눈에 띈다. 홈페이지에 독자의 질문이나 의견을 전할 수 있는 코너가 개설되어 있으면 문의하는데 편리하고 좋겠다고 생각했다. 그런데, 아무래도 위의 의문이 풀리지 않아서 자연 분야에 지식이 풍부한 지인에게 질문하여 다음과 같은 대답을 들었다.

"호수의 동결하는 조건에는 깊이, 호면의 넓이, 수질, 위도, 해발 등 여러 조건이 있습니다. 혼슈의 호수도 해발이 높은 곳이면 동결하기도 하고, 수질에 염기질이 많이 포함되어 있는 경우는 동결하기가 어려운 것 같습니다. 최북이라는 표현은 "가장 북쪽에 위치하다"라는 지도상의 위치이고, 북쪽 한계라는 표현은 "가장 북쪽에 분포하다"라는 지리학 용어입니다. 확실히 두 호수에 관한 일본 정부 홈페이지 사이트의 견해에 혼란이 있는 것 같습니다만, 저자들의 감각 문제도 다분히 포함된 것으로 느낍니다. 그래서 이 문제에 너무 연연하지 말고, 시코쓰 호수도 도야코 호수도 동결하지 않거나 혹은 일부밖에 동결하지 않는다면, 더 북쪽에 있는 시코쓰 호수를 최북 혹은 북쪽 한계의 부동 호수로 이해하는 것이 좋겠지요."

지인의 의견이 다 옳은 것은 아니지만 나의 생각도 틀리지 않는 것 같다. 일본정부관광국(JNTO)의 한국어 버전 도야코 호수의 "일본에서 최북단의 부동호로,,," 하는 부분은 나 혼자만의 의문사항으로 남긴다.

찾아간 날짜 : 1999년 2월 26일, 2015년 5월 23일
찾아간 길 : 노보리베쓰에서 택시, 오누마공원역에서 특급으로 도야역 하차, 도야 코온천행 버스

55. 오누마(大沼, Ohnuma)

▶ 일본 신 3대경치에 뽑힌 오누마

하코다테에서 삿포로를 향할 때, 삿포로에서 하코다테로 내려올 때 열차 창밖으로 오누마가 보인다. 오누마의 호수의 어느 부분에 철도 다리가 만들어져 있어 그 위를 기차가 통과한다. 기차 안에서 보는 오누마의 아름다움은 그 짧은 예고편에 불과하다. 직접 방문해 본 후 왜 '일본의 신3경(日本新三景)'에 뽑혔는지 충분히 납득했다. *신3경: 오누마(홋카이도 나나에쵸), 미호노마쓰바라(시즈오카현), 야바케이(오이타현)

기차 안에서 본 오누마가 너무 아름다워서 하코다테에 올 때 꼭 오누마를 찾아보아야지 벼르고 있었다. 이 오누마는 일본 3대 명물의 페이지를 검색하다 '일본 신 3경'에 포함되어 있어 깜짝 놀랐다. '일본 3경'은 익혀 알고 있었는데 '신 3경'은 잘 몰랐다. 어떻든 '일본 신 3경'에 홋카이도의 오누마가 들어있다는 사실은 홋카이도 애호가로서 환영하고 기뻤다. 오누마가 일본 신 3경의 하나임을 알았으면 훨씬 빨리 찾아갔을 것이다.

오누마는 유람선을 타고 돌아보아도 아름답고 호반에서 멀리 산책하며 보는 것도 멋있고 달리는 기차 차창으로 약간 위 위치에서 보는

것도 근사하다. 어디서 보아도 위대한 자연의 창조품으로 느꼈다. 오누마는 겨울에는 부동이 아니고 전면적으로 얼기 때문에 11월 중순부터인가 다음 해 4월초까지는 유람선도 휴업이라 한다. 유람선 가이드 남성은 "유람선 가이드인 나는 겨울에는 실직하기 때문에 다른 지방에 일자리 찾으러 가야만 한다."고 웃으며 말했다.

'센노 가제니 낫테(천 갈래 바람이 되어)'라는 가요의 발상지가 오누마라는 것도 오누마 방문으로 알게 되었다. 이전부터 알고 있던 곡으로 악보도 여러 버전을 갖고 있지만 작곡자가 오누마 근처에 거주하는 것까지는 몰랐다. 이 노래에 대해서는 나의 기행문 '노래와 문학관 견학' 파트에 이미 언급했다.

오누마는 재일작가인 이회성의 소설 '가야코를 위해서(伽耶子のために)'의 DVD감상 중에 등장하는 장면을 보았다. 그리고 오누마의 배경인 고마가타케* 산은 동화 '긴가테쓰도노 요루(銀河鉄道の夜, 은하철도의 밤)'를 쓴 미야자와 겐지의 여동생 도시코에게 보내는 만가(挽歌) *'분화만(녹턴), (噴火湾(ノクターン))'에도 노래되고 있다고 한다.

*고마가타케(北海道駒ヶ岳)는 홋카이도 모리쵸, 시카베쵸, 나나에쵸에 걸친 해발 1,131 m의 활화산(성층 화산)이다. 오시마 반도의 랜드 마크로 '에조고마가타케' '오시마 고마가타케'라고도 불린다. *만가(輓歌/挽歌): 죽은 사람을 애도하는 노래나 가사.

나는 매번 삿포로와 하코다테 간의 특급열차를 타면 오누마와 고마가타케가 나타날 즈음이면 자리에서 일어나 미리 기차의 출입구 승강구 쪽에 서 있다. 자리에 앉아서 보기에는 아까운 경치를 더 잘 보기 위해서이다. 그곳에 서 있는 나에게 지나가는 차장이 "고마게타케입니까? 15분 정도면 보이기 시작합니다. 뷰포인트를 통과하는 시간은 ○시 ○분경입니다."고 안내해 준다. 일본 여행은 여행 중에 만나는 보통의 일본 사람들의 온화한 얼굴과 친절한 말씨, 태도를 접하는 경험도 좋지만, 내가 손님의 입장일 때 손님에게 대한 배려와 응대 매너의 장점은 일본 여행의 재방문자로서 또 다시 일본을 가게 하는 중요한 포인트이기도 하다.

오누마에 대해 더 알아 보았다. 오누마는 홋카이도 남서부에 있는 폐색호*이며 부영양호(富栄養湖)*이다. 오시마반도 나나에쵸*의 고마가타케(駒ヶ岳) 남쪽 기슭에 있으며, 그 분화 폭발에 의해서 생겼다. 오누마국정공원 가운데 최대의 호수이다. 오누마란 오누마, 준사이누마 등 크고 작은 호수들과 홋카이도의 고마가타케 산 등 주변의 총칭을 말하기도 한다.

실제 견학했을 때 호수 안의 크고 작은 많은 용암 덩어리나 작은 섬이 떠 있어 특이한 경관은 압권이었다. 아이누어로는 포로 토(큰 호수, 늪)로 불리며, '오누마'는 전체의 뜻을 살린 의역이다.

*폐색호(堰塞湖) : 언지호(堰止湖), 언색호, 폐색호(산사태로 생기는 토사나 화산의 분출물, 하천의 퇴적 작용 따위로 골짜기나 냇물이 막혀서 생긴 호수).

*부영양호 (富營養湖) : 물속의 영양 염류 농도가 높아서 생물 생산력이 높은 호수. 일반적으로 수심이 얕고 호수 바닥에 부니(腐泥) 따위가 퇴적되어 있으며, 플랑크톤 따위가 많다.

*나나에쵸(七飯町): 홋카이도 오시마종합진흥국 중부에 있는 마을.

찾아간 날짜 : 2015년 5월 23일
찾아간 길 : 하코다테에서 특급 오누마공원역 하차 도보

56. 쇼부이케(菖蒲池, Shohbuike)

▶ 나의 호수 기행문 마지막 순서 쇼부이케, 삿포로 도심의 연못

쇼부이케 호수는 나의 일본 호수 탐방 100번 째 호수이며, 홋카이도 호수로서는 56번 째 호수이다. 기행문집 '마이 스타일 홋카이도 여행 이야기'의 호수탐방 파트의 마지막 순서이나, 앞으로도 호수 탐방은 계속할 것이므로 마지막 번호는 아닐 것이다.

귀국행 비행기를 타기 위해 미리 삿포로로 돌아왔다. 홋카이도대학 캠퍼스부터 나카지마 공원까지 걸어 다니며 삿포로시내 즐기기 시간을 가졌다. 쇼핑가를 들리지 않고 나카지마 공원 산책을 한 덕분에 쇼부이케를 만났다. 쇼부이케와의 만남은 우연이 아닌 필연이라고 생각한다. 쇼부이케를 넣어 나의 일본 호수탐방 100의 숫자에 맞추었다. 쇼부이케 근처에는 도요히라강이나 가모가모강과 같은 자연 하천이 흐르고 있었다. 그러므로 쇼부이케는 인위적으로 땅을 파서 만든 연못이라도 자연 호수로 인정해도 될 것 같았다. 나중에 알게 되었는데 가모가모강은 소세이강의 한 부분이며 소세이강은 인위적으로 만든 강이라고 한다. 소세이강이 인공 하천이라면 가모가모강도 자연 하천이 아니다. 그렇다면 나의 쇼부이케를 자연 연못으로 인정했던 점은 오류이나 호수 탐방 목록에는 그대로 두었다.

쇼부이케 호수 앞에서 잠시 휴식한다. 연못 저편에 호텔 등의 높은 빌딩이 보인다. 쇼부이케 앞에서 시야에 들어오는 건물로 여기는 삿포로의 도심임을 다시 알려준다. 나의 기억의 창고에서 자동적으로 뉴욕의 센트럴파크 내의 어느 연못에 비치던 고급스런 빌딩의 그림자와 실제의 빌딩의 모습을 번갈아 보던 일이 되살아났다.

오전의 홋카이도 대학 탐방에서는 예일 대학의 캠퍼스가 떠오르

고, 몇 번이나 보는 도케이다이(시계탑)를 스쳐 지나가면서 미국 동북부의 도시 보스턴이 생각났다. 이래저래 삿포로는 도시 계획할 때 보스턴을 모델로 했다는 말이 맞는 것 같다. 삿포로와 보스턴의 위도도 같다고 들었다. 다른 사람이 쓴 기행문에도 삿포로는 북미의 한 도시 같다고 표현했던데 나 역시 그런 느낌을 가졌다. 이전에 '미동부 아이비리그 대학 탐방' 팀에 참가하여 보스턴, 뉴욕, 워싱턴, 필라델피아 등을 견학한 적이 있다.

찾아간 날짜 : 2016년 8월 31일
찾아간 길 : 삿포로역에서 도보로 천천히 걸어도 1시간 이내

북국의 들꽃 사랑

레분토 스카이미사키

PART 5

북국의 들꽃 사랑

✿ 내가 만난 홋카이도의 꽃과 나무

나의 꽃 사랑은 언제부터 시작되었을까. 꽃 사랑이라고 말을 꺼냈지만 나무도 풀도 다 좋아하므로 식물전체를 좋아한다는 표현이 더 정확하다. 나는 아마 전생에 식물과 인연이 있었던 모양이다. 어릴 때부터 좋아했고 지금도 좋아하며 앞으로도 좋아할 대상이다. 식물은 장소를 옮기지 못하고 태어난 자리를 지키며 살아가므로 한 번 만난 꽃을 또 만나러 갈 수 있다. 다시 찾아 갔을 때 없어지지 않고 그 장소에서 또 만난다면 기쁨은 한층 크다. 나는 이 세상의 모든 식물을 나와 같이 생명을 가진 생명체로서 소중히 여기며 몹시 사랑한다.

언제부터 무엇 때문에 식물을 좋아하게 되었는지 뒤돌아본다. 기억이 닿은 끝까지 거슬러 올라가니 초등학교 입학하기 전 동네의 냇가에 핀 꽃을 사랑스럽게 쳐다보던 장면이 나타난다. 6살 때인가 7살 때의 일이다. 초등학교 4학년부터의 일은 더 분명하게 기억한다. 초봄 4월에 엄마는 뜰에 매년 꽃씨를 뿌렸다. 나는 꽃 씨앗이 싹트기를 기다렸다. 이윽고 떡잎이 흙을 헤치고 얼굴을 내밀면, 하루에도 여러 번 꽃의 성장을 관찰하며 대화했다. 단독주택의 작은 뜰에는 여름 내내 채송화, 봉숭아, 수세미, 붓꽃, 해바라기, 감나무 꽃 등이 피고 지고, 겨울에는 빨간 동백꽃이 몇 그루 피어 있었다. 내가 꽃을 좋아하는 것은 꽃을 좋아하고 즐기던 나의 부모의 유전이라고 미루어 추측한다.

나의 6살 때부터 시작한 식물에 대한 관심과 흥미는 지금도 변함없고 늘 나의 마음의 한 편에 자리하고 있다. 그것은 꽃과 나무를 마주하면 동시에 꽃을 가꾸던 부모님에 대한 좋은 기억이 떠올라 평온한 마음 상태가 되기 때문일까. 아무튼 식물을 보면 아름다운 그림을 보는 것처럼, 맛있는 음식을 먹는 것처럼, 좋은 글을 읽는 것처럼, 신선한 공기를 마시는 것 처럼, 편안한 음악을 듣는 것처럼 기분이 맑아진다. 그래서 여행하는 곳의 식물은 관광의 아이템이며 촬영의 모델이다. 특히 홋카이도 여행 중에 만난 북국의 들꽃과 나무는 더욱 매력적이고 친근하게 나에게 다가왔다. 나는 그들의 이름을 알고 싶었고 가능하다면 외워서 부르고 싶었다.

늦었지만 식물의 이름 공부를 시작해 보려고 한다. 우리나라의 들꽃 책도 몇 권 구입하여 학습하는 중이며, 내가 찍어온 홋카이도의 꽃들은 '홋카이도의 야생화 최신판(北海道の野の花最新版)' 도감을 보며 이름을 찾았다. 꽃에 대한 인터넷 검색도 즐겨 한다. 여행에서 찍은 수많은 꽃 사진이 아까워 한 장도 삭제하지 못하며, 정리하여 목록을 만드니 약 430종이다. 하나 같이 내 눈에 예쁘기만 한데 나의 기행문에 모두의 이름과 사진을 실어주지 못해 미안하고 마음이 안됐다.

삿포로의 5월 하순은 겨울의 순백한 모습을 감추고 나무들은 거리를 온통 초록으로 단장했다. '초봄의 도래'인지 '초여름의 도래'인지 하는 표현처럼 풋풋했다. 신록의 생생함이 더욱 도시의 세련됨을 돋

보이게 하고 꾸며준다. 도야코 호반의 겹벚꽃 나무도 5월 하순에 보았을 때 분홍빛으로 예쁘게 피어 있었고, 구시로와 오누마 호반에는 등대꽃이 피어 있었다. 6월 중순에는 이미 홋카이도 대지의 어느 곳이고 짙은 녹음을 향하여 달리고 있는 식물의 모습이 가득하다. 홋카이도에 태어나 살아가고 있는 식물은 북국의 짧은 봄과 여름 한 찰나에 힘껏 자신의 활동을 다하려고 노력하는 단거리 육상 선수들과 같았다.

들꽃이 나와서 하는 말인데, 우리말 들꽃, 한자어 야생화(野生花)는 일본어로는 "노바나(野花), 야세이노 하나(野生の花), 노노하나(野の花), 산야소(山野草)"로 검색된다. 같은 한자권이라도 '야생화'를 '야세이카', 'yaseika', 'やせいか'라고 입력하면 '野生化'로 변환할 수 있는 단어는 있으나, 꽃 야생화의 한자인 '野生花'는 나오지 않는다. 일본의 국어사전에서 '야생화(野生花)'를 검색해도 '야생화에 일치하는 정보는 찾을 수 없습니다(野生花に一致する情報は見つかりませんでした゜)'고 나타난다.

그래도 궁금하여 일본인 지인에게 질문하니 '야생화(野生花)'의 3글자로 된 한자어는 실제 사용하지 않는다고 한다. 다년 간 일본어를 학습해도 모국어 화자가 아니면 외국어로서 일본어 구사에는 언제나 한계가 있음을 절감한다. 일본어 모국어 화자라면 누구나 다 아는 단어도 외국어로 공부한 학습자에게는 학습자의 모국어(혹은 제1언어)에 선행 지배되므로 외국어 표현의 오류는 언제 어디서나 발생하기 마련이라고 생각한다.

이 파트는 홋카이도의 여기저기에서 만났던 꽃과 나무와 그 장소 이야기를 써본다.

1. 라일락·일본앵초 꽃축제

1-1 삿포로 라일락축제

라일락은 삿포로의 나무에 선정되어 시민들에게 사랑받는 나무이며, 삿포로의 초여름이 왔다고 알리는 나무이다. 라일락축제는 삿포로의 봄의 행사를 대표하는 것으로 추위에 움츠리지 않고 가슴을 펴고 산책을 즐길 수 있는 계절을 알리는 팡파르라고도 한다. 오도리공원에는 약 400그루의 라일락이 핀다고 하는데 흰색 꽃은 30그루 정도이며, 보라색 계통이 370그루라고 하니 보랏빛 꽃이 훨씬 많다.

개최기간은 5월 중순에서 하순까지의 약 10일간이라고 확인하고 2015년 5월 하순에 삿포로라일락축제를 보았다. 오도리공원에 보라색 라일락이 흐드러지게 많이 피었다. 봉우리가 아닌 활짝 핀 라일락을 정말 많이 만났다. 라일락을 보면서 오도리공원의 여러 행사를 기웃거리다가 아무래도 나는 음악회를 좋아하니 라이브 콘서트 장소에서 긴 시간을 보냈다.

라이브 콘서트는 라일락 음악제의 하나로 중·고등학생들의 동아리활동인 것 같은 취주악 브라스밴드 악기 연주와 대학생 같은 20대 멤버, 어른 음악동호회 같은 여러 팀이 차례대로 나와 모두 기량껏 연주를 발표했다. 연주자들의 진지한 표정과 어울리는 의상과 귀에 익은 악곡을 즐기며 라일락 축제에 잘 왔다고 느꼈다. 연주는 한 팀이 3곡정도 20분 채 되지 않은 시간 연주했다. 나중에 홈페이지를 열람하니 토·일요일 양일간에 34개 팀이 출연, 한 팀당 연주 시간이 20분가량인 모양이다. 나는 2시간 넘게 6-7개 팀의 연주를 들으며 하루 종일 끝까지 더 듣고 싶었지만 스스키노의 삿포로 라면이 먹고 싶어 이동하였다. 날씨는 청명하여 실외 공연을 공원을 돌아다니며 즐길 수 있어 좋았지만 추위에 약한 나는 약간 추웠다.

5월 하순의 라일락이 만발할 때의 삿포로는 더욱 화사했다. 6월에는 시계탑의 아까시나무의 흰 꽃과 삿포로 가로수의 하나인 쪽동백나무의 하얀 꽃도 탐스럽게 피어 있었다. 8월 말에 홋카이도대학의 유명한 포플러 가로수를 보러 갔을 때는(장날의 파장하는 모습과 같이) 피어 있는 꽃도 얼마 없었고 도로의 화단에 심어둔 원예용 꽃들이 도시 미관을 위해 피어있었지만 그렇게 반할 정도는 아니었다. 아무래도 꽃은 6월과 7월이 시즌인가 보다.

1-2 일본앵초 꽃축제

나의 기행문 호수편에도 6월의 일본앵초 꽃축제에 다녀온 이야기를 했다. 여기서는 꽃을 테마로 하는 페이지이니까 그 때의 꽃 이야기를 조금 더 쓰고자 한다. 먼저 축제의 장소는 오호츠크종합진흥국 관내의 아바시리군에 있는 쓰베쓰쵸이며, 일본어 구린소(九輪草)에 맞는 우리 꽃이름을 찾지 못해 일본앵초라고 번역했다. 학명은 Primula japonica로 검색된다.

2016년 6월 오카자와상 부부의 안내로 아칸호 주변의 작은 호수를 둘러보고 그 다음 코스로 일본앵초축제를 보러 갔다. 숲 속의 자연산 일본앵초 꽃이 작은 시냇물을 따라 사랑스럽게 피어 있었다. 오전의 흐린 날씨는 꽃축제 장소인 쓰베쓰에 도착할 무렵에는 날씨가 개여 삼림의 피톤치드를 마시며 꽃축제를 관람하는데 아무런 지장이 없었다. 시냇물 흐르는 소리와 숲 아래에 자생하는 분홍빛 일본앵초가 만개한 자연 속에서 좋은 시간을 가졌다.

일본앵초 꽃축제 장소로 가는 도중에 '아이오이 미치노에키' 휴게소 입구에서 팔고 있는 '구마야키(곰모양으로 구운 빵)'가 유명하여 사먹었다. 오카자와상의 부인인 료코상은 이곳의 '구마야키'를 아주 좋아하는 것 같다. 지금은 이 '구마야키'가 인터넷을 통해 '구마야키의 모습이 귀엽다'고 소문이 나, 매스컴에도 보도되어 중국인 단체관광객이 버스로 찾아오는 새로운 명소가 되었다고 한다. 아이오이라는 지명은 오카야마현과 히로시마현의 접경 지역에도 있는데, 홋카이도에는 혼슈의 지명이 그대로 사용되고 있는 것을 몇 번 보았다. 삿포로 근처의 기타히로시마라는 곳도 보았다. 아마 혼슈에서 이주해 온 사람들이 모여 살면서 그 지명을 그대로 붙인 것이 유래인 것 같다.

구린소(일본앵초)에 대해 여러 자료를 읽어보았다. 산간부의 개울과 계곡의 습지에 군생하는 일본 원산의 사쿠라소 과의 다년초, 줄기를 둘러싸고, 몇 단으로 중복하여 꽃을 피우는 모습이 절 탑의 정상에 있는 장식 '구륜'의 도형에 닮았다는 것이 이름의 유래라고 한다. 분홍색 꽃의 군락이 개화 절정을 맞이하는 때는 6월 중순부터 7월 중순으로 꽃 색깔은 짙은 자홍색이 보통이지만, 때로 분홍색과 흰색 등 변종도 보인다고 한다.

2. 꽃의 섬 레분토의 자연꽃밭
일본의 비경 100선의 레분토
- 일본 최북단의 섬 레분토의 6월은 꽃의 천국, 레분폭포로 가는 트래킹코스도 자연 꽃길의 비경

2-1 2016년 3월 레분토 여행을 계획하다

일본국제교류기금 서울문화센터의 강좌 프로그램 중 '도보여행

작가 김남희의 일본의 걷고 싶은 길'을 신청하여 출석한 적이 있다. KTX의 막차 예약으로 강연이 끝나자마자 세미나실을 나왔지만, 평소 독자로서 애독하고 있는 책의 저자를 만나기 위해 서울까지 나들이했다.

레분토는 위의 책 '일본의 걷고 싶은 길 1 - 홋카이도 · 혼슈 편'에 가장 먼저 소개되어 있는 곳으로 나의 레분토 여행은 이 책을 읽은 후 계획했다. 한 권의 기행문을 읽고 당장 실행에 옮길 만큼 레분토에 대해 동경하고 있었다. 위 책에 쓰인 작가의 모든 문장은 여행과 나의 생활에 유익하지만, 무엇보다 마음이 끌린 것은 책 속의 레분토 트래킹코스의 사진 중 무수히 핀 하얀 꽃들이 무엇인지 그 꽃길을 보고 싶어 참을 수 없는 지경이 되었다(그 후 궁금했던 흰색의 꽃은 산형과의 식물임을 알게 되었다). 섬 전체가 고산식물 꽃으로 뒤덮여있는 모습에 식물 애호가인 나는 현지 방문을 미루고 싶지 않았다. 그리고 마침내 바라고 바라던 일본 최북의 섬 레분토 여행은 실현되었다.

2-2 레분토 여행 구상에서 2달 반 후 레분토 여행을 성공리에 마쳤다

3박 4일간의 레분토의 호수와 꽃 기행, 꽃에 살고, 꽃에 취해서, 꽃과 함께 한 여행은 꽃향기만큼 향기롭고 마음에 살아있는 추억이 되었다. 꽃이 좋아 홋카이도의 꽃을 찾아 레분토에 온 것은 정말 성공적인 코스 선택이었다. 원래는 최북단의 호수인 구슈코 탐방의 목적이 컸지만. 레분토는 멀리서 찾아온 방문객인 나에게 6월의 자연미를 꽃을 동원해 아낌없이 보여주었다. 내가 선택한 레분타키(레분폭포) 코스에서 상상도 못할 정도의 많은 꽃들이 피어 있어, 이 절묘한 시기에 레분토를 찾아온 행운에 깊이 감사했다. 레분토는 내가 만난 지상의 최대, 최고, 최강의 꽃동산, 꽃밭의 섬이었다.

레분토!! 이 얼마나 아름다운 섬인지 모른다. 섬이라서 더욱 아름답고 각별한 것일까. 정말 색다르게 아름답다. 우리나라 제주도와 홍도의 섬에 도착해서도 쉬지 않고 자연의 경관에 감탄을 연속하여 늘 어놓았지만 레분토 역시 그 때와 하나도 다르지 않다.

2-3 레분토 3박 4일의 여행일기

2016년 6월 25일 첫 날

왓카나이항 출발 아침 7시 15분. 페리로 리시리토 경유 레분토에 입항하기 위해 거센 바람을 걱정하며 페리터미널에 도착했다. 날씨가 잠잠해지기를 기다리는 마음은 아침 일찍 호텔을 나올 때부터 시작되었다. 오늘 강풍으로 배가 뜨지 못할까봐 초조하였다. 다행히 내가 탄 배는 출항했다.

나의 기행문 호수편에도 썼지만, 왓카나이항에서 레분토로 바로 가는 배를 타지 않고, 리시리토의 오시도마리항을 경유 레분토 가후카항에 가는 페리에 일부러 승선했다. 그러나 내가 탄 배가 리시리토에 도착했을 때는 이 다음의 출항 예정의 배는 당일 전부 취소되었다고 한다. 나는 리시리토 오시도마리항에 배가 정박하고 있는 시간에 잠시 배에서 내려 시야에 가까이 들어오는 리시리잔(리시리후지) 산의 사진을 두 장 찍고 얼른 다시 승선했다.

리시리 오시도마리항에서 레분토 가후카항까지 40분간의 바닷길은 파도가 더 높아져 배멀미하지 않을까 조마조마 긴장하며 눈을 꼭 감고 선실의 벽에 기대 있었다. 배를 타고 이동하는 여행은 무엇보다 날씨가 도와주어야 한다. 페리의 배 자체가 아주 컸으므로 멀미도 하지 않고 내가 탄 배는 레분토 가후카항에 무사히 입항했으나 날씨는 더욱 나빠져 비바람이 몰아쳐 마치 태풍이 온 듯하다. 걸어서 움직이지도 못할 정도이다. 아직 여관의 체크인 시간도 6시간 이상 남았고 어디서 무얼 하며 이 귀중한 시간을 유효하게 보낼 것인가 고민했지만, 페리터미널 건물 내에서 기다리는 것이 최상의 방법이었다.

우선 페리터미널 2층 식당에서 해산물 라면과 주먹밥을 시켜 먹고 1층과 2층을 오가며 시간을 보냈다. 건물 내의 "섬의 꽃, 꽃의 섬"이라는 큰 광고 포스터 패널에 눈길을 멈추고, 만약 이런 날씨가 내일도 계속된다면 호수탐방이나 꽃 관광, 야생화트래킹이 실현될 수 있을까 심히 걱정되었다. '내일 바람은 내일 분다'는 말을 모르는 것도 아닌데 쓸데없는 걱정을 일삼는 병이 시작된다.

오전 내내 강풍과 비가 멈추지 않았는데, 오후의 2시간 반 B코스 관광버스는 운행할 예정이라고 하기에, 버스를 타고 버스 안에 있어도 좋다고 생각하고 예약하였다. 레분토의 관광버스는 이러한 날씨에 적응을 하고 있는지 그렇지 않으면 멀고 먼 곳에서 온 관광객들의 요구와 요청을 헤아려서 인지, 거부할 수 없기 때문인지 정시에 출발했다.

악천후라는 말을 사용해야겠다. 악천후의 표현이 딱 맞는 말이다. 이러한 악천후 속에 가장 먼저 스카이미사키에 들렀다. 우산을 썼지만 우산대가 부러지더니 우산이 날아가고 비 맞고 바람맞아 추워서 참을 수 없는 딱한 사정이지만 어쩔 수 없다. 관광버스 안에 앉아 있기는 아까웠다. 꽃피는 6월의 강추위 속에 첫 대면한 스카이미사키, 이곳은 레분토의 광고 사진으로 가장 많이 사용된다고 한다. 레분토 전체가 비경인데 레분토를 선전하는 중요 포스터에 뽑힌 장소라면 비경 중의 비경, 레분토에서 으뜸가는 것이 스카이미사키인가 나름대로 해석해 보았다.

스카이미사키의 전망대도 있다고 하지만, 도저히 더 높은 곳까지는 춥고 비 때문에 올라갈 수도 없었다. 그러나 비바람은 여전히 몰아치는 속에 내가 선 장소에서 보여주는 스카이미사키는 아름답다는 말로는 부족하다. 여태 보아온 뛰어난 장면에 또 하나를 추가하면 된다. 과장 하나도 없이 바로 빼어난 경관이다. 약간 백두산의 천지를 볼 때의 느낌과도 비슷하다. 스카이미사키는 바다의 경치이므로 산 중의 호수인 천지와는 다르지만 서로 다 절경이라는 점은 똑같다. 스카이미사키만 보아도 레분토에 온 것은 아깝지 않고 후회할 것도 없다는 심정이다. 비바람 속의 흐릿한 시야 속에서 보았던 스카이미사키를 첫 견학으로 끝내기에는 억울하여, 레분토 일정을 하루 연장하여 마지막 날 한 번 더 들렀다. 두 번째는 날씨도 좋아져 스카이미사키의 진면목을 볼 수 있었고 가이드북에 실린 사진 보다 더 아름다운 스카이미사키의 본연의 모습을 보았다.

도착한 첫 날의 스카이미사키 다음 코스는 스코톤미사키와 도도지마이다. 나는 이제 도저히 추워서 관광버스에 내려서 스코톤미사키까지 걸어갈 수 없었다. 선물가게에서 커피 마시며 줌으로 당겨 스코톤미사키의 풍경을 카메라로 본다. 일본 최북단은 소야미사키이고, 그 다음이 이 곳 스코톤미사키라고 한다. 스코톤미사키 앞에는 제주도의 마라도처럼 무인도 도도지마가 보인다.

악천후 속에도 관광버스 견학 코스를 무사히 끝냈다. 여관에 체크인 하러 가기 전에 관광협회 직원에게 에델바이스와 비슷한 레분우스유키소(왜솜다리)가 피었는지 물으니 아직 개화절정은 아니라고 한다. 가이드북에는 6월 하순이 꽃을 보기에 알맞은 시기라 적혀 있어 일정을 맞추어 왔는데 추위로 꽃피는 시기가 조금 늦어지는 모양이다.

그러나 예약한 료칸 '이치반칸'의 작은 뜰에는 왜솜다리가 몇 송이 피어 있다는 정보도 가르쳐 주었다. 료칸의 왜솜다리를 보기 전에, 도착 첫 날 저녁 무렵 가후카항 근처의 온천 '우스유키노유' 앞 입구 화단에도 왜솜다리가 한아름 피어있어 반가웠고, 다음 날 아침은 묵었던 료칸의 작은 뜰에 옹기종기 모여 꽃을 피운 왜솜다리도 만났다.

삼일 째 임도 코스를 지나 왜솜다리 군생지를 찾아가는 길에서도 야생의 왜솜다리를 만났고 레분타키 트래킹 때도 여러 번 만났다. 한국의 설악산에도 이 꽃과 비슷한 솜다리가 있다고 들었지만, 내가 우리나라의 솜다리를 볼 수 있는 확률은 1%도 없다. 또 일본의 조에쓰 지방에 레분토의 왜솜다리 보다 더욱 에델바이스에 가까운 솜다리 꽃도 있다고 들었다. 하지만 이 또한 설악산에서 솜다리를 볼 수 있는 확률과 마찬가지로 나에게는 불가능하다. 따라서 레분토의 왜솜다리는 나에게는 알프스의 에델바이스와 같은 일본의 에델바이스로 아주 귀한 꽃의 존재로 자리매김한다.

2016년 6월 26일 이틀 째

레분토의 이틀 째는 레분토의 호수 탐방과 고산식물원 방문이다. 일본최북단의 구슈코 호반에서 만난 식물에 관해서는 나의 기행문 호수편에서 조금 이야기했다. 지금도 호반에서 본 수많은 꽃 모습과 검은 딱새가 호반의 나뭇잎에 앉아 있는 모습이 아련히 떠오른다.

구슈코 호수를 산책하고 다음 코스는 고산식물원으로 걸어서 1시간 정도 이동했다. 고산식물원에는 레분토의 대표적인 꽃인 레분아츠모리소(레분복주머니란)를 보았다. 레분복주머니란은 이미 개화기는 지났으므로 자생하는 것은 만날 수 없지만, 고산식물원 입구에는 화분에 심어진 실물 레분복주머니란을 볼 수 있다. 고산식물원의 레분복주머니란 꽃은 인공 증식하여 온도 관리로 재배한 것이라고 한다. 왜솜다리와 함께 레분토를 대표하는 미스 레분토이다. 레분토의 캐릭터는 이 레분복주머니란을 모델로 디자인했는데 귀엽고 깜찍하다. 노선버스에도 크게 그려져 있고 레분토의 어디에든 이 캐릭터 디자인은 흘러넘친다. 캐릭터인 마스코트 '아쓰몬'은 정말 귀엽다.

고산식물원에는 제각기 식물에 이름표를 붙여놓은 곳이 있어 꽃 학습자인 나에게는 도움이 되었다. 구슈코 호수와 고산식물원 견학을 끝내니 레분토에 온 목적의 반쯤이나 달성한 것 같아 홀가분하다. 오후 시간이 남아 버스로 한 곳 더, 시레토코라는 곳에 갔다. 홋카이도 동쪽 시레토코 반도의 시레토코와 이름이 같다. 아이누어로 '시레토코'란 '땅 끝'이라는 뜻이라니까 레분토의 남단부에 해당하는 모양이다. 레분토는 어디를 가도 경치는 그저 그만이다. 모토치등대라는 버스 정류소가 종점이지만, 곧 바로 다시 출발하므로 버스에서 내리지 않고 그대로 승차한 채로 페리터미널로 돌아왔다. 도중에 모모이와 트래킹 코스를 다녀오는 듯한 관광객이 많이 승차했다.

2016년 6월 27일 삼일 째

레분토 삼일 째, 오늘은 레분우스유키소(왜솜다리) 군생지를 경유하여 레분타키까지 가는 코스를 선택하여 트래킹을 한다. 숙소 '이치반칸'을 나와 버스정류소로 이동하니 가후카항 근처에는 해당화의 짙은 천연 향수가 흩날린다. 향기가 좋아 화장품의 원료로 사용된다는 해당화의 향기는 정말 진했다. 꽃향기 드날리는 레분토!!

가장 먼저 페리터미널에서 모토치행 버스를 타고 모모이와 가까이의 도로를 돌아 모토치 해안의 메노우해변에 내렸다. 레분토는 어디든 보통의 바다와는 다른 기분이 들었다. 마치 청정지역 인 듯하다. 이제 레분타키를 목표로 트래킹을 시작하기 위해 마음의 준비를 한다.

모모이와 등산로 근처의 임도 입구 버스 정류소에서 레분우스유키소 군생지로 가는 구릉지의 트래킹 코스의 도중에 리시리잔 산의 웅대 장엄한 모습을 볼 수 있다. 몇 번을 보고 또 보고 하였다. 일본의 높고 아름다운 산을 '후지'라고 이름 붙이는 예로서 호수편의 도야코 호수에서 요테이잔 산을 에조후지라고 소개한 적이 있듯이, 리시리잔 산도 '리시리후지'라고 부른다고 한다. 아무래도 일본인의 마음속에는, 일본의 상징으로서 일본 최고로 높고 아름다운 후지산이 존재하고 있는 것 같다. 약간 그런 기분이 든다.

왜솜다리 군생지에 가까이 다가오니 서서히 작은 왜솜다리가 발아래 보이기 시작한다. 아직은 어린 꽃인 듯 연약해 보이며 만발하지는 않았지만 더러 더러 피어있었다. 민가 뜰의 꽃이 아닌 자연에서 나고 자라는 왜솜다리를 보았다. 정말 에델바이스를 닮았다. 이제 레분타키 코스에 들어왔다. 가는 곳마다 야생화 천지가 또 펼쳐진다. 레분토의 아름다움을 아낌없이 그대로 보여준다. 레분타키 트래킹을 하면서 이토록 근사한 자연을 갖고 있는 레분토를 여행하게 된 사실에 만족하고 또 만족했다.

레분타키 코스를 완주하고 폭포의 물이 흘러들어가는 마지막 해변에 도착하여, 해변의 자갈밭을 보니 위스키병이 쓰레기로 흘러 들어와 있었다. 병의 표면에 분명히 러시아어가 쓰여 있었다. 레분토 스코톤미사키에서도 사할린도 보인다고 한다. 오늘 트래킹은 4시간 이상의 코스이지만 가는 길마다 야생화가 싱싱하게 방문객을 맞이해 주고, 걷는 길도 잘 정비해 두어, 이 길을 걷는 것만으로도 온몸이 치유되는 것 같았다.

 오늘 오후 배편으로 왓카나이로 돌아가야 한다. 첫 날의 날씨 때문에 제대로 감상하지 못한 아쉬움에 레분토 정기관광버스 오전 A코스 4시간을 다시 한 번 이용했다. 스카이미사키 → 스코톤미사키 → 모모이와, 네코이와 전망대 → 기타노 카나리아다치의 영화세트장을 가이드의 설명을 들으며 차분하게 견학했다. 모든 것이 다 좋았다. 이 코스가 끝나면 레분토를 떠나야 한다는 섭섭함이 벌써부터 시작되었다. 잊기 전에 스카이미사키의 '스카이'란 영어 스카이(Sky)가 아닌 한자로는 '맑은 바다'의 '스카이' 즉 澄海라 표기함을 적어두자. 스카이미사키의 한자표기는 '澄海岬'이다.

 레분토에서만 3박4일. 결국 리시리토에는 발을 딛지 못하고 다음 기회의 방문을 기약한다. 레분토의 페리터미널에서는 무료와이파이가 잘 연결되어 편리했다.

2-4 레분토 여행에서 돌아와서

 작년 6월에 레분토를 직접 다녀와서, 귀국하여 가장 먼저 김남희의 '일본의 걷고 싶은 길- 1'을 찾아 다시 레분토의 글을 읽었다. 유명작가의 체험담이지만, 흡사 내가 이야기하고 있는 것 같이 느끼며, 온몸이 감격하여 전율하여 바르르 떨린다. 작가의 실감이 나의 실감과 문장 하나 다르지 않다. 어찌 이리도 모든 문장이 내가 느낀 사실과 꼭 맞고, 그 사실에 의거한 묘사가 나에게도 완전 똑같이 공감될까. 그녀의 한 문장 한 문장, 한 단락 한 단락을 천천히 읽으며 내가 느낀 바를 속 시원하게 정리해 주는 것 같아 놀라며 감동했다. 내가 표현하지 못하는 내 마음을 정확하게 표현해 준 작가의 레분토의 감상은 '정말 그대로다'고 연발하며 레분토의 글을 써 준 작가에게 고마운 마음을 표한다.

나의 일본 특히 홋카이도여행의 감상은 언제나 "너무 좋았다"로 단순 동일하지만 레분토의 레분타키 야생화, 자연꽃밭 트래킹코스는 나의 맞춤형 코스로 베리 베리 베리 굿 초이스, 탁월한 선택이었다. 홋카이도의 여름 원생림과 야생화가 좋아 열차 속에서도 그 풍경을 놓칠까봐 잠시 눈을 붙이지 못하는 내가 레분토의 꽃 풍경을 본 후로는 내내 레분토만 생각한다. 레분토 다음은 라우스코 호수 습원지대도 견학하였는데, 이 두 곳은 들꽃의 아름다움을 즐길 수 있는 곳으로 나와 같이 산행이 서투른 자에게는 최고이었다. 둘 다 막상막하이지만 아무래도 레분토를 조금 더 좋아한다. 왜냐하면, 피어 있는 꽃을 볼 수 있는 곳이 더 많기 때문에,,,

4일간의 레분토 여행을 마치고 홋카이도 본섬의 왓카나이로 돌아오면서 '나는 다시 한 번 레분토를 찾아오리라'라며 나에게 몇 번이나 말했다. 레분토는 정말 꽃 천국이며 구릉(언덕) 지형이 독특하여 나에겐 꽃과 마주 보며 대화하는 황홀한 섬이었다. 어느 날 우연히 텔레비전에서 레분토에 관해 방영하기에 얼른 스마트폰으로 한 컷,,, 일본의 레분토는 뉴질랜드의 자연 경관과 비슷하다고 말하고 있다. 그러고 보니 언덕, 섬, 도로 등 닮은 것 같다.

여행을 다녀온 지금도 종종 레분토관광협회의 홈페이지를 클릭하여 기사를 읽는다. 가기 전에는 잘 몰라 막연했다면, 4일간의 여행을 한 후에는 모든 것이 상상이 아닌 나의 경험의 회상을 동반한 페이지이다. 레분토의 전부를 다 체험할 수는 없지만 레분타케의 등산도 하고 싶고, 그 외에도 레분토에서 하고 싶은 일이 몇 가지 있다. 그래서 나는 레분토에 다시 가기로 마음 먹고 있다.

2016년 7월 초에 하트랜드선박회사 홈페이지의 운항 스케줄을 확인하는 중, 한국어 버전의 번역 오류가 있어 삿포로의 하트랜드본사에 전화로 확인을 요청하였다. 리시리토의 오시도마리항을 다카도마리라고 지명의 한글 표기가 틀려 있었다. 한자 '鴛'의 '오시(원앙새)'와 '鷹'의 '다카(매)'의 읽기 실수인 모양이다. 1주일 후 열람하니 나의 의견을 수렴하여 바르게 수정되어 있었다.

2-5 레분토에서 만난 꽃이름

레분토에서 만났던 식물 이름은 120개 이상 있지만 몇 가지만 기입한다.

물파초, 보리수나무, 레분복주머니란, 애기미나리아재비, 송이풀속, 두메오이풀, 쥐손이풀, 안젤리카속, 손바닥나비난초, 민둥인가목, 산앵도나무속, 왜솜다리, 세잎돌나물, 레분자운, 운간초, 왜우산풀, 큰두루미꽃, 각시원추리, 흰쑥, 쥐다래, 리시리양귀비 등.

3. 오호츠크해 연안의 원생화원

오호츠크해 연안의 원생화원이 몇 개인지 알고 싶어 위키피디아 일본어 버전을 또 검색한다. 나는 스스로 위키피디홀리즘*임을 잘 알고 있다. 이 자료에 따르면 홋카이도의 오호츠크해 연안에는 11개가 나와 있다. 나는 오호츠크해연안의 원생화원은 북쪽부터 베니야원생화원, 고시미즈원생화원, 이쿠시나원생화원, 노쓰케반도원생화원의 4군데를 다녀왔다. '원생화원'이란 일본어는 겐세이카엔으로 인위적인 손질을 가하지 않고 자연을 그대로 둔 상태에서 선명한 꽃이 피는 습원지대나 초원지대라고 한다. *위키피디아홀리즘 : 인터넷 백과사전인 위키피디아에 지나치게 의존하는 것을 일컬음.

조금 더 원생화원에 대한 내용을 정리하면, 원생화원에는 독특한 식생을 볼 수 있다고 알려지면서 '자연꽃밭'이라고도 부른다. 홋카이도에는 오호츠크해연안을 비롯한 도동~도북에 많이 분포한다. 그 중에서 고시미즈겐세이카엔(고시미즈원생화원)이 전국적으로 유명하게 되면서 다른 지역도 이미지 제고를 꾀하며, 그와 똑같이 이름 알리기를 시작한 곳이 많다고 한다. 홋카이도 내에서는 고시미즈원생화원, 사로베쓰원생화원, 왓카원생화원이 유명하며, 원생화원이라고 말하지 않지만 기리탓푸 습원도 성질상은 원생 화원이라고 한다.

3-1 북오호츠크해연안 하마톤베쓰 베니야원생화원

일본의 100 비경에 들어 있는 북오호츠크 해안에 베니야 원생화원이 있다. 2016년 6월, 나는 오토이넷푸역에서 노선버스를 타고, 완만한 구릉지대에 한층 우뚝 솟아오른 핀네시리(남산) 산과 온순한 이미지의 마츠네시리(여산)산을 오른편으로 바라보며, 돈베쓰강 계곡을 따라 예약한 민박 '도시카노야도'가 있는 하마톤베쓰를 향했다. 다음 날 아침에 숙소의 자전거를 빌려 타고 베니야원생화원을 찾아갔다.

베니야원생화원은 홋카이도 하마톤베쓰쵸 굿차로코 호수 북서쪽에 펼쳐지는 원생 화원으로 오호츠크해 연안에 있는 원생화원 가운데도 상당히 큰 규모로 관광화도 진행되고 있다고 한다. 꽃창포가 특히 알려지면서 여름에는 녹색 융단을 온통 보랏빛으로 물들이며 100

종류 이상의 꽃이 핀다고 확인하고 상당히 기대했다.

그런데 내가 방문했을 때는 유감스럽게 베니야원생화원에 곰의 출몰이 확인되어 2-3일 전부터 방문객의 입장이 제한되고 있었다. 넓고 큰 베니야 원생화원에 갔지만, 산책로도 걷지 못했기 때문에 제대로 견학을 했다고는 말할 수 없다. 북오호츠크 해안은 베니야 원생화원의 전망대에서 멀리 내려 보기만 했을 뿐이다.

베니야원생화원은 '사로베쓰·베니야 덴보쿠노하나겐야*(사로베쓰 베니야 천북의 꽃 들판)'라는 책을 통해 알았다. 하마톤베쓰에서 내가 묵었던 민박 '도시카노야도'의 로비에도 이 책이 전시되어 있어 반가웠는데, 책의 저자도 이 숙소에 머물면서 베니야원생화원의 꽃을 촬영하며 책을 집필했다고 한다. 이 책의 저자부부는 식물과 동물 등의 자연 사진을 촬영하고, 레분토의 생물 조사에 힘을 기울이고 있다고 한다. 참 좋은 일을 하고 멋지다고 생각한다. *杣田美野里·宮本誠一郎, 2015, サロベツ·ベニヤ天北の花原野, 北海道新聞社

베니야원생화원의 노란 조끼를 입은 플라워 가이드는 방문객에게 가느다란 지시봉을 들고 꽃을 가리키며 알기 쉽게 설명해 주었다. 정말로 현지 가이드의 꽃 설명을 듣는 것은 흥미롭다. 휴게소에서 베니야 원생화원의 이름의 유래는 이전에 농장의 이름이었는데, 그대로 지명이 되었다고 소개한 글을 읽었다. 베니야 화원의 방문을 마치고 나올 때 받은 '베니야원생화원 개화정보' 프린트는 나의 꽃 공부에 도움이 되었고, 지금도 참고로 하는 좋은 자료이다. 방문하여 기대만큼의 많은 꽃을 볼 수 없었지만, 북오호츠크도립자연공원에 발을 디뎠다는 사실에 큰 의미를 둔다.

베니아 원생화원에서 돌아오는 길에 꽃창포가 물가 근처에 몇 송이씩 보랏빛 꽃으로 피어 있었다. 자전거에서 내려 꽃창포 사진을 찍었지만 제대로 된 것이 없다. 굿챠로코 호숫가의 부채붓꽃 사진 한 장은 그런대로 잘 찍혔다. 베니야 원생화원에서 본 꽃은 터리풀, 잠두싸리(갯활량나물), 은방울꽃, 해당화, 광대수염등도 생각난다.

3-2 아바시리국정공원의 고시미즈원생화원

구시로 출발의 센모혼센은 종점 아바시리까지 3시간 정도 걸린다. 그런데 나는 이 3시간의 승차 시간이 조금도 지루하지 않다. 구시로 습원을 비롯하여 홋카이도다운 풍경을 차창너머 보고 있으면 어느 새 열차는 마슈코 호수의 기슭인 마슈역을 통과하고 이어 이오잔과 굿샤로코 호수가 있는 가와유온천역을 지나간다. 조금 더 가 기요사토쵸역에 이르면 샤리다케(1,547m) 산이 보이기 시작하고 시레토코 반도의 현관인 시레토코샤리역에 도착한다. 시레토코샤리부터 종점 아바시리역까지는 쭉 오호츠크 해를 따라 50분 정도 달린다. 오호츠크 해와 모래 언덕(사구)의 행렬은 홋카이도에 온 것을 실감하게 하여 그 기분을 느끼고 싶어 열차의 종점 도착이 크게 반갑지 않다.

나는 바다라면 우리나라의 남해에 가까운 곳에 살고 있지만, 동해, 서해, 태평양, 동지나해*, 남지나해, 지중해, 에게해 등 모든 바다를 여행하는 것도 좋아한다. 좋아하는 것이 너무 많지만 좋은 것을 좋다고 말하는 게 나쁘지는 않다고 생각한다. 그런데 여태 가 본 바다 중에 오호츠크 해가 이상하게 더 좋다. 처음 소야미사키에서 보았을 때부터 좋았다. 오늘은 날씨가 흐려 오호츠크 해도 밝은 표정은 아니고 은빛 아니 묽은 먹빛의 거무스름하고 새초롬한 모습이었지만 내 마음은 오호츠크해 를 마주보는 그 기분에 설레고 있다. (2015년 7월 초순)

*국어사전에는 동지나해, 지식백과는 동중국해로 표기되어 있음.

아바시리의 호텔에 짐을 두고 다시 센모혼센을 타고 고시미즈원생화원역으로 향했다. 아바시리와 시레토코샤리 간의 열차는 질릴 때까지 타보고 싶다. 당분간 하루에 두세 번을 왕복해도 질리지 않을 것 같다. 고시미즈원생화원, 영어로 고시미즈내츄럴 플로워 가든의 가장 가까운 역에 내렸다. 임시역 이름도 고시미즈원생화원역이다. 이 원생화원의 바로 앞이 오오츠크 해이고, 그 뒤가 도후쓰코 호수이다. 호수와 바다를 동시에 볼 수 있고 도후쓰코 호수는 기수호이니까 어느 부분인가는 바다와 연결되어 만난다. 내가 갔을 때 고시즈미원생화원에는 인터넷 자료에 나와 있던 것처럼 관광지로 지명도가 높은 곳인만큼 관광버스 몇 대가 차례차례 많은 관광객을 내려놓곤 했다. 나는 철도의 꽃 시즌에 영업하는 임시역에서 열차를 내리고 탔으니, 7월 초순은 꽃구경의 좋은 시기임은 틀림없다.

고시미즈원생화원에서 하루에 많은 꽃들을 만났다. 입은 옷이 날씨와 맞지 않아 많이 추웠지만, 추운 날씨에 조금도 움츠려들지 않고 예쁘게 피어 있는 큰원추리, 해당화, 갯방풍 등의 꽃은 한창이었다. 모래 해변에는 갯방풍 등 처음 보는 해변의 꽃도 신기했는데 추워서 그들과 많은 시간을 가지기에는 체온이 따라주지 않는다. 겨울 코트만 입고 갔더라면 그 많은 예쁜 꽃들과 충분한 시간을 가졌을 텐데,,, 실컷 감상하지 못해 지금도 아쉬운 기분이 남아 있다. 날씨 이야기를 조금 더 하면 홋카이도의 7월과 8월의 여행 경험 중에 덥다고 느낀 적은 거의 없다. 뉴스에는 삿포로 등에서 30도 이상 기온이 오를 때도 있다고 들었지만, 나의 기준으로 홋카이도의 기후는 여름에도 추운 날이 있으므로 두터운 겨울옷을 준비해 다녀야겠다고 체감했다.

홋카이도 샤리군 고시미즈쵸에 있는 모래언덕 위의 초원 지대에 펼쳐진 원생 화원에서 본 꽃은 갯방풍(빈방풍, 해방풍), 날개하늘나리,

갈퀴덩굴속 갈퀴나물, 큰원추리 등이다. 오호츠크 해와 도후쓰코 호수 사이에 형성된 길쭉한 지역에 만발한 들꽃을 다시 만나고 싶다.

3-3 이쿠시나원생화원은 관광객이 거의 없는 한적한 자연꽃밭

이쿠시나원생화원에는 열차 센모혼센의 시레토코샤리역 앞의 버스터미널에서 우토로행 노선버스를 타고 이쿠시나 4호선 버스 정류소에서 내려, 일직선으로 오호츠크 해를 향하는 도로를 따라 북쪽 방향으로 걸어 1시간 정도 걸렸다. 도중에 끝없는 감자밭의 감자 꽃, 드넓은 사탕무(비트)밭, 키가 큰 밀밭 등 농작물이 자라는 밭이 멋있다. 경작지는 거대하여 한눈에 다 볼 수 없다. 감자밭, 밀밭의 끝과 하늘이 맞닿아 지평선이 보이는 것은 홋카이도에서는 자주 볼 수 있지만, 홋카이도다운 홋카이도만의 특유의 풍경이라 생각된다.

이쿠시나원생화원은 그다지 이름이 나지 않아 그런지 찾는 사람이 적어 한적하여 더욱 원초적인 자연꽃밭의 무드가 전해온다. 이쿠시나 원생화원 산책 중 오호츠크해 바닷물이 밀려드는 곳까지 다가가 모래 위에서 자라고 있는 식물들도 만났다. 모두 주어진 자연환경에 적응하며 잘 자라고 있었다. 이쿠시나원생화원에서 만난 꽃은 앞서 견학한 베니야원생화원과 고시미즈원생화원에서 본 꽃과 크게 다르지 않고 거의 같다. 인터넷 정보에 나와 있는 대로 관광화 되지 않아 관광객이 찾는 곳은 아닌 것 같지만, 방문객이 전혀 없지는 않았다. 이쿠시나원생화원은 사람이 많이 모이는 혼잡한 관광지를 싫어하는 방문자에겐 안성맞춤이다. 나는 꽃이 있는 곳이라면 붐비는 곳도 조용한 곳도 가리지 않고 좋아하지만,,,

2016년 7월 초순에서 중순으로 막 접어들었을 때 갔는데, 오렌지

색과 붉은색이 섞인 주황색의 에조날개하늘나리가 가장 많이 피어 있는 것 같다. 보라색 계통의 갯완두, 넓은잎갈퀴 등도 수없이 피어 있었다. 모든 꽃이 절로 나고 절로 자라고 절로 피어나 이렇게 아름다운 자연 꽃동산, 원생화원을 이루고 있으므로, 나에게 홋카이도의 매력도는 점점 높아만 간다.

7월의 오호츠크해연안의 아름다운 꽃들과 바로 앞의 오호츠크 앞바다를 날고 있는 새들, 멀리 시레토코연산의 풍경을 보며 사색의 시간을 갖기에는 최적의 장소인데, 시레토코의 잇대어 있는 산들은 옅은 안개에 끼여 잘 보이지 않아 유감이었다.

이 날 만난 식물은 비트(사탕무, 서양붉은순무), 에조날개하늘나리, 큰솔나무, 갯완두, 넓은잎갈퀴, 돌나물, 초롱꽃, 이름 모르는 해변식물, 밀, 감자 꽃, 토끼풀, 톱풀, 돌채송화, 자주개자리, 여름구절초, 물망초, 꽃마리, 개여뀌, 개쑥갓, 명아주, 자작나무의 어린나무, 갯씀바귀, 나무수국, 솔나물, 쥐손이풀속, 차이브(서양골파, 양주부추, 서양부추), 은꿩의 다리, 갯무, 술패랭이꽃, 멍석딸기, 좀꿩의 다리, 음나무, 홀별꽃, 속새, 쇠별꽃, 꼬리조팝나무, 개회나무, 원추리속, 초롱꽃, 물싸리, 아까시나무, 골병꽃나무, 자단향, 큰뱀무 등이다.

4. 라우스·노쓰케 반도·에리모미사키·오비히로에서 만난 꽃들

4-1 라우스의 등골나물과 타래난초

나는 홋카이도가 좋아서 홋카이도의 어디든지 모든 곳을 여행하고 싶지만, 우선 여행의 테마에 따라 목적지를 정해 보았다. 라우스는 라우스코 호수 탐방과 라우스의 시오카제공원의 '시레토코 료죠(시레토코 여정)'의 노래비 촬영이라는 두 가지의 명확한 목적이 있는 곳이다. 그러므로 라우스는 나의 여행의 목적지가 되기에 충분했다.

라우스를 거점으로 하는 나의 여행 이야기(라우스 도착 첫 날의 일정이나 라우스다케의 웅장한 모습과 라우스코 호수의 습원지대에 자생하는 식물 이름 몇 가지 등)은 이미 고생과 감동에 넘친 라우스코 습원지대 호수편에 많이 썼다. 들꽃이라 제목을 정한 파트에서는 라우스에서 만난 식물을 중심으로 해야 하나, 변함없이 나의 수다의 연속이다. 나의 들꽃에 대한 글쓰기는 식물에 지식이나 조예가 있는 것도 아니고, 단지 꽃을 보고 예뻐서 좋아하는 정도의 수준으로는 언감생심이며 불가능하다. 그저 라우스에 다녀왔으니 라우스에서의 일들을 들꽃을 통해서 기억하고 싶어 적는다.

시레토코반도는 산등성이를 경계로 두 개의 행정지역으로 나누어져 있다. 호수편의 시레토코반도의 호수를 분류할 때 시레토코고코 호수는 소야·오호츠크 지역으로, 라우스코 호수는 구시로·네무로 지역으로 분류한 것도 호수 소재지의 진흥국에 따랐다. 이쿠시나 원생화원이나 유빙을 보러 갔던 우토로는 오호츠크진흥국에 속하고, 라우스는 네무로진흥국에 소속해 있음을 새삼 상기한다.

라우스에서 만난 꽃 이름을 도착한 첫 날부터 적어본다. 호수편에 소개했듯이 산 속의 디기탈리스는 라우스에서 가장 먼저 대면한 꽃이다. 에이레이잔 산의 등산로는 온통 사스래나무와 조릿대를 중심으로 여기저기 물참나무가 섞인 울창한 숲의 연속이었다. 사스래나무는 백두산에서 본 이후 북국의 나무=자작나무라는 나의 고정관념에서 이미지 전환을 해 준 나무이다. 그 사스래나무 아래는 조릿대가 뒤덮여 있었다. 산행로에서 꿀풀을 보았는데, 여태 여러 번 본 적 있는 보라색깔이 아닌 흰 색이었고 이제 꽃이 지기 시작한 듯 했다. 이상하게 생긴 버섯도 보았다.

요쓰쿠라누마 호수를 본 후 라우스중학교 뒤편으로 내려와 라우스시오가제공원의 '시레토코 여정'의 노래비를 찾아가는 도중에 삼잎방망이가 갓 피기 시작한 모습과 여태 무성한 잎만 보았던 왕호장근의 꽃 핀 모습도 즐겁게 관찰하며 걸었다. 무엇보다 등골나물은 연보랏빛으로 여기저기 너무 많아, 마치 라우스쵸의 꽃으로 인공적으로 가꾸었나 의심할 정도로 피어 있었다. 보도를 걸으며 도로변에 핀 바늘꽃, 물꽈리아재비, 약모밀, 새콩, 나래박쥐나물 등도 보았다.

다음 날은 비가 와서 호수 탐방은 보류하고 숙박한 호텔 '미네노유' 근처의 시레토코국립공원라우스비지터센터부터 견학했다. 비지터센터는 새로 지어 개관한지 얼마 되지 않았는지 시설 전체가 깨끗하고 전시품의 내용도 충실하고 고급스러운 분위기로 방문할 가치가 있다고 느꼈다. 비지터센터 자체가 하나의 주요 관광지로 손색이 없다고 느끼며 일본의 공공시설의 우수한 한 면을 본 것 같다.

라우스코 호수 탐방에 필요한 정보에 관해 센터 입구에 장화 등 실물 전시와 함께 자세하게 설명해 둔 자료를 주의 깊게 읽었다. 또 비지터센터에서 내가 딱 원하던 책이 눈에 띄었다. '네무로 지방의 미나리과 식물 핸드북'인데, 평소 미나리과 식물의 이름을 구별하지 못해 답답하던 중 좋은 책을 입수하여 기뻤다. 라우스에서 본 미나리과 식물도 네무로 지방에 속하므로 자세히 소개되어 있어 도움이 되었다. 또 시레토코의 고유식물인 시레토코스미레(시레토코 제비꽃)를 모티브로 한 수제품 브로치는 유난히 예뻤다. 나 자신에게의 기념 선물로 내가 살 수 있지만, 선물로 받으면 더 좋겠다는 터무니없는 생각도 했다.

간헐천은 시레토코국립공원 라우스비지터센터 근처에 있지만, 우산을 쓰지 않으면 안 될 정도로 비가 내려도 참고 보러 갔는데, 뜨거운 물을 내뿜는 시간대가 아니라 멈추어 있었다. 하지만 간헐천 주변의 등골나물은 비에 젖어 더욱 싱싱한 모습으로 가득 피어 있어 그 일대는 등골나무 농원이나 등골나무 단지 같았다.

여행 중에 내리는 비는 성가시다며 약간 투덜거리며 라우스는 또 오기 힘든 곳이니 한 군데라도 더 구경하고 싶어 라우스강의 상류에 있는 '구마노유'에 갔다. '구마노유 무료 온천'을 구경만 하고 나오려고 했는데 온천을 좋아하는 나는(아침에 호텔의 노천 온천욕을 했는데) 또 자연 온천탕에 들어갔다. 날씨는 종일 개일 것 같지 않아 '구마노유'에서 조금 더 위의 강의 상류에 있는 자연 속의 다른 관광지 견학은 포기해야 했다. 라우스강변을 산책하며 미치노에키(휴게소)에 들러 커피를 마시며 느긋하게 보냈다.

라우스강은 아이누어로 '낮은 곳에 있는 강'이라고 적혀 있었는데, 이 라우스 강변에서 본 꽃은 민박쥐나물, 흰오리방풀, 쉬땅나무, 왕호장근, 꼬리조팝나무, 치시마엉경퀴, 미나리과 구릿대, 민가 화분의 레분두메자운, 말똥비름 등이다. 바다와 강이 접하는 다리 위에서 저 멀리 라우스다케의 정상 부근을 감상하면 일품이다. 상대적으로 라우스다케의 주변의 산들은 모두 낮아 보이며, 라우스다케의 허리 쯤와 보인다.

라우스에서의 삼 일째는 라우스코 습원지대의 호수 탐방이었고, 도중에 만났던 꽃의 이름을 다시 한 번 정리한다. 일본전나무, 풀산딸나무의 빨간 열매, 산미역취, 병꽃나무속, 잣나무, 끈끈이주걱, 사초속, 닻꽃, 덩굴용담, 조름나물, 산옥잠화, 숫잔대, 부게꽃나무, 흰오이풀, 물레나물, 가막살나무, 참터리풀, 터리풀, 작은 황새풀, 마가목 열매, 치시마엉컹퀴, 타래난초 등이다.

나의 라우스 기행의 플라워 기호 1번이 디기탈리스이라면, 마지막 번호는 타래난초이다. 꽃 모양은 이름 그대로 연상하면 될 정도로 꽃과 이름이 잘 어울리고 기억하기도 쉽다. 일본어로는 '네지바나'라고 하는데 우리말로 옮기면 '나사꽃'이다. 핑크빛 작은 꽃이 꽃대를 중심으로 나사의 형태처럼 빙빙 돌며 피기 때문에 붙은 이름이라고 한다. 타래난초는 우리나라 식물도감에도 여러 곳에 나오니까 만나기 어렵지 않은 것 같은데 나는 라우스에서 난생 처음 보았다.

4-2 노쓰케반도해안원생화원과 도도와라·나라와라

홋카이도 노쓰케 반도는 지도상의 모습만 보아도 지형이 아주 독특하여 어떤 곳인가 호기심이 발동한다. 노쓰케 반도 지형은 지리학에서는 '사취'라고 부르며 순화된 우리말은 '모래부리'이다. 정말 새의 부리처럼 생겼고, 이와 같은 지형 형성에 대한 궁금증 해소를 위해 우선 인터넷 기사와 영상을 찾아보고, 바닷물의 흐름 즉 해류의 영향으로 생긴 것을 알았다. 영상을 보고 나면 당장 현장 답사하여 내 발로 직접 보고 싶어 참을 수 없다.

기괴(이상야릇)한 풍경 도도와라와 나라와라는 나무가 선 채 말라죽은 숲 같은데 괴상하지만 괴상한 대로 독특한 풍경이 멋져 보였다. 노쓰케 반도에 언제 어떻게 갈까 잊지 않고 있던 차에 아칸 버스 여름 시즌 기간 한정의 이용무제한 버스 광고를 보고 라우스여행 코스에 아울러 계획을 세웠다.

라우스코 호수 탐방을 마치고, 오후 라우스버스터미널에서 출발했다. 그 날은 시베쓰쵸의 '요시다여관'에서 하루 묵고, 다음 날 이른 아침 노쓰케 반도행 노선버스를 탔다. 노선 버스라는 말이 나와서 하는 말인데, 일본의 승합 노선버스란 생활교통노선으로 지정을 받아 정부나 지방자치단체의 공적인 보조를 받아 노선 유지에 힘쓰고 있는 공공교통기관으로서 주민의 많은 이용을 호소하고 있다. 그러나 내가 이용한 노선버스의 승객은 대부분 나를 포함 5명 미만이었다. 버스를 타기 전에 시간적 여유가 있어 시베쓰항 주위를 둘러보았다. 그곳에서 함초라 불리는 퉁퉁마디, 미나리아재비속, 창질경이를 보았다. 미나리아재비속의 꽃과 창질경이는 내가 어릴 때 많이 보던 꽃인 것 같다.

노쓰케 반도에 관해 나의 기행문 호수편 오다이토에도 소개했지만, 여기서 보다 상세하게 옮겨 쓴다. 출처는 노쓰케반도네이처센터 홈페이지이며, 기사 인용의 한글 번역 전재를 운영자인 이시시타상의 허락*을 받아 일본어 원문과 함께 옮긴다. *"今回に関しては、引用可能とさせていただきます。できれば巻末などに引用元を記載いただけると幸いです。"

"노쓰케 반도는 홋카이도 시레토코 반도와 네무로 반도의 사이에 위치하는 길이 약 26km의 일본 최대의 모래 반도 즉 모래부리(사취)입니다. 일본 정부가 관리하는 여러 삼림이 있으며 국가지정특별조수보호구가 있습니다. 바다에 돌출한 코바늘 같은 독특한 모양을 하고 있으며 그 안에 모래톱(모래해변, 모래사장), 갯벌, 초원, 고층 습원, 삼림, 고사목의 풍경 '도도와라'와 '나라와라'와 같은 경승지가 있습니다.

노쓰케 반도 내에는 에도시대 중엽까지, 분비나무·가문비나무·오리나무·떡갈나무 등의 수종(나무종류)으로 구성된 원시림이 있었습니다. 그러나 매년 노쓰케 반도 주변이 지반 침하하고 그에 따른 바닷물이 들어와 나무는 선 채로 말라죽는(고사목)의 숲이 되었습니다. 그 고목 숲도 점점 진행되는 지반 침하와 풍화 작용으로 적어지고 있습니다.

'도도와라'란 '분비나무의 들판'에서 유래한 지명으로 거칠고 메마르며 쓸쓸한 경관으로 되었습니다. 원시림인 오니쿠루, 폰니쿠루도 말라죽어가고 있으며, 특히 차 도로와 마주하는 마른 나무가 많은 곳은 '도도와라'에 맞추어 '나라와라'라고 부르고 있습니다. 여기는 신갈나무·사스래나무·마가목, 왕고로쇠나무 등이 자라고 있고 특히 신갈 나무가 많습니다.

반도 전체, 그 중 네이처센터에서 도도와라에 이어지는 편도 1.3km(도보 30분 정도) 산책로와 노쓰케자키 등대 주변에 원생화원이 있습니다. 계절마다 많은 꽃을 즐길 수 있습니다. 특히 6월부터 잠두싸리, 큰원추리, 해당화, 꽃창포 등 알록달록한 꽃이 피어 반도 전체가 꽃으로 가득합니다. 등대 부근의 원생화원은 산책하실 수 없습니다.

노쓰케만에는 6월경부터 점박이 물범을 볼 수 있습니다. 8월 많을 때는 매년 약 60마리가 확인되고 있습니다. 조수 간만의 차이는 있지만, 얕은 곳에서 휴식하는 물범의 모습을 관광선에서 가까이 관찰할 수 있습니다.

"野付半島は北海道の知床半島と根室半島のあいだに位置する、全長約26kmの日本最大の砂の半島、砂嘴(さし)です。 複数の国有林を持ち、国指定特別鳥獣保護区があります。 海に突き出たかぎ針状で、独特の形をしています。中には砂浜、干潟、草原、高層湿原、森林、があり、立ち枯れの風景『トドワラ』や『ナラワラ』といった景勝地があります。

野付半島内には江戸時代の中頃まで、トドマツ・エゾマツ・ハンノキ・カシワなどの樹種から成る原生林がありました。しかし年々半島周辺が地盤沈下し、それに伴い海水が浸入、立ち枯れの森となりました。その枯れ木群も更に進む地盤沈下や風化によって少なくなっています。

　トドワラとはトドマツの原っぱからきた地名で、荒涼とした景観になっています。　原始林オンニクル、ポンニクルも周囲から枯れてきていて、特に道路に面した枯れ木の多いところをトドワラに合わせてナラワラと呼んでいます。ここはミズナラ・ダケカンバ・ナナカマド・エゾイタヤなどが生えていて、特にミズナラが優占しています。

　半島全体、特にネイチャーセンターからトドワラへ続く片道1.3km（徒歩30分）ほどの遊歩道沿いと、野付埼灯台周辺に原生花園があり、季節ごとの花々が楽しめます。特に6月からセンダイハギ・エゾカンゾウ・ハマナス・ノハナショウブなど色鮮やかな花々が咲き、一面を埋め尽くします。　灯台付近の原生花園では散策はできません。

　野付湾では6月頃からゴマフアザラシが観られます。8月の多いときには毎年約60頭が確認されています。潮の干満によって違いはありますが、浅瀬で休む姿を観光船から間近に観察できます。”

　나의 기행문에 사용허락을 받아 인터넷의 정보를 길게 인용하는 것은 노쓰케 반도에 관심이 높고 많기 때문이다. 홈페이지의 소개문을 읽으면 대충의 뜻은 알지만 충분히 이해했다고는 할 수 없다. 확실하게 이해할 때까지 지리 용어와 키워드를 사전 찾아 공부하지 않으면 마음이 놓이지 않는다. 호수나 지형 관련 용어라면 흥미가 있으며 집중하여 스스로 학습이 가능하다. 그러고 보니 고등학교 때 지리 시간은 내가 좋아하는 교과목 중의 하나이었다. 노쓰케 반도 여행관련 어휘 중 나의 선행학습으로 익숙한 한자어를 앞으로 순화된 우리말로 표현하도록 익히자. '사취'는 '모래부리', '사주"는 '모래섬', '사구'는 '모래언덕', '모래사장'은 '모래톱' 혹은 '모래 해변'으로 여러 번 말하며 외워본다. 돌아서면 잊어버리지만,,,

---

학습정리

● 사취(沙嘴/砂嘴) : 사취의 한자의 훈과 음은 '모래 사', '부리 취'. 〈지리〉 모래가 해안을 따라 운반되다가 바다 쪽으로 계속 밀려 나가 쌓여 형성되는 해안 퇴적 지형. 한쪽 끝이 모래의 공급원인 육지에 붙어 있는 것이 특색이다. 바다 안에 가늘고 긴 홀쭉하게 튀어나온 모래섬[비슷한 말] 모래부리.

● 사주(沙洲·砂洲) 사주 [지리] 砂州さす.(=동의어 모래섬)

● 사구[沙丘/ 砂丘] 해안이나 사막에서 바람에 의하여 운반 · 퇴적되어 이루어진 모래 언덕. 크게 해안에서 볼 수 있는 해안 사구와 사막에서 볼 수 있는 내륙 사구로 나뉜다. '모래 언덕'으로 순화.

● 모래톱 : [같은 말] 모래사장(강가나 바닷가에 있는 넓고 큰 모래벌판).

● 스나하마すなはま[砂浜][명사](해변의) 모래사장, 모래톱.

　모래사장 = 모래톱 = 모래해변 같은 말

　노쓰케해안원생화원은 노쓰케 반도 전체가 원생화원으로 지정되어 있으나 방문객이 알기 쉽게 '도도와라에 이어지는 산책로 옆 원생화원'과 '등대 주변의 원생화원'이라고 소개하고 있다. 내가 견학한

곳은 네이처센터에서 관광선의 선착장으로 가는 길가의 원생화원인 것 같다. 노쓰케 반도의 산책로 길가의 원생화원에는 레분토의 고산 식물원의 꽃 이름표와 같이 꽃의 자기소개 명찰을 크게 달고 있었다.

이 곳에서 본 꽃은 꽃술패랭이, 골무꽃, 해당화, 에조쥐손이풀, 잔대, 창질경이, 큰원추리, 잠두싸리, 갯그령, 갯씀바귀, 양지꽃, 갯봄맞이, 웅기솜나물 등이 있는데, 그 날 나의 눈에 단연 돋보인 꽃은 노란꽃의 웅기솜나물이다.

4-3 강풍과 해무 속에 생존하는 에리모미사키의 꽃들

에리모미사키는 나의 기행문 '노래와 문학관편'에서 노래와 관련한 이야기로 이미 등장한 곳이다. 여기서는 에리모미사키까지의 행로와 거센 바람과 안개 속에 크게 자라지는 못하고 왜소화하며 생명을 이어가고 있는 꽃들을 추억하며 그 이름을 불러본다.

나는 홋카이도에 가보고 싶지 않은 곳이 없듯이 당연히 에리모미사키도 오랫동안 동경해 왔던 곳이다. 그렇지만 지도상의 위치를 보면 삿포로에서 꽤 떨어져 있어 실행할 엄두가 나지 않았다. 홋카이도 여행은 입국과 출국의 사정 상 모든 것을 삿포로부터 계획하고 실행하니까 그 점에서 에리모미사키는 엄청 멀게 느껴졌다. 그러나 가고 싶은 마음을 이기지 못하여, 에리모 지방의 단 하나 뿐인 자연호 도요니코 호수와 바람의 곳 에리모미사키에 용기를 내어 도전하기로 했다. 뒤늦게 에리모미사키까지의 교통은 오비히로에서 출발하면 편리하다는 정보를 얻게 되었다. 이 코스라면 나에게는 새로운 길이므로 한층 현지 방문을 실행하고 싶은 의욕이 높아졌다.

나는 오비히로역앞 버스터미널에서 10% 할인 왕복차표를 구입,

노선버스를 타고 출발했다. '에리모미사키 버스 정류소'까지 편도 3시간 반 걸려 도착했다. 국도에는 차량도 별로 많이 다니지 않은데 시속 40km일까 50km일까 버스는 법정 속도를 준수하며 천천히 달리는 것 같다.

이번엔 넓은 평야를 가로질러, 오호츠크 해가 아닌 태평양을 따라 버스가 달린다. 나는 버스 차창 밖의 지나치는 해안의 풍경을 한 눈도 팔지 않고 오호츠크 해와 태평양의 느낌을 비교하며 집중해서 보았다. 도중에 머린 스포츠 장소로서 유명한지 영화에서만 보았던 서핑을 하고 있는 모습도 보았다. 그런데 파도가 높은 바다에서 해양스포츠를 즐기는 모습은 그 방면에 문외한인 나에겐 어쩐지 위험하게 보여 무섭다. 그리고 오늘 날씨에는 이상하게 멋지다는 감상보다 어쩐지 적적하다는 표현이 더 어울릴 것 같다.

이런 저런 온갖 생각 속에 목적지에 도착했다. 타고 온 버스는 '에리모미사키 버스정류소'가 종점이 아니고 아마 사마니까지 가는 모양이다. 버스에서 내리니 바로 바람이 휘몰아친다. 에미모미사키의 상징물이기도 한 바람(연간 바람 부는 날이 260-290일 이상의 강풍지대라 한다)은 오늘 처음 온 방문객에게 쉴 틈을 주지 않고 환영의 인사를 하는 것 같은데, 예의가 없이 다소 난폭하다. 이 곤란한 바람을 우선 피하기 위해서 점심시간도 가까워졌으니 휴게소에 들어갔다.

여기 휴게소의 레스토랑에는 신선한 해산물이 가득하다. 마치 하코다테의 아침시장을 보는 듯하다. 식사를 하고 몸을 데우고 나서, 바람의 곳에 갈 채비를 하고 견학에 나섰다. 에리모미사키는 앞서 본 적이 있는 레분토의 스코톤미사키를 연상하게 하였다. 바다의 끝부분으로 쑥 내민 끝, 육지의 첨단부분의 곳이므로 곳이란 곳은 어디든 비슷한 형태인가 생각했다. 해안단구의 절벽 아래를 바라보니 무섭지만 약간 스릴도 즐기며, 암초가 드문드문 장식되어 있는 바다는 확실히 자연관광 자원에 들어갈 만하다.

에리모미사키, 일본 최대의 풍속으로 유명, 바람을 테마로 한 '바람의 전당' 시설은 필수 코스이다. 그곳에서는 잔점박이 물범의 일본 최대(약 400마리) 서식지로, 그 무리의 개체를 관찰할 수 있는 전망실과 망원경 등을 갖추고 있지만, 내가 간 날은 입구에 "현재 해무(해상에 발생하는 안개)로 바다표범을 관찰할 수 없습니다. 바다표범은 먼 바다의 암초 쪽에 있습니다."라는 알림장이 붙어 있었다. 그 곳의 직원이 그린 일러스트인지 바다표범의 눈을 지긋하게 감은 모습이 너무 귀엽다. 정말 실물을 보았으면 더 좋았는데 아쉽다.

그런데 노쓰케 반도에서 오다이토로 향하는 관광선 안에서 본 점박이 물범과 에리모미사키의 잔점박이 물범의 차이는 무엇일까. 이름 앞에 '잔' 한 글자만 다르고 비슷하다.(글을 쓰고 찾아보니 등의 모양이 다른 것 같다. 바다의 표범인 물범을 동물원이 아닌 자연의 바다에서 그대로 관찰할 수 있는 홋카이도는 자연이 그대로 남아있는 점이 최대의 매력이고 저절로 나의 마음도 이끌리나 보다.

이제 에리모미사키에서 본 식물의 이름을 나의 꽃 관찰 메모를 보면서 옮겨 적는다. 예상했던 것 보다 많은 꽃들이 피어 있었다. 에리모미사키의 바다 등 주변 경관도 멋지지만, 꽃들도 그 자연의 한 멤버로 에리모미사키의 관광 스폿이다. 에리모미사키 여행도 완전 대성공이라고 환호했다. 여기의 꽃들은 레분토에서 본 꽃과는 같은 것도 있지만 다른 종류가 많은 것 같다. 당연히 계절도 장소도 남북으로 많이 다르니까 꽃 종류도 다를 것이지만, 바람과 바다의 안개 속에 하늘거리며 아니 거세게 바람을 맞으며 몸을 옆으로 눕혀 가능한 몸을 작게 하여 꽃을 피우고 있는 에리모미사키의 꽃들은 가련하여 더 사랑스럽다.

홋카이도에 사는 식물은 혹한의 환경에 인내하고 스스로 살아갈 수 있는 자립심이 몇 배나 더 필요할 것 같았다. 에리모미사키의 기행을 적다가 구슈코 호수에서 내가 말한 '지리'*라는 단어도 다시 학습했다. 역시 학습의 전이는 학습의 결과이며 학습의 보람을 느끼게 한다. *지리: 홋카이도지방의 여름에 발생하는 짙은 해무. 해무 : 해상에 발생하는 안개. 가스. 지리.

♨ 에리모미사키 버스정류소 바로 앞의 갯방풍과 해안단구의 꽃들

에리모미사키 해안단구의 원생화원에는 술패랭이꽃이 무더기로 피어 있었다. 보라색 초롱꽃과 잔대는 언제 보아도 얌전하다. 남색의 가는 명아주는 젊은 멋쟁이다. 노란 갯씀바귀는 씩씩하게 보인다. 꽃창포도 그룹을 지어 가득 피었고, 쥐손이풀속은 약방의 감초 같이 홋카이도 어디든 핀다. 개질경이는 해안에 많은 다년초라고 도감에 나와 있고 그 옆에 창질경이도 보인다. 꿀풀, 가는 오이풀, 꿩의 비름속 돌나물도 곳곳에 피어 있다.

♨ 도요니코 호수에서 편도 10km의 메구로 버스 정류소까지의 꽃들

헐떡이풀, 가는미나리아재비, 산박하, 수호초, 분단나무, 삼잎방망이는 아직 봉우리 상태이고, 음나무, 계수나무, 개두릅나무, 짚신나물, 고추나물, 수영, 등수국. 6월에 보았던 일본앵초(구린소, 프리뮬라 자포니카)는 씨를 맺고 있다.

많이 본 적 있는 꽃 하나는 칡인가 생각했더니 일본우피소이다. 개말나리는 처음이자 마지막으로 딱 한 번 야생의 것을 보았는데 사진이 한 장 밖에 없다. 그 외 산수국, 자생산수국, 개다래, 쥐다래, 오리나무, 홀아비꽃대, 홀아비꽃대속, 물꽈리아재비, 일본목련의 어린 나무, 안젤리카, 긴잎달맞이꽃, 노파백합, 골무꽃, 뱀무우, 개미자리, 산흰쑥, 산뽕나무 열매,노랑물봉선화, 리시리양귀비 등을 보았다.

리시리양귀비는 두 번째 만남이었다. 레분토에서 처음, 메구로에서도 만났다. 메구로에서는 버스를 기다리며 네잎클로버를 두 개나 찾았고, 등골나물, 왕호장근, 나래박쥐나물, 일본전나무, 꿀풀은 여러 번 보았지만, 또 만난 나의 홋카이도 친구들. 임도의 다리 이름에 '오기바시(荻橋)'*인지 '하기바시(萩橋)'*인지 비슷한 한자를 보았는데 둘 다 식물이름이므로 궁금해서 사전을 찾아보고 영상도 보았다. *오기(オギ, 荻 물억새 적) 물억새(볏과의 여러해살이풀) *하기(ハギ, 萩 사철쑥 추) 콩과 싸리 1. 사철쑥 2. 개오동나무(능소화과의 낙엽 활엽 교목)

✿히로오에서 오비히로로 돌아오는 날 아침에 히로오항 근처의 식물

그리고 히로오는 도카치진흥국 소속이지만 히로오에서 본 꽃은 여기에 함께 적는다. 늘 스마트폰 카메라로 사진을 찍기만 했는데, 다음부터는 작은 야외수첩도 지참하여 견학해야겠다. 스마트폰의 노트, 메모 기능보다 아무래도 나는 기기 사용을 잘 못하니 스마트폰 버전이 최신의 것이라도 무용지물이다. 여로속의 긴옆 여로(큰박새)는 아주 귀한 꽃, 닭의 장풀(달개비), 봄까치꽃, 개쑥갓, 짚신나물, 클로버(토끼풀), 붉은 클로버(붉은 토끼풀), 민들레, 뱀무속의 식물, 꽃마리, 등갈퀴나물(등갈퀴나물은 이쿠시나원생화원의 넓은잎갈퀴와 비슷하나 잎이 가늘다), 옥잠화(호스타, 비비추), 일본잎갈나무 등. 봄까치꽃은 큰개불알풀로도 우리나라 식물도감에 소개되어 있다. 일본어는 '오오이누노후구리'인데, 홋카이도의 꽃이름을 공부하면서 이윤옥작가의 '창씨개명된 우리 들꽃'도 구입해서 읽고 독서 후 독자로서의 감상과 의견을 전달하기도 했다.

4-4 8월의 오비히로·도카치에서 만난 꽃들

오비히로역앞 버스터미널 쪽의 분수대 앞에 큼직한 공원수인 일본피나무(피나무속)는 동네의 사람들이 모여 놀며 쉬던 그늘나무(정자나무)처럼 가지가 많고 잎이 무성하다. 오비히로역에 내리면 딱히 아는 사람도 없고 이 피나무를 나의 가장 친한 친구로 인연을 맺었다. 오비히로는 이제 열차 안에서 통과하기만 했던 곳이 아닌 위화감이 없는 도시로 바뀌었다. 시카리베쓰 호수군, 에리모미사키, 태평양 연안의 호수군, 도마무 리조트에 갈 때 등 몇 번이나 묵었던 곳이며, 저녁 식사로 우리나라 음식이 먹고 싶어 오비히로시 시내중심가의 한국 요리 전문집을 찾아가기도 한 곳이다.

오비히로의 꽃이라면 쵸마토 호수의 원추리속 왕원추리부터 시작해야 한다. 왕원추리는 우리나라에도 닮은 것은 있지만 내가 홋카이도에서 본 것과 똑같은 것은 없는 것 같다. 쵸마토 호수를 찾아 '쵸마토 신사 경내'에 들어가 초록색 숲을 통과하는 데, 유난히 주황 빛이 강렬한 왕원추리가 딱 한 송이 눈부시게 피어 있었다. 그 이후는 다른 장소에서 왕원추리를 만나는 일이 있어도 나는 어쩐지 이 날의 왕원추리가 자꾸 생각난다. 오비히로역을 지나칠 때마다 쵸마토의 숲속에 있던 그 왕원추리가 지금은 있는지 어떤지 궁금해 찾아가고 싶다. 쵸마토 연못 주변에는 서양미역취도 탐스럽게 노란 꽃이 주렁주렁 달려있고, 두릅나무도 자기 멋을 부리며 피어 있었다.

오비히로에서 시카리베쓰 호수군 탐방하러 갔을 때는, 선괭이밥, 박하, 노랑물봉선화, 삼잎방망이, 촛대승마, 가막살나무, 홍월귤과 산미역취, 월귤, 과남풀, 나도옥잠화, 산천궁속, 개다래, 등수국, 당귀속, 투구꽃속 등을 만났다. 시노노메코 호수의 과남풀, 월귤의 사진과 고마도메코 호수를 배경으로 비스듬히 피어 서 있는 두 개의 산미역취의 피사체는 내가 찍은 사진이지만 마음에 쏙 든다.

도카치 태평양 연안의 호수 탐방 때의 꽃은 호로카얀토 호수 주변의 잔대, 오이카마나이토의 털부처꽃 군락, 마지막 코스에서 꽃이 지기 시작한 해당화, 쥐손이풀 정도이다. 전체적으로 꽃이 적어 많이 만나지 못해서 사진도 별로 없다. 8월의 해변은 가을 기운이 찾아와 꽃들의 전성시기가 지나고 있음을 알려주는 듯 했다.

오비히로 근처의 이케다와인성 견학 때 본 꽃도 잊지 말고 적어두자. 어느 꽃이든 나는 차별하지 않는다. 모두 하나 같이 좋아서 못 산다. 이케다로 향하는 아침 열차 속에서 본 레일 연변의 꽃은 터리풀, 나무수국, 꼬리조팝나무 등이다. 이들은 아침 안개의 연한 회색 바탕의 도화지에 그려진 8월의 홋카이도의 한 장면이다. 이케다역앞 버스정류소 벤치에 앉으니 발 아래에 쇠비름, 주름잎이 피어 있다. 와인성의 도로변에서 본 다육식물인 연화바위솔도 독특한 모습인데 자생하는 것이 아닌 주민에 의해 심어진 것 같았다. 닭의 장풀은 정말 흔한 야생화이지만 어릴 때부터 눈에 익은 선명한 꽃 색깔은 예나 지금이나 변함없이 아름답다.

이케다의 꽃을 이야기하니 이케다 출신 도리캄의 노래가 귀에 들려오는 듯하다. 노래편에서 소개하지 못했던 그녀의 'ALMOST HOME'의 가사와 멜로디가 좋아서 나의 2017년 1월과 2월의 기행문 쓸 때에 듣는 최대의 애청곡이 되었다. 이 노래의 작사와 작곡자인 요시다 미와도 '보리의 노래'에서 언급한 나카지마 미유키와 같이 스스로 작사와 작곡하여 노래까지 부른다. 이들 가수의 천부적인 재능에 감탄한다. 그런데 나의 기행문에 등장하는 노래의 작사·작곡·노래를 부른 두 여성 가수를 검색을 해 보니 두 사람이 다 오비히로의 하쿠요고교 출신이라고 적혀있다. 마침 그 학교 정문 앞을 지나갈 때 택시 기사도 이 고등학교 출신의 유명한 사람으로서 두 사람을 이야기해 주었다. 도카치진흥국의 여행 추억은 요시다 미와의 'ALMOST HOME(올모스트 홈)'의 '도카치 도카치'라는 가사와 선율과 함께 지면에 붙어서 자라고 있던 작은 주름잎 꽃과 시노노메코 호수의 고산식물이 번갈아 나타난다.

5. 비호로토게·마슈다케·데시카가·구시로의 꽃들

5-1 비호로토게의 꽃밭과 마슈다케 정상의 고산식물

비호로토케는 나의 기행문 '노래편'에도 소개했다. '비호로토게'의 우리말 뜻은 '비호로 언덕'이며, 하나의 지명이다. 이 언덕의 가장 높은 곳이 해발 525m라고 하니, 비호로토게 버스 정류소에 내리면, 나는 마치 작은 산의 정상에 단숨에 올라와 있는 것 같다.

비호로토게의 비탈 길도 온통 원생화원이었다. 그곳에 자생하는 8월의 꽃들은 굿샤로코 호수를 마주보며 자기만의 포즈를 취하고 있고, 비호로토게를 찾은 많은 관광객은 그 꽃과 호수를 배경으로 기념촬영에 바쁘다. 바다 쪽으로 쑥 내민 육지의 마지막 부분을 곶이라고 한다면 비호로토게는 굿샤로코 호수 쪽으로 튀어나온 언덕의 가장 높은 부분에서 바라보면 마치 에리모 곶과 같이 생각되어, 일부러 나는 비호로 곶이라 불러본다. 에리모 곶이나 스코톤 곶에서 바다까지는 그리 높지 않았지만, 비호로토게에서 호수 쪽으로 내려 보면 아주 높다. 비호로토케와 굿샤로코 호수를 서로 사이좋게 배치하여 만든 자연의 대작품 같다.

🌳비호로토게에서 만난 비호로 꽃을 소개한다.

곰취, 좁쌀풀, 산떡숙, 꼬리풀속, 맑은대쑥, 네귀쓴풀, 꿀풀속, 오이풀속, 기린초, 잔대, 가래나무속, 산마가목. 나무수국은 홋카이도의 어디에나 있는지 자주 만나서 흔한 것 같고, 흔하지만 흰 꽃이 예쁘기도 하다. 그리고 나무수국의 꽃과 비슷한 꽃을 피운 나무도 많았다. 곰취는 비호로토게에서는 8월 중순의 대표적인 꽃이라 느낄 만큼 서로 다투며 많이 피어 있었다. 네귀쓴풀은 색깔부터 모양까지 환상적이라고 할까 말로 표현할 수 없지만 정말 꽃다운 꽃으로 아름답다. 비호로토게의 8월이 아닌 6월과 7월에는 어떤 곳이 피어 있을까 벌써부터 궁금하고 기다려진다.

다음은 마슈다케 산행에서 만난 고산식물이다. 마슈다케 산에 관해서는 호수편에 조금 언급했다. 나의 기행문은 하나의 소재(재료)로 여러 가지 테마로 이야기하니까 반복되는 점이 많다. 책 제목에 '마이스타일'이라고 내세우는 데는 이러한 내 마음대로 내 식대로의 글쓰기에 너그럽게 봐 주시길 바라는 부탁의 마음도 담았다.

마슈다케는 조금 전의 비호로토게 보다 300m 이상 높다. 일본을 여행하면서 산의 정상까지 가 본 것은 오직 하나 바로 이 마슈다케뿐이다. 내가 가장 좋아하는 마슈코 호수의 외륜산의 최고봉이라는 점과 완만한 구릉을 걸어서 등산하므로 그렇게 힘들지 않다고 하여 마음을 크게 먹고 도전했다.

마슈다케 정상으로 향하는 등산로는 전부 천연화원이다. 레분토의 섬 전체가 꽃밭이듯이, 마슈코 제1전망대에서 산행을 시작하여 마슈다케의 정상에 이르기까지 온통 산 꽃길이다. 정말 홋카이도의 6,7,8월은 어디든 꽃의 나라이라고 생각한다. 겨울은 눈과 얼음의 나라이며, 여름은 꽃의 나라인 홋카이도. 마슈다케의 산행 이야기가 길어졌지만 산행 도중에 만난 꽃들을 소개하지 않는다면 말도 안 된다.

♧ 마슈다케 정상의 해발 857m 표지판 주변의 꽃들부터 소개한다.

바위도라지, 이와부쿠로(우리말을 찾지 못함 岩袋、学名 : Pennellianthus frutescens)는 정상에, 그야말로 초고층빌딩과 같은 곳에 생생하게 살고 있고, 작은 키에 바닥에 붙어 꽃을 피우고 있는 모습은 고산식물답다. 정상에서 조금 내려오니 국화 종류의 섬쑥부쟁이가 상큼한 모습으로 고개를 내밀고 있었다.

흰참꽃나무는 거리의 화분에서도 보기는 했지만 높은 산 속에 자생하는 실물은 마침 만개한 모습을 보여주어 고맙고 반가웠다. 라우스코 호수에서 보았던 닻꽃도 만났다. 그 외의 꽃은 이미 나온 이름으로 한 번 더 적어보면 가래속, 산미역취, 등골나물, 투구꽃속, 산떡쑥, 월귤, 홍월귤(산앵도나무속), 나무수국, 엉겅퀴, 꿀풀, 곰취 등도 지천으로 널려 피어 있었다. 잔대속, 송이풀은 처음 등장한 뉴페이스, 나래박쥐나물, 고추나물, 가는 명아주는 에리모미사키에서 보았는데 마슈다케에서도 만나니 아는 꽃이라 더 반갑다. 마슈다케의 정상까지의 산행과 그곳의 꽃들과의 귀중한 만남은 너무 좋았다. 나는 아직도 내가 정상까지 다녀온 것을 반신반의하고 있다.

마슈다케 산은 마슈코 호수 외륜산의 최고봉이며 홋카이도 구시로 종합 진흥국 데시카가 쵸에 있는 해발 857m(호면 표고 502m)의 화산이다. 신비한 마슈코 호수와 함께 카무이누푸리 "신의 산"으로서 아이누 민족에게 모셔졌다고 한다. 마슈다케 정상에서 수직에 가깝게

깎아지른 분화구 벽을 바라볼 수 있다는데 흐려서 볼 수 없었다. 마슈코 호수의 제1전망대에서 남쪽의 외륜산을 반 바퀴 정도 경유하여 니시베쓰타케의 분기점까지는 힘들지 않았다. 니시베쓰타케 분기점에서 험준한 마슈다케의 화구벽을 경사지게 올라 정상까지는 약간 체력 부족임을 느꼈다. 하지만 마슈다케 정상을 다녀온 사실은 세월이 지나도 마치 스스로 칭찬해도 좋을 일만큼 가슴 뿌듯하다.

5-2 데시카가의 흑나리, 구시로의 보리수나무

마슈코 호수에 가기 위해 마슈역에 내려 밖으로 나오니 역앞 광장의 기념물이 보인다. 그 기념물은 마슈코 호수를 이미지한 것이었다. 마슈코 호수를 견학하고 마슈역으로 이동하는 도중에 구시로 강변과 자작나무 숲을 이웃한 미치노에키(휴게소)에 들렀다. 데시카가의 미치노에키는 에코버스를 타고 지나칠 때부터 호감이 가는 곳이다. 마슈역의 소재지는 '데시카가'라고 휴게소에서 알게 되었다. 홋카이도 지명은 읽기도 어렵고 잘 외워지지 않았지만, 나는 마슈역의 소재지 데시카가를 비교적 빨리 외웠다. 어떻든 데시카가의 첫 인상은 자작나무가 즐비한 휴양지와 같은 미치노에키 건물과 그 주변의 자연환경은 크게 머릿속에 남았다. 나는 휴게소에서 야외 족욕도 하고, 삿포로 지인에게 전할 선물도 골랐다.

그 날은 마슈역에서 구시로를 경유하여 삿포로까지 가야하는데 구시로행 출발 열차 시간까지는 여유가 있었다. 그렇지 않아도 미치노에키 휴게소에서 자작나무를 따라 걸어보고 싶던 참에 잘됐다며 천천히 걸었다. 가로수 옆에는 포도주를 숙성시키는 나무 통 같은 큰 화분에 아름다리 초여름의 꽃이 알록달록 심어져 있었다. 문득 만약 내가 지금 걷고 있는 이곳의 자연환경 속에 살아간다면 쓸데없는 욕심도 없어지고 보다 평온한 삶을 살 수 있을 것 같은 상상을 했다.

♧ 데시카가에서 본 꽃 중 앞서 나온 것과 중복되는 것도 있지만 기록한다.

분홍빛 강렬한 일본앵초, 흑나리, 천남성, 알프스 민들레, 눈잣나무, 죽대, 각시둥글레, 큰둥글레, 금낭화속(일본망아지풀 분홍꽃과 흰꽃 두 종류를 보았다), 왜졸방제비꽃, 붉은인가목, 도깨비부채(개병풍), 두릅나무, 노파백합, 쇠별꽃, 보리수나무, 기린초, 좁쌀풀, 참골무꽃, 잔대, 원추리, 타래난초, 왕원추리, 물봉선, 서양미역취, 자두나무, 만병초, 일본목련, 장구채, 매발톱꽃속, 루피너스, 컴프리, 꿩고비, 왜천궁, 투구꽃속, 다북떡쑥속 등 처음 본 꽃도 많고 많은 꽃을 보았다.

♧ 구시로역 주변의 화단에서 본 꽃 외

역앞의 화단은 볼 때마다 잘 관리되고 있으며 많은 꽃들이 가득 피어 있었는데 대체로 원예종인 것 같다. 나는 어느 새 자연산의 야생화, 산야초에 더 크게 관심이 쏠려버려 원예종 꽃은 보고 즐기며 좋아하나 사진은 별로 찍지 않는다. 이전에는 원예종과 야생의 꽃을 구별 하지 않았는데 홋카이도에 와서 야생의 꽃을 만난 이후 들꽃 애호가가 되어 버렸다.

구시로의 꽃과 나무라면 구시로역 근처의 노각나무이다. 일본어는 '나쓰쓰바키'라 하며 우리말로는 '여름동백나무'라는 뜻인데 별명이 '샤라노키'라고 한다. '샤라노키'란 불교의 성스러운 나무(성수)의 사라수나무와 닮았다는데서 붙인 이름이라고 이름표에 적혀 있었다. 그 후 나는 군마현 하루나코 호반에서 다시 노각나무를 만났다. 유람선의 선착장 앞에 예쁘게 피었다. 노각나무(여름 동백)를 보니 단어 연상

작용으로 삿포로의 쪽동백나무가 떠오른다. 두 나무는 닮지 않아도 '여름 동백나무'와 '쪽동백나무'의 '동백'의 우리말은 같다.

구시로역 근처의 화단에는 내가 좋아하는 도깨비부채와 흔한 큰달맞이꽃도 있다. 큰달맞이꽃은 정말 어디든지 볼 수 있는 흔한 꽃이지만 구시로의 큰달맞이꽃을 찍을 때는 무언가 이유가 있었을 텐데 메모하지 않아 잊어버렸다. 그 맞은 편 가게 앞의 도로 화단에는 감자꽃도 가꾸고 있었다. 감자를 키우나 싶었다. 또 다시 만나고 싶은 구시로의 나무로는 등대꽃이 있다. 등대꽃은 오누마 호반에서도 보았다고 나의 기행문에 적었지만, 구시로의 등대꽃은 이시카와다쿠보쿠의 자취를 기념하는 노래비가 있는 요네마치공원으로 가는 도로의 화단에서 보았다.

노각나무와 등대꽃이 필 무렵 다시 구시로를 방문하여 구시로 피셔먼스 워프 무*의 해산물 화로구이와 구시로어시장의 회 정식을 먹고 싶다. 바로 앞에 날아다니는 갈매기를 피하며 몇 번 거닌 적 있는 누사마이바시를 건너 산책하며, 구시로항의 석양도 보고 싶다. 구시로항의 석양은 '일본 3대 석양'이 아닌 '세계 3대 석양'을 지향하고 있다는 사진전도 본 적 있다. 일본인은 정말 3대 00를 좋아한다. 어디든 3대, 10대, 100대를 붙여 말한다. 구시로는 '안개의 도시'라고 가이드북에 적혀 있는 대로 6월 말에 갔을 때는 짙은 안개의 도시이었다.

*피셔먼스 워프 무 : 구시로의 복합상업시설 명칭

⚘ 도동지역의 호수 탐방 때 본 꽃들도 기록

구시로의 하루나코 호수는 컴프리가 인상적이었고 왕호장근은 호반을 둘러싸고 있으며, 왜천궁도 보였다. 굿샤로코 호수와 폰토를 방문했을 때 투구속꽃, 삼잎방망이, 흰오이풀 눈에 선하다.

가와유온천앞의 붉게 단풍이 든 피나무. 긴무토의 풀산딸나무는 꽃이 아닌 빨간 열매이었고, 참빗살나무, 삼잎국화, 삼잎방망이, 아칸호 상점가 앞의 화분에는 엔젤트럼펫인 조선나팔꽃, 아칸코 호반에는 고마리가 잔잔하게 피었고, 물파초인 리시리톤은 시들어가고 있었다. 니쿠루토와 도쓰루코 호수 주변의 목초지에는 자주개자리(알팔파)가 가득했다.

시라루토로코 호수에서는 벌등골나물, 회잎나무, 팥배나무, 느릅나무, 큰달맞이꽃, 서양톱풀, 덩굴옻나무를 보았다. 닷코부누마 호반에서는 지극히 흔한 쑥부쟁이인 것 같은 국화, 장구채, 싸리의 사진을 찍었다. 효탄누마 호수에서 큰두루미꽃과 털큰앵초의 무성한 잎을 보았고, 준사이누마에서는 수호초, 선투구꽃, 땃딸기를, 온네토 호수에서는 아레나리아, 참애기참꽃, 벼룩이자리, 마가목을 메모했다. 신비한 니시키누마에서는 끈끈이주걱, 월귤, 작은 황새풀, 풀산딸나무, 쥐똥나무속, 물파초, 백산차 등 내 눈에는 모두 진귀한 식물이었다. 그 외 일본잎갈나무, 두릅나무, 호랑버들, 매화헐떡이풀, 일본전나무, 가문비나무, 병꽃나무속 등도 다 멋지다. 다로코와 지로코 호수 방문에서는 왜골무꽃, 이질풀, 긴꼬리쐐기풀, 좁쌀풀, 투구꽃속, 촛대승마, 나도옥잠화. 나래박쥐나물, 삼잎방망이 등이다. 동물도 같이 찍힌 사진은 치시마엉겅퀴꽃에 서양뒤영벌이 밀착하여 꿀을 흡입하는 모습이다.

후렌코 호수의 왕복 길은 처음부터 끝까지 7월의 홋카이도 대꽃길이었다. 그 중에 미나리과 식물은 보기만 해도 재미있다. 완전 나의 기호이다. 안젤리카속의 에조구릿대, 갯강활, 왜우산풀을 비롯 이외의 꽃도 수없이 많다. 쥐다래, 퍼텐틸라, 박쥐나물, 뱀무, 등갈퀴나물, 제비붓꽃, 치시마쥐손이풀속도 수없이 많고, 서양톱풀속 끈끈이

장구채속의 활짝 핀 모습은 길에 깔렸다 야생화를 원대로 즐겼다. 무릉도원이 따로 없다. 또 아키다머위, 박새, 노파백합도 한 몫 한다.

도동은 아니지만 도마코마이의 우토나이코 호반은 온천지에 에조용담꽃이 피기 직전의 봉우리 채로 자리잡고 있었다. 삿포로의 페케렛토 호수에는 야광나무의 작은 열매가 떨어져 있었고, 독버섯이지만 빨간 모자를 쓴 광대버섯이 선명하게 보였다. 노파백합의 열매 옆에 천남성 열매도 가을임을 말해 주고 있다. 삿포로로 돌아오는 길에 민가의 화단에 흰색 무궁화꽃이 만발했고, 아까시나무, 능소화, 머루, 팥배나무, 두릅나무 등 그저 내 눈에는 식물만 보인다.

✿ 꽃 못지않게 나무도 좋아한다.

홋카이도의 나무 이름을 다 외울 수는 없지만 사진을 찍은 나무 이름은 외우고 싶다.

주목, 일본전나무, 일본잎갈나무, 자작나무, 느릅나무, 산벚나무, 고로쇠나무, 뜰단풍, 일본단풍, 물참나무, 신갈나무, 일본피나무, 화살나무, 황벽나무, 목련, 일본철쭉, 개나리, 수국, 측백나무, 만병초, 마가목, 까치박달나무, 일본목련, 층층나무, 사스래나무, 플라타너스, 포플러 등 나무는 나무대로 어찌 그리 좋은지 모른다.

나의 사진 모델이 되어 준 홋카이도 식물, 내 수첩에 이름이 기록된 식물들의 모든 이름을 불러내어 적고 싶지만 적지 못했다. 나의 기행문에 등재되지 못한 나무와 꽃들에게 양해를 구하며 북국의 들꽃 사랑 테마이자 나의 기행문 마지막 단락을 마친다.

부록 1

인터넷 검색에 의한 홋카이도내 일본 3대 명물

부록 2

홋카이도내 일본의 비경 100선

색인

참고문헌

인터넷 검색에 의한
홋카이도내 일본 3대 명물

(1) 신 3경 : 오누마(홋카이도 나나에쵸), 미호노마쓰바라(시즈오카현), 야바
  케이(오이타현)

(2) 3대 비탕 : 니세코야쿠시온천(홋카이도), 야치온천(아오모리), 이야온
  천(도쿠시마현)

(3) 3대 하천 : 시나노가와(니가타, 나가노현), 도네가와(간토지역), 이시카
  리가와(홋카이도)

(4) 3대 호수 : 비와코(시가현), 가스미가우라(치바, 이바라키현), 사로마코
  (홋카이도)

(5) 3대 칼데라호 : 굿샤로코(홋카이도), 시코쓰코(홋카이도), 도야코(홋카
  이도)

(6) 3대 야경 : 하코다테야마에서 보는 홋카이도 하코다테시, 롯코산
  에서 보는 효고현 고베와 오사카시, 이나사야마에서 보는 나가사
  키시

(7) 3대환락가 : 스스키노(홋카이도), 나카스(후쿠오카현), 가부키초(도쿄)

(8) 3대 라면 : 삿포로라면(홋카이도), 하카타라면(후쿠오카현), 기타카타
  라면(후쿠시마현)

(9) 3대공항 : 신치토세공항(홋카이도) 도쿄국제공항(도쿄) 오사카국제
공항(오사카)

(10) 3대 실망명소 : 삿포로도케이다이(홋카이도 삿포로), 하리마야바시
(고치현 고치시), 오란다자카(나가사키현 나가사키시). 그 외에 슈레이문
(오키나와 나하시), 교토타워(교토시), 나고야텔레비전탑(아이치현 나고
야시)을 포함하는 경우 등, 여러 설이 있다.

※ 위의 10가지 사항은 나의 관심분야의 일부분입니다.

홋카이도내 일본의 비경 100선

레분토(礼文島), 다이세쓰잔(大雪山), 북오호츠크해안(北オホーツク海岸), 시레토코(知床), 노쓰케 반도(野付半島), 구시로 습원(釧路湿原), 시카리 베쓰・시노노메코(然別湖・東雲湖), 와시마 반도 북서해안(渡島半島北西岸), 사로베쓰 들판(サロベツ原野), 온네토(オンネトー), 샤코탄반도 서해안(積丹半島西岸)

'일본의 비경 100선'은 1989년에 JTB가 잡지 "다비(旅=여행)"의 9월호 창간 750호를 맞아 기념하여 열은 심포지엄에서 일본의 기행 작가 오카다키슈, 소설가 C. W. 니콜, 소설가 다테마츠 와헤이, 작가 헨미 준, 수필가 시이나 마코토에 의해 "현재 일본의 비경 100선(いま 日本の 秘境100選)"으로 선정된 것.

- 출처: 위키피디아 프리 백과 일본어 버전

[인명]

가와바타 야스나리(かわばたやすなり、川端康成)

가와카미 케이코(かわかみけいこ、川上桂子)

가와카미 코(かわかみこう、川上耕)

게이코상(けいこさん、桂子さん)

고시타니 다쓰노스케(こしたに たつのすけ、越谷達之助)

기무라상(きむらさん、木村さん)

기타하라 하쿠슈(きたはらはくしゅう、北原白秋)

나카다 요시나오(なかだよしなお、中田義直)

나카무라 마사토(なかむらまさと、中村正人)

나카지마 미유키(なかじまみゆき、中島みゆき)

다니무라 신지(たにむらしんじ、谷村新司)

다무라상(たむらさん、田村さん)

다카시나 데쓰오(たかしな てつお、高階哲夫)

다·카포(ダ·カーポ)

다케쓰루 마사타카(たけつるまさたか、竹鶴正孝)

다테마쓰와헤이(たてまつ わへい、立松和平)

도시코(としこ, とし子)

료코상(りょうこさん)

루쉰(ロジン, 魯迅) 루쉰, 한국어 한자음은 노신, 일본어 발음은 로진임.

리타(リタ)

린다(リンダ)

마쓰모토상(まつもとさん, 松本さん)

모리시게 히사야(もりしげひさや, 森繁久彌)

모리 신이치(もりしんいち, 森進一)

미소라 히바리(みそら ひばり, 美空ひばり)

미야자와 겐지(みやざわけんじ, 宮沢賢治)

미우라 아야코(みうらあやこ, 三浦綾子)

미즈시마 테쓰(みずしまてつ, 水島哲)

사다 마사시(さだまさし)

세리 요코(せりようこ, 芹洋子)

시가 미쓰구(しがみつぐ, 志賀貢)

시마쿠라 치요코(しまくらちよこ, 島倉千代子)

시이나 마코토(しいなまこと, 椎名誠)

C.W.니콜 (Clive William Nicol)

아라이만(あらいまん, 新井満)

아라이 에이치(あらいえいいち, 新井英一)

아리시마 다케오(ありしまたけお, 有島武郎)

아오키 나가요시(あおきながよし, 青木存義)

안도 타다오(あんどうただお, 安藤忠雄)

야나다 타다시(やなだただし, 梁田貞)

야마다 고사쿠(やまだこうさく, 山田耕筰)

오오이시바시상(おおいしばしさん, 大石橋さん)

오카다 키슈(おかだきしゅう、岡田喜秋)

오카모토 오사미(おかもとおさみ、岡本おさみ)

오카자와상(おかざわさん、岡澤さん)

오카 치아키(おかちあき、岡千秋)

와타나베 쥰이치(わたなべじゅんいち、渡辺純一)

요시다 다쿠로(よしだたくろう？ 吉田拓郎)

요시다 미와(よしだみわ、吉田美和)

요시다 히로시(よしだひろし、吉田弘)

우치무라 나오야(うちむらなおや、内村直也)

유키 쿠라모토(ゆうきくらもと、裕基倉本)구라모토倉本(성) 유키裕基(이름)

이노우에 야스시(いのうえやすし、井上靖)

이사무 노구치(イサム·ノグチ)

이시카와 다쿠보쿠(いしかわたくぼく、石川啄木)

이회성(り かいせい、イ·フェソン、李 恢成)이회성

치리 유키에(ちりゆきえ、知里幸恵)

하야시선생님(はやしせんせい、林先生)

헨미 쥰(へんみじゅん、辺見じゅん)

후나무라 도오루(ふなむらとおる、船村徹)

후세 아키라(ふせあきら、布施明)

히라오 마사아키 (ひらおまさあき、平尾昌晃)

[인명 외 지명 등]

〈ㄱ〉

가나가와현(かながわけん, 神奈川県)

가모카모강(かもかもがわ, 鴨々川)

가미카와(かみかわ, 上川)지명 '上川郡'의 가미카와

가스미가우라(かすみがうら, 霞ケ浦)

가야코노 다메니(かやこのために, 伽耶子のために)가야코를 위하여

가와유에코뮤지엄센터(かわゆエコミュージアムセンター, かわゆ = 川湯)

가와유온천역(かわゆおんせんえき, 川湯温泉駅)

가와이이(かわいい)

가쿠엔도시센(がくえんとしせん, 学園都市線)

가호쿠가타(かほくがた, 河北潟)

가후카(かふか, 香深)

가후카항(かふかこう, 香深港)

간토(かんとう, 関東)

고노누마(ごのぬま, 五の沼)

고노미치(このみち, この道)

고마가타케(こまがたけ, 駒ケ岳)

고마도메코 호수(こまどめこ, 駒止湖)

고베(こうべ, 神戸)

고시미즈원생화원(こしみずげんせいかえん, 小清水原生花園)

고치현고치시(こうちけんこうちし, 高知県高知市)

고쿠라(こくら, 小倉)

고후쿠(こうふく, 幸福)

고후쿠역(こうふくえき, 幸福駅)

곤니치와(こんにちは, 今日は)

교토(きょうと, 京都)

교토타워(きょうとタワー, 京都タワー)

구로다케(くろだけ, 黒岳)

구린소마츠리(クリンソウまつり, クリンソウ祭り)

구마노유(くまのゆ, 熊の湯)

구마야키(くまやき, 熊焼き)

구슈코 호수(くしゅこ, 久種湖)

구시로 (くしろ, 釧路)

구시로습원(くしろしつげん, 釧路湿原)

구시로 피셔먼스 워프 무(釧路フィッシャーマンズ ワーフ MOO = Marine Our Oasis)

구키시(くきし, 久喜市)

군마현(ぐんまけん, 群馬県)

굿샤로코 호수(くっしゃろこ, 屈斜路湖)

굿챠로코 호수(クッチャロこ, クッチャロ湖)

굿타라코 호수(くったらこ, 倶多楽湖)

규슈(きゅうしゅう, 九州)

그린티아(グランティア)

기리노 마슈코(きりのましゅうこ, 霧の摩周湖)

기리탓푸(きりたっぷ, 霧多布)

기무라상(きむらさん, 木村さん)

기요사토쵸에키(きよさとちょうえき, 清里町駅)

기타카타시(きたかたし, 喜多方市)

기타노 카나리아타치(きたのカナリアたち, 北のカナリアたち)

기타미시(きたみし, 北見市)

기타미역(きたみえき, 北見駅)

기타오호츠크해(きたオホーツクかい, 北オホーツク海)

긴가데츠도노요루(ぎんがてつどうのよる, 銀河鉄道の夜)

긴노시즈쿠기념관(ぎんのしずくきねんかん, 銀のしずく記念館)

긴무토(キンムトー)

〈ㄴ〉

나가노현(ながのけん, 長野県)

나가사키현 나가사키시(ながさきけん ながさきし, 長崎県長崎市)

나가세(ながせ, 長瀬)

나고야(なごや, 名古屋)

나고야텔레비전탑(なごやテレビとう, 名古屋テレビ塔)

나나에쵸(ななえちょう, 七飯町)

나라현 나라시 나라공원(ならけんならしならこうえん, 奈良県奈良市奈良公園)

나라와라(ナラワラ)

나카스(なかす, 中洲)

나카시베쓰(なかしべつ, 中標津)

나카우미 호수(なかうみ, 中海)

나카지마공원(なかじまこうえん, 中島公園)

나하시(なはし, 那覇市)

난다로바시(なんだろうばし, なんだろう橋)

난보쿠센(なんぼくせん, 南北線)삿포로시영 지하철 노선

남지나해(みなみシナかい, 南シナ海)남중국해

네무로(ねむろ, 根室)

네지바나(ネジバナ)

네코이와(ねこいわ, 猫岩)

노노하나(とのはな, 野の花)

노렌(のれん)

노롯코호(ノロッコごう, ノロッコ号)

노바나(のばな, 野花)

노보리베쓰역(のぼりべつえき, 登別駅)

노보리베쓰온천(のぼりべつおんせん, 登別温泉)

노샷푸미사키(ノシャップみさき, ノシャップ岬)

노쓰케반도(のつけはんとう, 野付半島)

노쓰케반도네이처센터(野付半島ネイチャセンター)

노쓰케반도해안원생화원(野付半島海岸原生花園)

노조미호(のぞみ号)

노토로코 호수(のとろこ, 能取湖)

누사마이바시(ぬさまいばし, 幣舞橋)

니가타현(にいがたけん, 新潟県)

니노누마(にのぬま, 二の沼)

니세코(ニセコ)

니세코야쿠시온천(ニセコやくしおんせん, ニセコ薬師温泉)

니시키누마(にしきぬま, 錦沼)

니쿠루토(ニクル沼, ニクルトー)

〈ㄷ〉

다로코 호수(たろうこ, 太郎湖)

다비(たび, 旅)

다이세쓰잔(だいせつざん, たいせつざん, 大雪山)

다이세쓰크리스탈홀(だいせつクリスタルホール, 大雪クリスタルホール)

다자와코 호수(たざわこ, 田沢湖)

다카(たか, 鷹)

다카도마리(たかどまり, 鷹泊)

다카마쓰(たかまつ, 高松)

다쿠보쿠니 요세테 우타에루(たくぼくによせてうたえる, 啄木によせて歌える)

다쿠보쿠소공원(たくぼくしょうこうえん, 啄木小公園)

다쿠호쿠역(たくほくえき, 拓北駅)

단쵸(タンチョウ, 丹頂)두루미

닷코부누마(たっこぶぬま, 達古武沼) 닷코부코 たっこぶこ, 達古武湖

데시카가쵸(てしかがちょう, 弟子屈町)

데쓰코(てつこ, 鉄子)

덴포쿠(てんぽく, 天北)

덴토잔(てんとざん, 天都山)

도네가와(とねがわ, 利根川)

도도와라(トドワラ)

도도지마(とどじま, とどしま, トド島)

도로코 호수(とうろこ, 塘路湖)

도리캄(ドリカム)

도마무(トマム)

도마무리조트(トマムリゾート)정식명칭 호시노리조트도마무 星野リゾートトマム

도마코마이(とまこまい, 苫小牧)

도마코마이 서항(とまこまいにしこう, 苫小牧西港)

도마코마이 동항(とまこまいひがしこう, 苫小牧東港)

도부쓰엔호(どうぶつえんごう, 動物園号)

도시카노야도(トシカのやど, トシカの宿)

도시코(としこ, とし子)

도쓰루토 호수(とうつると, 涛釣沼)

도야(とや, 遠矢)

도야코 호수(とうやこ, 洞爺湖)

도와이라이토 익스프레스(トワイライト エクスプレス)

도와이라이토 익스프레스 미즈카제(トワイライト エクスプレス みずかぜ＝瑞風)

도요니코 호수(とよにこ、豊似湖)

도요코인(とうよこいん、東横イン)

도요히라강(とよひらがわ、豊平川)

도자이센(とうざいせん、東西線)

도카치(とかち、十勝)

도카치와인(とかちワイン、十勝ワイン)

도케이다이(とけいだい、時計台)

도쿄(とうきょう、東京)

도쿠시마현 도쿠시마시(とくしまけんとくしまし、徳島県徳島市)

도후쓰코 호수(とうふつこ、濤沸湖)

돈베쓰가와(とんべつがわ、頓別川)

동지나해(ひがしシナかい、東シナ海)

〈ㄹ〉

라벤다(ラベンダー)라벤더

라우스(らうす、羅臼)

라우스다케(らうすだけ、羅臼岳)

라우스코 호수(らうすこ、羅臼湖)

레분아쓰모리소(レブンアツモリソウ、礼文アツモリソウ)

레분우스유키소(レブンウスユキソウ、礼文ウスユキソウ)

레분다케(れぶんだけ、礼文岳)

레분타키(れぶんたき、礼文滝)

레분토 (れぶんとう、礼文島)레분토 섬

레스토랑카 (レストランカ一)식당차, 食堂車

롯코산(ろっこうさん、六甲山)

리시리양귀비(リシリヒナゲシ)

리시리잔 (りしりざん、利尻山)리시리잔 산

리시리토(りしりとう、利尻島) 리시리토 섬

리시리후지(りしりふじ、利尻富士)

린쿠(りんくう)

〈ㅁ〉

마리모(マリモ)

마리모크루즈(マリモクルーズ)

마리모탕(まりもとう、まりも湯)

마슈다케(ましゅうだけ、摩周岳)

마슈역(ましゅうえき、摩周駅)

마슈코 호수(ましゅうこ、摩周湖)

마쓰네시리(マツネシリ、女山)

마쓰리(まつり、祭り)마츠리

마코(まこ、摩湖)

메구로(めぐろ、目黒)

메노우(メノウ)

메아칸다케(めあかんだけ、雌阿寒岳)

모리오카(もりおか、盛岡)

모리쵸 (もりちょう、森町)

모모이와(ももいわ、桃岩)

모에레누마(もえれぬま、モエレ沼)

모코토코 호수(もことこ、藻琴湖)

모토마치 베이지역(元町＝もとちょう・ベイエリア)

모토지(もとち, 元地)

목도(もくどう, 木道)보도워크, 발판, 나무로 만든 보행로

무기노우타(むぎのうた, 麦の唄)

무라카미료칸(むらかみりょかん, 村上旅館)

미나미왓카나이(みなみわっかない, 南稚内)

미네노유(みねのゆ, 峰の湯)

미우라아야코기념문학관(みうらあやこきねんぶんがくかん, 三浦綾子記念文学館)

미즈우미기코 (みずうみきこう, みずうみ紀行)호수기행

미즈호(みずほ)

미치노에키(みちのえき, 道の駅)

민슈쿠(みんしゅく, 民宿)민박

〈ㅂ〉

베니야원생화원(ベニアけんせいかえん, ベニヤ原生花園)

베쓰카이쵸(べつかいちょう, べっかいちょう, 別海町)

베쓰카이쵸관광선(べつかいちょうかんこうせん, 別海町観光船)

벳토가(べっとがえき, 別当賀駅)

봇케 (ボッケ)

북방파제돔(きたぼうはていドーム, 北防波堤ドーム)정식명칭: 왓카나이항북방파제돔

분화만(녹턴)(ふんかわん(ノクターン), 噴火湾(ノクターン))

비에이(びえい, 美瑛)

비와코 호수(びわこ, 琵琶湖)

비지터센터(ビジターセンター)

비호로토게(びほろとうげ, 美幌峠)

〈ㅅ〉

사로마코사카우라(サロマこさかうら, サロマ湖栄浦)

사로마코 호수(サロマこ, サロマ湖)

사로베쓰(サロベツ)

사마니(さまに, 様似)

사이타마현(さいたまけん, 埼玉県)

사쿠라호(さくらごう, さくら号)

산노누마(さんのぬま, 三の沼)

산요지방(さんようちほう, 山陽地方)

산후라아(さんふらわあ)商船三井フェリー(선플라워 サンフラワー)

살롱카(サロンカー)

삿쇼센(さっしょうせん, 札沼線)

삿포로(さっぽろ, 札幌)

삿포로역(さっぽろえき, 札幌駅)

삿포로오도리공원(さっぽろおおどおりこうえん, 札幌大通公園)

삿포로유키마츠리(さっぽろゆきまつり, さっぽろ雪まつり)

삿포로쥬오쿠(さっぽろちゅうおうく, 札幌中央区)

삿포로히쓰지가오카전망대(さっぽろひつじがおかてんぼうだい, さっぽろ羊ケ丘展望台)

샤리다케(しゃりだけ, 斜里岳)

샤코탄반도(しゃこたんはんとう, 積丹半島)

세토오하시(せとおおはし, 瀬戸大橋)세토대교

세이칸터널(せいかんトンネル, 青函トンネル)

센다이(せんだい, 仙台)

센모혼센(せんもうほんせん, 釧網本線)

소세이강(そうせいがわ, 創成川)

소야미사키(そうやみさき, 宗谷岬)

소야해협(そうやかいきょう、宗谷海峡)

소운쿄(そううんきょう、層雲峡)

소운쿄온천가(そううんきょうおんせんがい、層雲峡温泉街)

쇼부이케(しょうぶいけ、菖蒲池)

슈레이몬(しゅれいもん、守礼門)

스고이(すごい)

스나유(すなゆ、砂湯)

스나하마(すなはま、砂浜)

스미마셍(すみません)

스스키노(すすきの、ススキノ)

스스키노쟝(すすきのじょう、すすきの場)

스완44네무로(スワン44ねむろ、スワン44根室)

스이고코엔(すいごうこうえん、水郷公園)

스카이미사키(スカイみさき、澄海岬)

스코톤미사키(スコトンみさき、須古頓岬)

스태프(スタッフ)staff, 담당자, 부원, 진용, 제작자

스파 오조라(スーパーおおぞら)

스파 하쿠쵸(スーパーはくちょう、スーパー白鳥)

스파 호쿠토(スーパーほくと、スーパー北斗)

시가현(しがけん、滋賀県)

시나노가와(しなのがわ、信濃川)

시노노메코 호수(しののめこ、東雲湖)

시라루토로코 호수(しらるとろこ、シラルトロ湖)

시라오이(しらおい、白老)

시리베시(しりべし、後志)

시카베쵸(しかべちょう、鹿部町)

시레토코(しれとこ、知床)

시레토코고코(しれとこごこ、知床五胡)시레토코5호

시레토코관광유람선(しれとこかんこうゆうらんせん、知床観光遊覧船)

시레토코국립공원라우스비지터센터

(しれとここくりつこうえんらうすビジターセンター、知床国立公園羅臼ビジターセンター)

시레토코로망후레아미관광버스

(しれとこロマンふれあいかんこうバス、知床ロマンふれあい観光バス)

시레토코료죠(しれとこりょじょう、知床旅情)

시레토코반도(しれとこはんとう、知床半島)

시레토코샤리역(しれとこしゃりえき、知床斜里駅)

시레토코스미레(しれとこすみれ、シレトコスミレ)

시레토코자연센터(しれとこしぜんセンター、知床自然センター)

시마네현(しまねけん、島根県)

시마리스(シマリス)Tamias

시모노세키시(しものせきし、下関市)

시베챠(しべちゃ、標茶)

시오카제공원(しおかぜこうえん、しおかぜ公園)

시즈오카현(しずおかけん、静岡県)

시카리베쓰코 호수(しかりべつこ、然別湖)

시카오이관광협회(しかおいかんこうきょうかい、鹿追観光協会)

시코쓰코 호수(しこつこ、支笏湖)

시코쿠(しこく、四国)

신고베(しんこうべ、新神戸)

신샤(じんじゃ、神社)일본어 발음 '진쟈'

신센누마 호수(しんせんぬま、神仙沼)

신오사카(しんおおさか、新大阪)

신오사카역(しんおおさかえき, 新大阪駅)

신유바리역(しんゆうばりえき, 新夕張駅)

신치토세공항(しんちとせくうこう, 新千歳空港)

신칸센(しんかんせん, 新幹線)

신하코다테호쿠토(しんはこだてほくと, 新函館北斗)

쓰시마(つしま, 対馬)

〈ㅇ〉

아리시마기념관니세코(ありしまきねんかん, 有島記念館ニセコ)

아리가토(ありがとう)

아바시리(あばしり, 網走)

아부라가후치(あぶらがふち, 油が淵)

아사이치(あさいち, 朝市)

아사히바시철교(あさひばしてっきょう, 旭鉄橋)

아사히야마동물원(あさひやまどうぶつえん, 旭山動物園)旭川市旭山動物園)

아사히카와(あさひかわ, 旭川)

아사히카와라멘(あさひかわラーメン, 旭川ラーメン)

아쓰몬(あつもん, アツモン)

아쇼로쵸(あしょろちょう, 足寄町)

아오모리(あおもり, 青森)

아오바죠코이우타(あおばじょうこいうた, 青葉城恋唄)

아오바단지(あおばだんち, 青葉団地)

아오이이케(あおいいけ, 青い池)

아이누(アイヌ)

아이누모시리(アイヌモシリ)

아이누민족박물관(アイヌみんぞくはくぶつかん, アイヌ民族博物館)

아이누민족자료관(アイヌみんぞくしりょうかん、アイヌ民族資料館)

아이누어(アイヌご、アイヌ語)

아이오이(あいおい、相生)

아이치현(あいちけん、愛知県)

아이코쿠(あいこく、愛国)

아이코쿠역(あいこくえき、愛国駅)

아칸국립공원(あかんこくりつこうえん、阿寒国立公園)

아칸코 호수(あかんこ、阿寒湖)

아칸횡단도로(あかんおうだんどうろ、阿寒横断道路)

아칸후지(あかんふじ、阿寒富士)

아키타내륙종관철도(あきたないりくじゅうかんてつどう、秋田内陸縦貫鉄道)

아키타현(あきたけん、秋田県)

앗케시코 호수(あっけしこ、厚岸湖)

야나가와(やながわ、柳川)

야마가타현(やまがたけん、山形県)

야마나시현(やまなしけん、山梨県)

야무베쓰역(やむべつえき、止別駅)

야바케이 (やばけい、耶馬渓)

야세이노 하나(やせいのはな、野生の花)

야치온천(やちおんせん、谷内温泉)

에리모(えりも)

에리모미사키(えりもみさき、襟裳岬)

에비가이케(えびがいけ、海老ケ池)

에조(えぞ、蝦夷)

에조 사슴(エゾシカ)

에조후지(エゾフジ、蝦夷富士)

에코버스(エコバス)

에키마에(えきまえ、駅前)

에키벤(えきべん、駅弁)

엔카(えんか、演歌)

오겡키데스카(おげんきですか。お元気ですか)

오기(おぎ、荻)

오누마 호수(おおぬま、大沼)

오누마코엔(おおぬまこうえん、大沼公園)오누마공원

오다이토(おだいとう、尾岱沼)

오도루퐁포코린(おどるポンポコリン)

오도리공원(おおどおりこうえん、大通公園)

오도리코소(オドリコソウ)

오란다자카(オランダざか、オランダ坂)

오레이진소(オオレイジンソウ)

오르골(オルゴール)

오모테나시(おもてなし、御もて成し)

오미야게(おみやげ、お土産)

오비히로(おびひろ、帯広)

오사카시(おおさかし、大阪市)

오샤만베(おしゃまんべ、長万部)

오소레잔(おそれざん、おそれやま、恐山)

오시(おし、鴛)

오시도마리(おしどまり、鴛泊)

오시마반도(おしまはんとう、渡島半島)

오신코신폭포(オシンコシンのたき、オシンコシンの滝)

오아라이항(おおあらいこう、大洗港)현재 '이바라키항'으로 바뀜

오아칸다케(おあかんだけ, 雄阿寒岳)

오이누노후구리(オオイヌノフグリ)

오유누마(おおゆぬま, 大湯沼)

오이카마나이토(おいかまないとう, おいかまないぬま, オイカマナイト, 生花苗沼)

오이타현(おおいたけん, 大分県)

오카야마현(おかやまけん, 岡山県)

오카야마시(おかやまし, 岡山市)

오코탄페코 호수(オコタンペこ, オコタンペ湖)

오키나와현(おきなわけん, 沖縄県)

오타루(おたる, 小樽)

오타루운하(おたるうんが, 小樽運河)

오토이넷푸(おといねっぷ, 音威子府)

오호츠크단가(オホーツクのたんく, オホーツクの舟歌)

오호츠크 유빙관(オホーツクりゅうひょうかん, オホーツク流氷館)

오호츠크해(オホーツクかい, オホーツク海)

오히토리사마(おひとりさま, お一人様)

온네토(オンネトー)아쇼로쵸 소재

온네토(おんねとう, おんねぬま, オンネ沼)네무로반도 중부 소재

온네토(おんねとう, 温根沼)네무로반도 서부 소재

온니쿠루·폰니쿠루 (オンニクル·ポンニクル)

올모스트 홈(ALMOST HOME)

옷치시토(オッチシトウ)

와곤서비스(ワゴンサービス)

와쇼쿠(わしょく, 和食)

와시(わし, 鷲)

와타나베쥰이치문학관(わたなべじゅんいちぶんがくかん, 渡辺純一文学館)

와코토 반도(わことはんとう, 和琴半島)

왓카나이(わっかない, 稚内)

왓카나이역(わっかないえき, 稚内駅)

왓카원생화원(ワッカげんせいかえん, ワッカ原生花園)

외국수종견본림(がいこくじゅしゅみほりん, 外国樹種見本林)

요나고(よなご, 米子)

요나이자와역(よないざわえき, 米内沢駅)

요네마치공원(よねまちこうえん, 米町公園)

요시다료칸(よしだりょかん, 吉田旅館)

요쓰쿠라누마(よっつくらぬま, 四つ倉沼)

요코하마영일학교(よこはまえいにちがっこう, 横浜英日学校)

요테이잔(ようていざん, 羊蹄山)

욘노누마(よんのぬま, 四の沼)

우소리코 호수(うそりこ, 宇曽利湖)

우스유키노유(うすゆきのゆ, うすゆきの湯)

우토나이코 호수(うとないこ, ウトナイ湖)

우토로(ウトロ)知床ウトロ

유노카와온천(ゆのかわおんせん, 湯の川温泉)

유바리(ゆうばり, 夕張)

유바리센(ゆうばりせん, 夕張線)

유바리스키장(ゆうばりスキーじょう, 夕張スキー場)

유빙노롯코호(りゅうひょうノロッコごう, 流氷ノロッコ号)

유이레일(ゆいレール)

유키노후루마치오(ゆきのふるまちを, 雪の降る街を)

이나사야마(いなさやま, 稲佐山)

이랏샤이(いらっしゃい)

이바라키현(いばらきけん、茨城県)

이부리(いぶり、胆振)

이시카리가와 (いしかりがわ、石狩川)이시카리강

이시카와현(いしかわけん、石川県)

이쓰쿠시마(いつくしま、厳島)

이야온천(いやおんせん、祖谷温泉)

이오잔(いおうざん、硫黄山)

이와부쿠로(イワブクロ)

이와테현(いわてけん、岩手県)

이이히다비다치(いいひたびだち、いい日旅立ち)

이치반칸료칸(いちばんかんりょかん、一番館旅館)

이치아쿠노스나(いちあくのすな、一握の砂)

이케다역(いけだえき、池田駅)

이케다와인성(いけだワイン、池田ワイン)

이케다와인택시(いけだワインタクシー、池田ワインダクシー)池田ワインダクシー株式会社

이케다쵸(いけだちょう、池田町)

이케다쵸포도·포도주연구소

(いけだちょうブドウ·ブドウシュけんきゅうじょ、池田町ブドウ·ブドウ酒研究所)

이코노미클래스(エコノミークラス)

이쿠시나원생화원(いくしなげんせいかえん、以久科原生花園)

〈ㅈ,ㅊ,ㅋ,ㅌ,ㅍ〉

자·타와(ザ·タワー、The Tower)

제이아루타와 (ジェイアールタワー) JR Tower

조몬시대(じょうもんじだい、縄文時代)

조잔케이온천(じょうざんけいおんせん、定山渓温泉)

쥰사이누마(じゅんさいぬま、じゅんさい沼)

지로코 호수(じろうこ、次郎湖)

지리(じり、ジリ)

지바시(ちばし、千葉市)

지바현(ちばけん、千葉県)

쵸마토(チョマトー)

쵸부시코(ちょうぶしこ、長節湖)

츠인쿠루 비에이호 (ツインクルびえいごう、ツインクル美瑛号)

치비마루코쨩(ちびまるこちゃん、ちびまる子ちゃん)

카시오페아(カシオペア)

캡슐호텔(カプセルホテル)

코로폭쿠루(コロポックル)

쿠리리온(クリリオン)

쿠릴열도(クリルれっとう、クリル列島)

쿠요쿠요시나이(くよくよしない)

쿠요쿠요시나이요오니(くよくよしないように)

굿타루오시토(クッタル・ウシ・ト)(イタドリ*が群生する湖)

판케토(パンケトー)

퍼스트캐빈(ファーストキャビン)FIRST CABIN

페케렛토호원(ペケレット湖園)

페케렛토 호수(ペケレット)

펜케토(ペンケトー)

포로토고탄(ポロトコタン)

포로토온천(ポロトおんせん、ポロト温泉)

포로토코 호수(ポロトこ、ポロト湖)

폰토(ポント)

플래너(プランナー)

피리카호관광버스(ピリカごうかんこうバス、ピリカ号観光バス)

핀네시리(ピンネシリ)

〈ㅎ〉

하기(ハギ、萩)

하나겐야(はなげんや、花原野)

하나사키센(はなさきせん、花咲線)

하네다(はねだ、羽田)

하레타라이이네(はれたらいいね、晴れたらいいね)

하루나코 호수(はるなこ、榛名湖)

하루카나루다이치요리(はるかなるだいちより、遥かなる大地より)

하루토리코 호수(はるとりこ、春採湖)

하리스토스(ハリストス)

하리야마바시(はりやまばし、はりやま橋)

하마나스(はまなす)

하마나코 호수(はまなこ、浜名湖)

하마마쓰(はままつ、浜松)

하마베노우타(はまべのうた、浜辺の歌)

하마코시미즈역(はまこしみずえき、浜小清水駅)

하마톤베쓰(はまとんべつ、浜頓別)

하스하고오리((はすはごおり、蓮葉氷)빈대떡얼음

하쓰코이((はつこい、初恋)

하야부사(はやぶさ)

하야테((はやて)

하이야(ハイヤー)

하치만자카(はちまんざか、八幡坂)

하카타(はかた、博多)

하코다테(はこだて、函館)

하코다테야마(はこだてやま、函館山)

하코다테야마카라(はこだてやまから、函館山から)

하코다테역(はこだてえき、函館駅)

하코다테혼센(はこだてほんせん、函館本線)

하쿠초다이(はくちょうだい、白鳥台)

하토란도페리(ハートランドフェリー)하트랜드페리

호로카얀토(ホロカヤント)

호시노리조트(星野リゾート)

호쿠토(ほくと、北斗)

호쿠토세이(北斗星、ほくとせい)

혼슈(ほんしゅう、本州)

홋카이도(ほっかいどう、北海道)

홋카이도대학(ほっかいどうだいがく、北海道大学)

홋카이도청구일본청사(ほっかいどうちょうきゅうほんちょうしゃ、北海道庁旧本庁舎)

화이트아웃(ホワイトアウト)

효고현(ひょうごけん、兵庫県)

효탄누마(ひょうたんぬま、ひょうたん沼)

후라노(ふらの、富良野)

후라노센(ふらのせん、富良野線)

후렌코(ふうれんこ、風連湖)

후세아키라(ふせあきら、布施明)

후지(ふじ、富士)

후지산(ふじさん、富士山)

후쿠시마현 후쿠시마시(ふくしまけんふくしまし、福島県福島市)

후쿠오카현 후쿠오카시(ふくおかけんふくおかし、福岡県福岡市)

후쿠이현 후쿠이시(ふくいけんふくいし、福井県福井市)

히가시네무로역(ひがしねむろえき、東根室駅)

히가시코누마(ひがしこぬま、東小沼)

히다카(ひだか、日高)

히로시마(ひろしま、広島)

히로오(ひろお、広尾)

히로오센(ひろおせん、広尾線)

히메누마(ひめぬま、姫沼)

히메지(ひめじ、姫路)

히카리호 (ひかりごう、ひかり号)

※ 색인에 기입되지 않고 빠진 단어도 있습니다.

[지도·철도]

平凡社編集部、2013. 日本を旅する大旅行地図帳、作株式会社東京印書館：p14-21

陰山英男、2008. 辞書びきえほん日本地図、ひかりのくに：p104-105

帝国書院編集部、2013 (旅に出たくなる)歌がつむぐ日本の地図、帝国書院：p14-p31

矢野直美、2011. 鉄子の全国鉄道ものがたり、北海道新聞社

[노래]

鹿島岳水、2005. 童謡·唱歌·抒情歌 名曲歌碑50選、文芸社：p86-87, p124-125, p140

久保昭二、2010. 日本と世界の愛唱名歌集、野ばら社.

佐野靖、2010. 唱歌·童謡の力、(歌うこと＝生きること)、東洋館出版.

主婦の友社、2010. 日本百名歌、株式会社主婦の友社

新星出版社編集部、2006. 童謡·唱歌 みんなの歌、新星出版社

塩沢実信、2010. にっぽんの名曲を旅する 1、北辰堂出版. p6-p10

塩沢実信、2010. にっぽんの名曲を旅する 2、北辰堂出版. p12-P15

寺内弘子、2008. 歌から学ぶ日本語、アルク

吉田千寿子、2006. 日本語で歌おう、図書印刷株式会社

松山祐士、ピアノソロ、2015 . おとなの日本抒情歌（１）（２）株式会社楽譜出版社：
p60- p65

[호수]

今西錦地司·井上靖監修、1987. 日本の湖沼と渓谷１(北海道１)、ぎょうせい: p171-173
今西錦地司·井上靖監修、1987. 日本の湖沼と渓谷２(北海道２)、ぎょうせい: p171-174
伊藤正博、2011. 知床の湖沼、共同文化社. p9 p40- 41、p64- 79

[식물]

浜頓別観光協会、ベニヤ原生花園観光フロアーガイド

北村四郎·村田源·堀勝共、1958. 原色日本植物図鑑 草本編(Ⅰ)、保育社

北村四郎·村田源、1962. 原色日本植物図鑑 草本編(Ⅱ)、保育社

北村四郎·村田源·小山鐵夫、1965. 原色日本植物図鑑 草本編(Ⅲ)、保育社

駒井千恵子、2012. 花あるきアポイ岳·えりも、北海道新聞社.

栗田昌輝·近藤憲久、2008. 自然ガイド＜新版＞野付·風連·根室、北海道新聞社.

松下宮野和江、2004. 根室地方セリ科ハンドブック、ニムオロ

佐藤孝夫、2014. 知りたい北海道の木100、ありす社亜瑠西社

谷口弘一·三上日出夫編、2005. 北海道の野の花最新版、北海道新聞社.

杣田美野里·佐藤雅彦·宮本誠一郎、2006. 利尻·礼文自然観察ガイド、山と渓谷社.

杣田美野里·宮本誠一郎、2015. サロベツ·ベニヤ天北の花原野、北海道新聞社.

梅沢俊、2014. 北海道の花図鑑利尻島·礼文島、北海道新聞社.

宇仁義和、2007. 自然ガイド 知床、北海道新聞社.

[기타 참고 자료]

新幹線スペシャル2015.

みんなの鉄道DVD BOOKシリーズ

ななつ星in九州のすべてDVD付き

九州極上列車を楽しむ！

白地図都道府県小学きっちりまとめノート

美しき日本列車紀行DVDシリーズ

日本百景美しき日本DVDシリーズ

[인터넷 사이트 자료 검색]

https://ja.wikipedia.org/wiki/

http://www.yahoo.co.jp/

http://www.naver.com/

http://www.welcometojapan.or.kr/

그 외 홋카이도 지방자치제 관광협회 홈페이지 등

에
필
로
그

홋카이도에의 첫 여행은 내 나이 40대 중반이었으니 많은 세월이 지났습니다. 그 때의 사진과 기억은 빛바랬지만, 그 후부터 지금의 나는 홋카이도 기행문집을 자발적으로 쓸 정도로 홋카이도 마니아가 되었습니다.

기행문 작성의 120여일은 참으로 나에게 의미 있는 시간이었습니다. 지난 18년간 모두 아홉 번의 홋카이도 여행 체험을 회상하며 뒤늦게 써보는 글쓰기는 즐거운 작업이며 실행해 보길 잘 했다고 여러 번 느꼈습니다. 미숙한 글쓰기를 마치니 마침내 내가 하고 싶었던 일을 완성했다는 만족감이나 성취감보다 약속을 지킨 사실에 마음을 놓습니다. 일본 기행문을 쓰겠다고 혼자서 외고 다녔는데 자신의 말을 지키지 못하고 도중에 포기할까봐 초조했습니다. 이제 스스로의 약속을 실천했다는 실감에 매우 기쁩니다.

나의 일본여행 중에 메모한 수첩의 유효기간은 이미 상당히 지났지만, 오늘도 쓰고 싶은 '수다'는 끊임없이 나를 기다리고 있습니다. 미국의 여류시인 에밀리 디킨슨의 "오늘도 많은 어휘들이 선택되고 싶어 하며, 시에 써 달라고 한다."는 말이 늘 생각납니다. 나에게도 그와 같이 나에게 선택되기를 기다리는 어휘가 많이 있습니다. 우선 습작으로 홋카이도 지역을 정리해 보았습니다. '수다'를 글로 옮겨 써 보는 것은 생각만큼 쉽지 않았습니다. 그러나 앞으로 글을 쓴다면 지금 이 한 번의 시작과 경험이 크게 도움이 될 것으로 예감합니다. 이 글은 나를 위한 기록에 지나지 않습니다만, 나의 이야기가 홋카이도의 도시나 자연을 좋아하고 관심을 갖고 있는 여행 동호인에게도 참고 자료가 되면 더할 수 없이 기쁘겠습니다.

여기에서 나의 일본여행 이력도 소개하겠습니다. 나의 일본여행은 결코 적은 편은 아닙니다. 출입국 횟수도 많고 일본 체재일수도 많고 방문 지역도 많습니다. 여행 초보시절에는 특별한 주제 의식도 없었고 그냥 일본 어디든 돌아다니며 여행사의 상품에 소개된 것을 위주로 다녔습니다. 훨씬 후에 '일본의 47개 현 모두 둘러보기'라는 제목으로 일본의 47개(1도1도2부43현) 행정구역마다 어느 한 곳 이상을 골라 방문했습니다. 이 테마는 2013년 4월 야마나시현을 끝으로 완료했습니다. 첫 테마여행의 성공을 교훈으로, 그 후 일본여행에서 시행착오를 겪는 일도 적어졌고 나름대로의 여행비결도 생겼습니다.

그 다음은 내가 좋아하는 '일본의 서정가요 노래비 20개를 찾아'라는 테마를 정해 여행하였으며, 세 번째는 '일본의 3대 명물 중 나의 관심사 30개 현지방문' 의 새로운 이름으로 여행했습니다. 테마가 있든 없든 나의 일본여행은 결국 일본 전국을 대상으로 중복이 많은 점이 특징입니다. 마지막으로 호수탐방을 테마로 결정하여 홋카이도의 호수 56, 홋카이도 외 44개 일본 전국 100곳의 호수를 찾아갔습니다. 나의 컴퓨터 폴더 '홋카이도 호수와 야생화를 찾아서' 에 들어있는 사진은 앞으로의 나의 인생에 두고두고 몇 번이나 꺼내어 쓸 수 있는 힐링 아이템으로 가득 차 있습니다. 나의 홋카이도 여행은 끝나지 않았고 종료할 마음은 없습니다. 아직 미방문인 네무로의 호수와 니세코의 신센누마 호수에도 가야하고, 여름에 다이세쓰잔의 고산식물 꽃도 보러가고 싶고 샤코탄 반도와 리시리토 섬에도 가보고 싶습니다.

첫 여행문집 원고 쓰기가 끝날 즈음에 크게 느낀 것이 있습니다. 이 세상에 나와 있는 모든 책 한 권 한 권이 다시 보이며 훌륭하고 소중하게 생각되었습니다. 글쓰기 체험 후에 얻은 좋은 결과입니다. 타인의 글을 읽을 때의 마음가짐도 달라졌으며 책 읽기도 집중해서 잘 될 것 같습니다. 이제부터 저는 일본여행에 못지않게 좋아하는 피아노 연습도 하고 산책도 하며 기행문 작성 전의 생활 리듬으로 돌아갑니다. 글쓰기를 실천하면서 그 때부터 '기행문집 발간 자축 음악회' 미니 북 콘서트 개최를 수없이 상상해 왔습니다. 홋카이도의 탐방한 호수를 떠올리며 유키 구라모토의 호수에 관한 악곡도 연습하고 싶습니다. 기행문 노래편에 소개한 '좋은 날 떠나는 여행'이나 '보리의 노래', 자기소개에 쓴 쇼팽의 녹턴도 피아노로 연주할 수 있으면 얼마나 좋을까 하며 또 이루기 어려운 상상을 계속합니다.

끝으로 기행문집 발간을 염원하는 나에게 강력한 실행 동기를 부여한 경상남도일본어교육연구회 김종주회장님을 비롯한 회원 여러분, 춘천의 향토시인 송경애님(저에게 글을 써보라고 격려해 주신 말씀 두고두고 용기를 갖게 합니다). 저의 글을 소설가가 쓴 글 같다고 칭찬해 주신 강대진님, 나의 버킷리스트클리어를 위해 언제나 응원하며 사진 편집의 절대적 도움을 준 향미님, 나의 수다 메일을 삭제 않고 반겨주며 피아노반주에 노래를 불러주는 미경님, 일본을 좋아하고 일본여행의 동행자이며 내 인생의 멘토인 수빈님, 삿포로에 도착하면 늘 마중 나와 주신 오오이시바시상, 몇 번이나 호수탐방에 자연가이드로서 동행해 주고, 나의 기행문 일본어 버전 내용 검토와 편집, 감수를 도와주신 마쓰모토상에게 진심으로 감사드립니다. 출판의 도움을 주신 조교수님, 신세림출판사 이혜숙사장님과 제작팀 모든 분들, 책의 완성일을 기대하는 가족에게도 고마운 마음 곁들입니다.

2017년 4월 *이애옥*

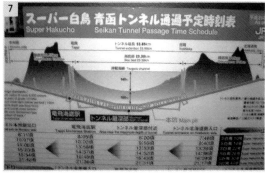

1. 도와이라이토 안내 책자
2. 도와이라이토 아침 일본정식
3. 야간 급행 하마나스 출발 안내 전광판
4. 하마나스 지정석 침대칸
5. 동북신칸센 이동매점의 샌드위치와 사과주스
6. 신칸센 사쿠라호 신오사카행
7. 스파 하쿠쵸 세이칸터널 통과예정시간표

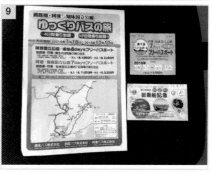

1. SL(증기기관차)겨울습원호
2. 유빙노롯코호 나무 난로 오징어 구이
3. 후라노 ↔ 비에이노롯코호
4. 유바리역 스태프의 노란손수건을 흔들며 배웅하는 모습
5. 일본최북단의 출발과 종착역 왓카나이역
6. JR홋카이도 특급 열차 월간 잡지
7. 홋카이도 신칸센 신하코다테호쿠토역
8. 피리카관광버스 모임시간 안내
9. 구시로권·아칸/시레토코국립공원 버스 4일,
   7일 자유승차권 안내
10. 레분토 관광버스의 모모이와전망대 주차 모습
11. 에어부산 기내의 삿포로행 노선 지도

1. 도마코마이 서항과 혼슈 페리 항로 안내 지도
2. 유빙파쇄관광선 오로라호
3. 하마톤베쓰 관광은 대여 자전거를 타고
4. 라우스 미네노유 노천탕
5. 데시카가 온천 민숙 '마코' 간판
6. 하마톤베쓰 민숙 '도시카노야도'

노래비
소야미사키

노래비
유키노후루마치오

라우스 시오카제공원
시레토코료죠 노래비

우토로 관광선 선착장 근처 시레토코료죠 노래비

비호로토케 전망대의 노래비

기리노마슈코 호수

이케다역 하레타라 이이네 개찰 오르골음 방송 안내

후라노역 기타노쿠니카라

노래비 에리모미사키 모리신이치

노래비 에리모미사키 시마쿠라치요코의 동명이곡

도케이다이자료관

시계탑 옆 아카시아꽃 고노미치 이미지 연상

고노미치 노래비(사이타마현 구키시 소재)

기타하라하쿠슈기념관(야나가와 소재)

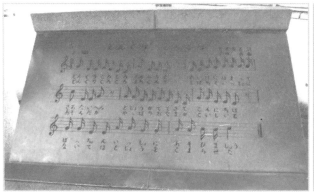

돈구리코로코로 노래비

이이히다비다치 오르골

나카지마 미유키와 히사이시조의 피아노 악보집

삿포로가와이피아노매장, 피아노교실

하쓰코이 노래비

센노카제니낫테 기념비

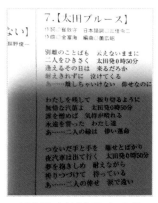

'대전부루스'가 '태전부루스'로 오타?

이시카리강 이름 유래 아이누어 소개판

'빙점' 산책로 안내판

니세코역

아리시마다케오기념관

와타나베쥰이치의 '호수기행' 수필집

와타나베쥰이치기념문학관 입구, 안도타다오 설계

아이누 여성작가 '치리유키에의 고향 기행' 포스터

삿포로맥주박물관내 시음 코너에서

삿포로유키마쓰리 설상

삿포로스스키노얼음축제 조각상

오타루유키아카리노미치

삿포로텔레비전타워에서 본 오도리공원 야경

오타루 운하의 겨울

쇄빙선 오로라에서 본 먼바다의 유빙

유빙쇄빙선
오로라호와 바다를 메운 유빙

시레토코우토로해안에
밀려온 유빙

소운쿄온천가의 빙폭축제

시코쓰코 호수 빙도축제

오호츠크유빙관의 유빙 체험 코너

유바리역의 쓸쓸한 모습

소운쿄 구로다케 로프웨이

도마무 산악지대 랜드마크
'The Tower'

도마무 겨울 여가활동

밤늦게 하코다테에 도착 아사이치의 밤풍경

하코다테 겨울의 오징어잡이배

하코다테 하치만자카

하코다테야마에서 본 하코다테시가지, 일본 3대 야경

오누마(왓카나이 소재)

구슈코

사로마코

굿챠로코

아바시리코 　　　　　　 도후쓰코 소책자 　　　　　　 모코토코 간판

갈대에 묻혀 작아진 니쿠루토

노토로코 버스 안에서

도쓰루토 호반

마슈코와
8월 중순의 등골나물

굿샤로코 코로폭쿠루 나무조각

시레토코고코

굿샤로코 모래온천 간판

아칸코마리모유람선

폰토 수면

적막한 긴무토

펜케토 원경

데시카가의 스이고코엔

시라루토로코 표지판

도로코

닷코부누마

하루토리코공원 안내표지판

지로코

효탄누마

쥰사이누마

다로코 호면

요쓰쿠라누마

산노누마와 라우스다케

니노누마

욘노누마

고노누마 위에서 본 모습

라우스코 탐험 장화와 배낭

앗케시코 하나사키센 열차 안에서

후렌코

오다이토

온네토 아쇼로쵸 소재

니시키누마

쵸마토 안내도

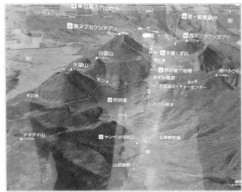

시카리베쓰 지형도 네이처센터에서

고마도메코 도로 위에서 내려 본 모습

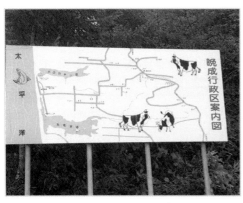

호로카얀토와 오이카마나이토 간판

쵸부시코 바지락 캐기

홋카이도 3대 비호 시노노메코

오이카마나이토

유도누마

모에레누마

도요니코

포로토코

페케렛토호원 소개

시코쓰코

굿타라코 소개 표지판

노보리베쓰 오유마 열탕 연기

도야코

오누마와 고마가다케 산

쇼부이케

우토나이코 자기소개

삿포로 5월의 라일락축제

일본앵초(구린소)

홋카이도대학 포플러가로수

풀산딸나무

곰돌이 빵(구마야키)

왜솜다리(레분우스유키소)

보리수나무

레분복주머니란(레분아쓰모리소)

스코톤미사키와 도도지마

레분폭포 가는 길

송이풀속(요쓰바시오가마)

부채붓꽃

에조안젤리카(에조노시시우도)

갯방풍

네귀쓴풀

에조날개하늘나리(에조스카시유리)

치시마엉겅퀴

개 말나리

시레토코스미레 수제품 브로치

타래난초

도도와라

나라와라

웅기솜나물

과남풀(에조린도)

산미역취

바람굴(풍혈)

이와부쿠로(Pennellianthus frutescens)

바위도라지(이와기쿄)

섬쑥부쟁이(에조고마나)

투구꽃속(에조도리카부토)

잔대속(모이와샤진)

흑나리(구로유리)

보리수나무의 빨간열매

양미역취(세이타카아와다치소)

둥글레속(오아마도코로)

노파백합(오우바유리)

리시리양귀비(리시리히나게시)

기차, 노래, 겨울풍경, 들꽃, 호수

마이 스타일 홋카이도 여행 이야기

초판인쇄 2017년 04월 25일 **초판발행** 2017년 04월 30일

지은이 **이애옥**
펴낸이 **이혜숙**　펴낸곳 **신세림출판사**
등록일 1991년 12월 24일 제2-1298호

04559 서울특별시 중구 창경궁로 6, 702호(충무로5가, 부성빌딩)
전화 **02-2264-1972**　팩스 **02-2264-1973**
E-mail : shinselim72@hanmail.net

정가 　15,000원

ISBN 　978-89-5800-184-3, 03810